徐志摩小说·书信·日记

徐志摩 著

煤炭工业出版社
·北京·

图书在版编目（CIP）数据

徐志摩小说·书信·日记／徐志摩著．－－北京：煤炭工业出版社，2018

ISBN 978－7－5020－6643－7

Ⅰ．①徐… Ⅱ．①徐… Ⅲ．①小说集—中国—现代 ②书信—作品集—中国—现代 ③日记—作品集—中国—现代 Ⅳ．①I216.2

中国版本图书馆 CIP 数据核字（2018）第 093572 号

徐志摩小说·书信·日记

著　　者	徐志摩
责任编辑	马明仁
封面设计	盛世博悦
出版发行	煤炭工业出版社（北京市朝阳区芍药居35号　100029）
电　　话	010－84657898（总编室）　010－84657880（读者服务部）
网　　址	www.cciph.com.cn
印　　刷	北京一鑫印务有限责任公司
经　　销	全国新华书店
开　　本	710mm×1000mm $^1/_{16}$　印张 $18^1/_2$　字数 280 千字
版　　次	2018 年 7 月第 1 版　2018 年 7 月第 1 次印刷
社内编号	9523　　　　　　　定价 36.80 元

版权所有　违者必究

本书如有缺页、倒页、脱页等质量问题，本社负责调换，电话：010－84657880

目 录

轮盘小说集

《轮盘》自序 …………………………………………………… 3
春 痕 …………………………………………………………… 5
两姊妹 ………………………………………………………… 15
老 李 ………………………………………………………… 20
一个清清的早上 ……………………………………………… 27
船 上 ………………………………………………………… 30
肉艳的巴黎 …………………………………………………… 34
"浓得化不开"(星加坡) …………………………………… 40
"浓得化不开"之二(香港) ………………………………… 45
"死城"(北京的一晚) ……………………………………… 48
家 德 ………………………………………………………… 56
轮 盘 ………………………………………………………… 61

集外小说集

吹胰子泡 ……………………………………………………… 69

童话一则 ·· 71
小赌婆儿的大话 ·· 74
香 水 ·· 78
王当女士 ·· 81

书信集

致陆小曼信六十五通
　1925年3月3日—1931年10月29日 ················· 95

日记集

西湖记
　1923年9月7日至10月28日
　杭州——上海——杭州 ··· 211
爱眉小札
　1925年8月9—31日北京
　1925年9月5—17日上海 ·· 231
眉轩琐语
　1926年8月—1927年4月
　北京——上海——杭州 ··· 276

轮盘小说集

《轮盘》自序

在这集子里，《春痕》原名《一个不很重要的回想》，是登载在 1923 年的《努力周报》的，故事里的主人翁是在辽东惨死的林宗孟先生。《一个清清的早上》和《船上》，曾载《现代评论》；《两姊妹》《老李的惨史》，见《小说月报》。《肉艳的巴黎》，即《巴黎的鳞爪》的一则，见《晨报副刊》。《轮盘》不曾发表过。其余的几篇都登过《新月》月刊。

我实在不会写小说，虽则我很想学写。我这路笔，也不知怎么的，就会直着写，没有曲折，也少有变化。恐怕我一辈子也写不成一篇如愿的小说，我说如愿因为我常常想一篇完全的，像一首完全的抒情诗，有它特具的生动的气韵，精密的结构，灵异的闪光。我念过佛洛贝尔，我佩眼。我念过康赖特，我觉得兴奋。我念过契诃甫，曼殊斐儿，我神往。我念过胡尔弗夫人，我拜倒。我也有同样眼光念司得德策霎（Lytton Strachey），梅耐夫人（Mrs. AliceMeynell），由潭野衲（George Santayana），乔治马（George Moore），赫孙（W. H. Hudson）等的散文，我没有得话说。看，这些大家的作品，我自己对自己说："这才是文章文。章是要这样写的。完美的字句表达完美的意境。高抑列奇界说诗是 Best words in best order。但那样的散文何尝不是 Best words in best order。他们把散文做成一种独立的艺术。他们是魔术家。在他们的笔下，没有一个字不是活的。他们能使古奥的字变成新鲜，粗俗的雅训，生硬的灵动，这是什么秘密？除非你也同他们似的能从文字里创造有生命的艺术，趁早别多造孽。"

但孽是造定了！明知是糟蹋文字，明知写下来的几乎全部都是 Still——borm，还得厚脸来献丑。我只有一句自解的话，除了天赋的限度是事实无可勉强，我敢说我确定是有心愿想把文章当文章写的一个人。至于怎样写才能合时宜，才能博得读者的欢心的一类念头，我从不曾想到过。这也许是我的限度一宗。在这一点上，我期望我自己能永远倔强：

"我不知道风/是在哪一个方向吹"……

这册小书我敬献给我的好友通伯和叔华。

志摩　十八年五月

春　痕

一　瑞香花——春

逸清早起来，已经洗过澡，站在白漆的镜台前，整理他的领结。窗纱里漏进来的曦，正落在他梳栉齐整漆黑的发上，像一流灵活的乌金。他清癯的颊上，轻沾着春晓初起的嫩红，他一双睫绒密绣的细长妙目，依然含漾着朝来梦里的无限春意，益发激动了他 Narcissus 自怜的惯习，痴痴地尽向着镜里端详。他圆小锐敏的睛珠，也同他头发一般的漆黑光芒，在一泻清利之中，泄漏着几分忧郁凝滞，泄漏着精神的饥渴，像清翠的秋山轻罩着几痕雾紫。

他今年二十三岁，他来日本方满三月，他迁入这省花家，方只三日。

他凭着他天赋的才调生活风姿，从幼年便想肩上长出一对洁白蛴嫩的羽翮，望着精焰斑斓的晚霞里，望着出岫倦展的春云里，望着层晶叠翠的秋天里，插翅飞去，飞上云端，飞出天外，去听云雀的欢歌，听天河的水乐，看群星的联舞，看宇宙的奇光，从此加入神仙班籍，凭着九天的白玉栏干，于天朗气清的晨夕，俯看下界的烦恼尘俗，微笑地生怜，怜悯地微笑。那是他的幻想，也是多数未经生命严酷教训的少年们的幻想。但现实粗狠的大槌，早已把他理想的晶球击破，现实卑琐的尘埃，早已将他洁白的希望掩染。他的头还不曾从云外收回，他的脚早已在污泥里泞住。

他走到窗前，把窗子打开，只觉得一层浓而且劲的香气，直刺及灵府深处，楼下院子里满地都是盛开的瑞香花，那些紫衣白发的小娘子们，受了清露的涵濡，春阳的温慰，便不能放声曼歌，也把她们襟底怀中脑边蕴积着的清香，迎着缓拂的和风，欣欣摇舞，深深吐泄，只是满院的芬芳，只勾引无数的小蜂，迷醉地环舞。

三里外的桑抱群峰也只在和暖的朝阳里欣然沉浸。

逸独立在窗前，估量这些春情春意，双手插在裤袋里，微曲着左膝，紧啮住浅绛的下唇，呼出一声幽喟，旋转身掩面低吟道：可怜这：万种风情无地着！

紧跟着他的吟声，只听得竹篱上的门铃，喧然大震，接着邮差迟重的嗓音唤道："邮便！"

一时篱上各色的藤花藤叶，轻波似颤动，白果树上的新燕呢喃也被这铃声喝住。

省花夫人手拿着一张美丽的邮片笑吟吟走上楼来对逸说道："好福气的先生，你天天有这样美丽的礼物到手。"说着把信递入他手。

果然是件美丽的礼物；这张比昨天的更觉精雅，上面写的字句也更妩媚，逸看到她别致的签名，像燕尾的瘦，梅花的疏，立刻想起她亭亭的影像，悦耳的清音，接着一阵凑起的感想，不禁四肢的神经里，进出一味酸情，进出一些凉意。他想出了神，无意地把手里的香迹，送向唇边，只觉得兰馨满口，也不知香在片上，也不知香在字里——他神魂迷荡了。

一条不甚宽广但很整洁的乡村道上，两旁种着各式的树木，地上青草里，夹缀着点点金色、银色的钱花。这道上在这初夏的清晨除了牛奶车、菜担以外，行人极少。但此时铃声响处，从桑抱山那方向转出一辆新式的自行车，上面坐着一个西装的少女，二十岁光景。她黳黄的发，临风蓬松着，用一条浅蓝色丝带络住，她穿着一身白纱花边的夏服，鞋袜也一体白色；她丰满的肌肉，健康的颜色，捷灵的肢体，愉快的表情，好与初夏自然的蓬勃气象和合一致。

她在这清静平坦的道上，在榆柳浓馥的荫下，像飞燕穿帘似的，疾扫而过；有时俯偻在前枢上，有时撒开手试她新发明的姿态，时不时用手去理整她的外裳，因为孟浪的风尖常常挑翻她的裙序，像荷叶反卷似的，泄露内衬的秘密。一路的草香花味，树色水声，云光鸟语，都在她原来欣快的心境里，更增加了不少欢畅的景色——她如山中的梅花小鹿，一般的美，一般的活泼。

　　自行车到藤花杂生的篱门前停了，她把车倚在篱旁，扑去了身上的尘埃，掠齐了鬓发，将门铃轻轻一按，把门推开，站在门口低声唤道："省花夫人，逸先生在家吗？"

　　说着心头跳个不住，颊上也是点点桃花，染入冰肌深浅。

　　那时房东太太不在家，但逸在楼上闲着临帖，早听见了，就探首窗外，一见是她，也似感了电流一般，立刻想飞奔下去。但她接着喊道，她也看见了："逸先生，早安，请恕我打扰，你不必下楼，我也不打算进来，今天因为天时好，我一早就出来骑车，顺道到了你们这里，你不是看我说话还喘不过气来，你今天好吗？啊，乘便，今天可以提早一些，你饭后就能来吗？"

　　她话不曾说完，忽然觉得她的鞋带散了，就俯身下去收拾，阳光正从她背后照过来，将她描成一个长圆的黑影，两支腰带，被风动着，也只在影里摇颤，恰像一个大蜗牛，放出他的触须侦探意外的消息。

　　"好极了，春痕姑娘！……我一定早来……但你何不进来坐一歇呢？……你不是骑车很累了吗？……"

　　春痕已经缚紧了鞋带，倚着竹篱，仰着头，笑答道："很多谢你，逸先生，我就回去了。你温你的书吧，小心答不出书，先生打你的手心。"格支地一阵憨笑，她的眼本来秀小，此时连缝儿都莫有了。

　　她一欠身，把篱门带上，重复推开，将头探入；一枝高出的藤花，正贴住她白净的腮边，将眼瞟着窗口看呆了的逸笑道："再会吧，逸！"

　　车铃一响，她果然去了。

　　逸飞也似驰下楼去出门望时，只见榆荫错落的黄土道上，明明镂着她香轮的踪迹，远远一簇白衫，断片铃声，她，她去了。

　　逸在门外留恋了一会儿，转身进屋，顺手把方才在她腮边撩拂那枝乔出的藤花，折了下来恭敬地吻上几吻；他耳边还只荡漾着她那"再会吧，逸"的那个单独"逸"字的蜜甜音调，他又神魂迷荡了。

二　红玫瑰——夏

"是逸先生吗？"春痕在楼上喊道："这里没有旁人，请上楼来。"春痕的母亲是旧金山人，所以她家的布置，也参酌西式。

楼上正中一间就是春痕的书室，地板上铺着匀净的台湾细席，疏疏的摆着几案榻椅，窗口一大盆的南洋大楠，正对着她凹字式的书案。

逸以前上课，只在楼下的客堂里，此时进了她素雅的书屋，说不出有一种甜美愉快的感觉。春痕穿一件浅蓝色纱衫，发上的缎带也换了亮蓝色，更显是妩媚绝俗。她拿着一管斑竹毛笔，正在绘画，案上放着各品的色碟和水盂。逸进了房门，她才缓缓地起身，笑道："你果然能早来，我很欢喜。"

逸一面打量屋内的设备，一面打量他青年美丽的教师，连着午后步行二里许的微喘，颇露出些局促的神情，一时连话也说不连贯。春痕让他在一张椅上坐下，替他倒了一杯茶，口里还不住地说她精巧的寒暄。逸喝了口茶，心头的跳动才缓缓的平了下来，他瞥眼见了春痕桌上那张鲜艳的画，就站起来笑道："原来你又是美术家，真失敬，春痕姑娘，可以准我赏鉴吗？"

她画的是一大朵红的玫瑰，真是一枝浓艳露凝香，一瓣有一瓣的精神，充满了画者的情感，仿佛是多情的杜鹃，在月下将心窝抵入荆刺沥出的鲜红心血，点染而成，几百阕的情词哀曲，凝化此中。

"那是我的鸦涂，哪里配称美术。"说着她脸上也泛起几丝红晖，把那张水彩赵赳地递入逸手。

逸又称赞了几句，忽然想起西方人用花来作恋爱情感的象征，记得玫瑰是"我爱你"的符记，不禁脱口问道："但不知哪一位有福的，能够享受这幅精品，你不是预备送人的吗？"

春痕不答。逸举头看时，只见她倚在凹字案左角，双手支着案，眼望着手，满面绯红，肩胸微微有些震动。

逸呆望着这幅活现的忸怩妙画，一时也分不清心里的感觉，只觉得自己的颧骨耳根，也平增了不少的温度；此时春痕若然回头，定疑心是红玫瑰朱颜，移上了少年的肤色。

临了这二阵缄默,这一阵色彩鲜明的缄默,这一阵意义深长的缄默,让窗外桂树上的小雀,吱的一声啄破。春痕转身说道:"我们上课吧,"她就坐下打开一本英文选,替他讲解。

功课完毕,逸起身告辞,春痕送他下楼,同出大门,此时斜照的阳光正落在桑抱的峰巅岩石上,像一片斑驳的琥珀,他看着称美一番,逸正要上路,春痕忽然说:"你候一候,你有件东西忘了带走。"她就转身进屋去,过了一分钟,只见她红胀着脸,拿着一纸卷递给逸说:"这是你的,但不许此刻打开看!"接着匆匆说了声再会,就进门去了。逸左臂挟着书包,右手握着春痕给他的纸卷,想不清她为何如此慌促,禁不住把纸卷展开,这一展开,但觉遍体的纤微,顿时为感激欣喜悲切情绪的弹力撼动,原来纸卷的内容,就是方才那张水彩,春痕亲笔的画,她亲笔画的红玫瑰——他神魂又迷荡了。

三　茉莉花——秋

逸独坐在他房内,双手展着春痕从医院里来的信,两眼平望,面容淡白,眉峰间紧锁住三四缕愁纹;她病了。窗外的秋雨,不住地沥淅,他怜爱的思潮,也不住地起落。逸的联想力甚大,譬如他看花开花放就想起残红满地;身历繁花声色,便想起骷髅灰烬;临到欢会,便想惋别;听人病苦,便想暮祭。如今春痕病了,在院中割肠膜,她写的字也失了寻常的劲致,她明天得医生特许可以准客人见,要他一早就去。逸为了她的病,已经几晚不安眠,但远近的思想不时涌入他的脑府。他此时所想的是人生老病死的苦痛,青年之短促。他悬想着春痕那样可爱的心影,疑问像这样一朵艳丽的鲜花,是否只要有恋爱的温润便可常葆美质;还是也同山谷里的茶花,篱上的藤花,也免不了受风摧雨虐,等到活力一衰,也免不了落地成泥,但他无论如何拉长缩短他的想象,总不能想出一个老而且丑的春痕来!他想圣母玛丽不会老,观世音大士不会老,理想的林黛玉不会老的,青年理想中的人又如何会老呢?他不觉微笑子。转而他又沉入了他整天整晚迷恋的梦境;他最恨想过去,最爱想将来,最恨回想,最爱前想,过去是死的痛苦的枉费的;将来是活的美的幸福的创造的；过去像块不成形的顽石，满长着可厌的猥草和刺物；将来像初出山的小涧，只是在青林间舞蹈，只是在星光下歌唱，只是在精美的石梁上行进。他廿余年麻木的生活，只是个不可信、可厌的梦；他只求抛弃这个记忆；但记忆是富有黏性的，你愈想和他脱离，结果胶附得愈紧愈密切。他此时觉得记忆的压制愈重，理想的将来不过只是烟淡云稀，渺茫泯灭，他就狠劲把头摇了几下，把春痕的信折了起来，披了雨衣，换上雨靴，挟了一把伞独自下楼出门。

他在雨中信步前行，心中杂念起灭，竟走了三里多路，到了一条河边。沿河有一列柳树，已感受秋运，枝条的翠色渐苍黄，此时仿佛不胜秋雨的重量，凝定地俯看流水，粒粒的泪珠，连着先凋的叶片，不时掉入波心悠然浮去。时已薄暮，河畔的颜色声音，只是凄凉的秋意，只是增添惆怅人的惆怅。天上绵般的云提议来裹埋他心底的愁思，草里断续的虫吟，也似轻嘲他无聊的意绪。

逸踯躅了半晌，不觉秋雨满襟，但他的思想依旧缠绵在恋爱老死的意义，他忽然自言道："人是会变老变丑，会死会腐朽，但恋爱是长生的；因为精神的现象决不受物质支配；是的，精神的事实，是永久不可毁灭的。"

他好像得了难题的答案，胸中解释了不少的积重，抖下了雨衣上的雨珠，就转身上归家的路。

他路上无意中走入一家花铺，看看初菊，看看迟桂，最后买了一束茉莉，因为他香幽色淡，春痕一定喜欢。

他那天夜间又不曾安眠，次日一早起来，修饰了一晌，用一张蓝纸把茉莉裹了，出门往医院去。

"你是探望第十七号的春痕姑娘吗？"

"是。"

"请这边走。"

逸跟着白衣灰色裙的下女，沿着明敞的走廊，一号二号，数到了第十七号。浅蓝色的门上，钉着一张长方形的白片，写着很触目的英字：

"No 17 Adnfitting no visitors except the patient's mother and Mr. Yi"

"第十七号。"

"除病人母亲及逸君外，他客不准入内。"

一阵感激的狂潮，将他的心府淹没；逸回复清醒时，只见房门已打开，透出一股酸辛的药味，里面恰丝毫不闻音息。逸脱了便帽，企着足尖，进了房门——依旧不闻音息。他先把房门掩上，回身看时，只见这间长形的室内，一体白色，白墙白床，一张白毛毡盖住的沙发，一张白漆的摇椅，一张小几，一个唾盂。床安在靠窗左侧，一头用矮屏围着。逸走近床前时，只觉灵魂底里发出一股寒流，冷激了四肢全体。春痕卧在白布被中，头戴白色纱巾，垫着两个白枕，眼半阖着，面色惨淡得一点颜色的痕迹都没有，几乎和白枕白被不可辨认，床边站着一位白巾白衣态度严肃的看护妇，见了逸也只微颔示意，逸此时全身的冰流重复回入灵府，凝成一对重热的泪珠，突出眶帘。他定了定神俯身下去，小语道："你……吃苦了！……"那两颗热泪早已跟着颤动的音波在他面上筑成了两条泪沟，后起的还频频涌出。

春痕听了他的声音，微微睁开她倦绝的双睫，一对铅似重钝的睛球正对着他热泪溶溶的湿眼；唇腮间的筋肉稍稍缓弛，露出一些勉强的笑意，但一转瞬她的腮边也湿了。

"我正想你来，逸，"她声音虽则细弱，但很清爽，"多谢天父，我的危险已经过了！你手里拿的不是给我的花吗？"说着笑了，她真笑了。

逸忙把纸包打开，将茉莉递入她已从被封里伸出的手，也笑说道："真是，我倒忘了，你爱不爱这茉莉？"

春痕已将花按在口鼻间，阖拢了眼，似乎经不住这强烈香味；点了点头，说："好，正是我心爱的；多谢你。"

逸就在床前摇椅上坐下，问她这几日受苦的经过。

过了半点钟，逸已经出院，上路回家。那时的心影，只是病房的惨白颜，耳畔也只是春痕零落孱弱的声音。——但他从进房时起，便引起了一个奇异的幻想。他想见一个奇大的坟窟，沿边齐齐列着黑衣送葬的宾客，这窟内黑沉沉地不知有多少深浅，里面却埋着世上种种的幸福，种种青年的梦境，种种悲哀，种种美丽的希望，种种污染了残缺了的宝物，种种恩爱和怨艾，在这些形形色色的中间，又埋着春痕，和在病房一样的神情，和他自己——春痕和他自己！

逸——他的神魂又是一度迷荡。

四　桃花时节花处处——十年后春

　　此时正是清明时节，箱根一带满山满谷，尽是桃李花竞艳的盛会。这边是红锦，那边是白雪，这边是火焰山，那边是银涛海；春阳也大放骄矜艳丽的光辉来笼盖这骄矜艳丽的花圈，万象都穿上最精美的袍服，一体的欢欣鼓舞，庆祝春明。整个世界只是一个妩媚的微笑；无数的生命，只是报告他们的幸福：到处是欢乐，到处是希望，到处是春风，到处是妙乐。

　　今天各报的正张上，都用大号字登着欢迎支那伟人的字样。那伟人在国内立了大功，做了大官，得了大名，如今到日本，他从前的留学国，来游历考察，一时哄动了全国注意，朝野一体欢迎，到处宴会演说，演说宴会，大家争求一睹丰采，尤其因为那伟人是个风流美丈夫。

　　那伟人就是十年前寄寓在省花家瑞香花院子里的少年；他就是每天上春痕姑娘家习英文的逸。

　　他那天记起了他学生时代的踪迹，忽发雅兴，坐了汽车，绕着桑抱山一带行驶游览，看了灿烂缤纷的自然，吸着香甜温柔的空气，甚觉舒畅愉快。

　　车经过一处乡村，前面被一辆载木料的大车拦住了进路，只得暂时停着等候。车中客正了望桑抱一带秀特的群峰，忽然春痕的爱影，十年来被事业尘埃所掩翳的爱影，忽然重复历历心中，自从那年匆匆被召回国，便不闻春痕消息，如今春色无恙，却不知春痕何在，一时动了人面桃花之感，连久干的眶睫也重复潮润起来。

　　但他的注意，却半在观察村街的陋况，不整齐的店铺，这里一块铁匠的招牌，那首一张头痛膏的广告，别饶风趣。

　　一家杂货铺里，走来一位主客，一个西装的胖妇人，她穿着蓝呢的冬服，肘下肩边都已霉烂，头戴褐色的绒帽，同样的破旧，左手抱着一个将近三岁的小孩，右臂套着一篮的杂物——两棵青菜、几枚蛤蜊，一支蜡烛，几匣火柴——方才从店里买的。手里还挽着一个四岁模样的女孩，穿着也和她母亲一样不整洁。那妇人蹒跚着从汽车背后的方向走来，见了这样一辆美丽的车和车里坐着的华服客，不觉停步注目。远远的看了一响，她索性走近了，紧靠着车门，向逸上下打量。看得逸倒烦腻起来，心想世上哪有这样臃肿蜷曲不识趣的妇人……

那妇人突然操英语道："请饶恕我，先生，但你不是中国人逸君吗？"

他想又逢到了一个看了报上照相崇拜英雄的下级妇女，但他还保留他绅士的态度，微微欠身答道："正是，夫人。"淡淡说着，漫不经意的模样。

但那妇人急接说道："果然是逸君！但是难道你真不认识我了？"

逸兔不得凝眸向她辨认：只见丰眉高颧；鼻梁有些陷落，两腮肥突，像一对熟桃；就视那细小的眼眶和她方才"逸君"那声称呼，给他一些似曾相识的模糊印象。

"我十分的抱歉，夫人！我近来的记忆力实在太差，但是我现在敢说我们确是曾经会过的。"

"逸君你的记忆真好！你难道真忘了十年前伴你读英文的人吗？"

逸跳了起来，说道："难道你是春……"但他又顿住了，因为他万不能相信他脑海中一刻前活泼可爱的心影，会得幻术似地变形为眼前粗头乱服左男右女又肥又蠢的中年妇女。

但那妇人却丝毫不顾忌幻象的消散，丝毫不感觉哲理的怜悯；十年来做妻母负担的专制，已经将她原有的浪漫根性，杀灭尽净。所以她宽弛的喉音替他补道："春……痕，正是春痕，就是我，现在三……夫人。"

逸只觉得眼前一阵昏沉，也不曾听清她是三什么的夫人，只瞪着眼呆顿。

"三井夫人，我们家离此不远，你难得来此，何不乘便过去一坐呢？"

逸只微微地颔首，她已经将地址吩咐车夫，拉开车门，把那小女孩先送了上去，然后自己抱着孩子挽着筐子也挤了进来：那时拦路的大车也已经过去，他们的车，不上三分钟就到了三井夫人家。

一路逸神意迷惘之中，听她诉说当年如何嫁人，何时结婚，丈夫是何职业，今日如何凑巧相逢，请他不要介意她寒素嘈杂的家庭，以及种种等等，等等种种。

她家果然并不轩敞，并不恬静。车止门前时便有一个七八岁赤脚乱发的小孩高喊着。"娘坐了汽车来了……"跳了出来。

那漆髹驳落的门前，站着一位满面皱纹，弯背驮腰的老妇人，她介绍给逸，说是她的姑；老太太只咳嗽了一声向来客和她媳妇，似乎很好奇似的溜了一眼。

逸一进门，便听得后房哇的一声婴儿哭；三井夫人抱怨她的大儿，说定是他顽皮又把小妹惊醒了。

逸随口酬答了几句话，也没有喝她紫色壶倒出来的茶，就伸出手来向三井夫人道别，勉强笑着说道："三井夫人，我很羡慕你丰满的家庭生活，再见吧！"

等到汽轮已经转动，三井夫人还手抱着襁褓的儿，身旁立着三个孩子，一齐殷勤地招手，送他的行。

那时桑抱山峰依旧沉浸在艳日的光流中，满谷的樱花桃李，依旧竞赛妖艳的颜色；逸的心中，依旧涵葆着春痕当年可爱的影像。但这心影，只似梦里的紫丝灰线所组成，只似远山的轻霭薄雾所形成，淡极了，微妙极了，只要蝇蚊的微嗡，便能刺碎，只要春风的指尖，便能挑破。……

两姊妹

三月。夜九时光景。客厅里只开着中间圆桌上一座大伞形红绸罩的摆灯。柔荏的红辉散射在附近的陈设上，异样的恬静。靠窗一架黑檀上那座二尺多高薇纳司的雕像，仿佛支不住她那矜持的姿态，想顺着软美的光流，在这温和的春夜，望左侧的沙发上，倦倚下去，她倦了。

安粟小姐自从二十一年前母亲死后承管这所住屋以来，不曾有一晚曾向这华丽、舒服的客厅告过假，缺过席。除了绒织、看小说，和玛各，她的妹妹，闲谈，她再没别的事了。她连星期晚上的祈祷会，都很少去，虽则她们的教堂近在前街，每晚的钟声丁当响个不绝，似乎专在提醒，央促她们赴会。

今夜她依旧坐在她常坐的狼皮椅上，双眼半阖着，似乎与她最珍爱的雕像，同被那私语似的灯光薰醉了。书本和线织物，都放在桌上；她想继续看她的小说，又想结束她的手工，但她的手像痉挛了似的，再也伸不出去。她忽然想起玛各还不回进房来，方才听得杯碟声响，也许她乘便在准备她们临睡前的可可茶。

玛各像半山里云影似的移了进来，一些不着声息，在她姊姊对面的椅上坐了。

她十三年前犯了一次瘫症，此后左一半的躯体，总不十分自然，并且稍一劳动，便有些气喘，手足也常发震。

"啊，我差一些睡着了，你去了那么久……"说着将手承着口，打了小半个呵欠；玛各微喘的声息，已经将她惊觉。此时安粟的面容在灯光下随着桌子望过去，只像一团干了的海绵，那些复叠的横皱纹，使人疑心她在苦笑,又像忧愁。她常常自怜她的血弱,她面色确是半青不白的。她的声带,像是新鲜的芦管做成的,不自然的尖锐。她的笑声,像几枚新栗子同时在猛火里爆裂,但她妹子最怕最厌烦的,尤其是她发怒时带着鼻意的那声"扼衡"。

"扼衡!玛丽近来老是躲懒,昨天不到四点钟就走了,那两条饭巾,一床被单,今天还放着没有烫好,真不知道她在外面忙的是什么!"

"哼,她哪儿还有工夫顾管饭巾……我全知道!每天她出了我们的门,走不到转角上——我常在望她——就躲在那棵树下拿出她那粉拍来,对着小手镜,装扮她那贵重的鼻子——有一天我还见她在厨房里擦胭脂啊!前天不是那克莱妈妈说她一礼拜要看两次电影,说常碰到她和男子一起散步……"

"可不是,我早就说年轻的谁都靠不住,要不是找人不容易,我早就把她回了,我看了她那细小的腰身,就有气!扼衡!"

玛各幽幽的喟息了一声,站了起来,重复半山里云影似的移到窗前,伸出微颤的手指,揭开墨绿色的绒窗幔,仰起头望着天上,"天倒好了,"她自语着,"方才怪怕人的乌云现在倒变了可爱的月彩,外面空气一定很新鲜的,这个时候……哦,对门那家瑞士人又在那里跳舞了,前天他们才有过跳舞不是,安粟?他们真乐呀,真会享福,他们上面的窗帘没有放下,我这儿望得见他们跳舞呀,果然那位高高的美男子又在那儿了……啊唷,那位小姐今晚多乐呀,她又穿着她那件枣红的,安粟你也见过的不是,那件银丝镶边的礼服?我可不爱现在的式样,我看是太不成样儿了,我们从前出手稍为短一点子,昂姑母就不愿意,现在她们简直是裸体了——可是那位小姐长得真不错,肉彩多么匀净,身段又灵巧,她贴住在那美男子的胸前,就像一只花蝶儿歇在玉兰花瓣上的一样得意……她一对水一般的妙眼尽对着他看,他着了迷了……他着了迷了,这音乐也多趣呀,这是新出的,就是太艳一点,简直有点猥亵,可是多好听,真教人爱呀……"

安粟侧着一只眼望过来,只见她妹妹的身子有点儿摇动,一双手紧紧的拧住窗幔,口里在吁吁的响应对面跳舞家的乐音……

"扼衡!"

玛各吓得几乎发噤,也自觉有些忘情,赶快低着头回转身。在原先的椅上坐下，一双手还是震震的，震震的……

安粟在做她的针线，低着头，满面的皱纹叠得紧紧的，像秋收时的稻屯。玛各偷偷的瞟了她几眼，顺手把桌上的报纸，拿在手里……隔街的乐音，还不时零续地在静定的夜气中震荡。

"铛！"门铃。格托的一声，邮件从门上的信格里落在进门的鬃毯上。玛各说了声"让我去看，"出去把信捡了进来，"昂姑母来的信。"

安粟已经把眼镜夹在鼻梁上，接过信来拆了。

野鸭叫一阵的笑，安粟稻屯似的面孔上，仿佛被阳光照着了，闪闪的在发亮。"真是！玛各，你听着。"

"汤麦的蜜月已经完了。他们夫妻俩现在住在我家里，新娘也很和气的，她的相片你们已经见过了不是？他们俩真是相爱，什么时候都挨得紧紧的，他们也不嫌我，我想他们火热的年轻人看了我们上年纪的，板板的像块木头，说的笑话也是几十年的老笑话，每星期总要背一次的老话他们看了我一定很觉得可怜——其实我们老人的快活，才是真快活。我眼也花了，前面本来望不见什么，乐得安心静意等候着上帝的旨意，我收拾收拾厨房，看看年轻人的快乐，说说干瘪的笑话，也就过了一天，还不是一样？"

"间壁史太太家新收了一个寄宿的中国学生。前天我去吃晚饭看见了。一个矮矮的小小的顶好玩的小人，圆圆的头，一头蓬蓬的头发，像是好几个月没有剪过，一双小小的黑眼，一个短短的鼻子，一张小方的嘴，真怪，黄人真是黄人，他的面色就像他房东太太最爱的，蒸得稀烂的南瓜饼，真是蜡黄的。也亏他会说我们的话，一半懂得，一半懂不得。他也很自傲的，一开口就是我们的孔夫子怎么说，我们孔夫子怎么说——总是我们的孔夫子：前天我们问起中国的妇女和婚姻，引起了他大篇的议论。他说中国人最有理性，男的女的，到了年纪——我们孔夫子吩咐的——一定得成家成室，没有一个男子，不论多么穷，没有妻子。没有一个女人，不论多么丑，没有丈夫。他说所以中国有这样的水平，人人都很满意的。真是，怪不得从前的'赖耶鸿章'见了格兰士顿的妹妹，介绍时听见是小姐，开头就问为什么还没有成亲！我顶喜欢那小黄人。我几时想请他吃饭，你们也来会会他好不好——他是个大学的学生哩！"

"附,安粟不是想养一条狗?昨天晚报上有一条卖狗的广告,说是顶好的一条西伯利亚种,尖耳朵,灰色的,价钱也不贵,你们如果想看,可以查一查地址,我是不爱狗的,但也不厌恶。有的真懂事,你们养一条,解解闷儿也好。姑母。"

玛各坐着听他姐姐念信,出神似的,两眼汪汪的像要滴泪。安粟念完了打了一个呵欠,把信叠好了放在桌上对玛各说,"今晚太迟了,明天一早你写回信吧,好不好?伴'镪那门'Chinaman吃饭我是不来的,你要去你可以答应姑母。我倒想请汤麦夫妻来吃饭——不过……也许你不愿意。随你吧。谢谢姑母替我们留心狗的广告,说我这一时买不买还没有决定。我就是这几句话。……时候已不早,我去拿可可茶来吃了去睡吧。"

两姊妹吃完了她们的可可茶,一前一后的上楼,玛各更不如她姊姊的轻捷,只是扶着楼梯半山里云影似的移,移,一直移进了卧室。她站在镜台前,怔怔的,自己也不知道在想的是什么,在愁的是什么,她总像落了什么重要的物品似的,像忘了一桩重要的事不曾做似的——她永远是这怔怔的,怔怔的。她想起子一件事,她要寻一点旧料子,打开了一只箱子,偻下身去捡。她手在衣堆里碰着了一块硬硬的,她就顺手掏了出来,一包长方形的硬纸包,细绳拴得好好的。她手微震着,解了绳子,打开纸包看时,她手不由得震得更烈了。她对着包裹的内容发了一阵呆,像是小孩子在海沙里掏贝壳,掏出一个蚂蝗似的。她此时已在地毯上坐着,呆呆的过了一响,方才调和了喘息,把那纸包放在身上,一张一张的拿在手里,仔细的把玩。原来她的发现只是几张相片,自己和旁人早年痕迹,也不知多少年前塞在旧衣箱的底里,早已忘却了。她此时手里擎着一张是她自己七岁时的小影。一头绝美的黄发散披在肩旁,一双活泼的秀眼,一张似笑不笑的小口,两点口唇切得像荷叶边似的妩媚……她拿到口边吻一下,笑着说:"多可爱的孩子啊!"第二张相片是又隔了十年的她,正当她的妙年,一个绝美的影子。她的眉,她的眼,她的不丰不瘦的嫩颊,颊上的微笑,她的发,她的项颈,她的前胸,她的姿态——那时的她,她此时看着,觉得有说不出的可爱,但……这样的美貌,哪一个不倾倒,哪一个舍得不爱……罗勃脱,杰儿,汤麦……哦,汤麦,他如今……蜜月,请他们来吃饭……难道是梦吗?这二十几年怎样过的……哦,她的痹症,恶毒的病症……从此,从此……安粟,亲爱的母亲,昂姑母,自己的病,谁的不是,谁的不是……是梦吗?……真是一张雪白的纸,二十几年……玛丽和男子散步……对门的女子跳舞的快乐……哦,安粟说甚么,中国,黄人的乐土……太平洋的海水……照片里的少女,被他发痴似的看活了,真的活了!这不是她的卷发在惺忪的颤动,这不是她象牙似的项在轻轻的扭动,她的口在说话了。……

这二十几年真是过的不可信!她现在已经老了,已经是废人了,是真的吗?生命,快乐,一切,没有她的份了,是真的吗?每天伴着她神经错乱的姐姐,厨房里煮菜,客厅里念日报,听秋天的雨声,叶声,听春天的鸟声,每晚喝一杯浓煎的可可茶,白天,黑夜,上楼,下楼……是真的吗?

是真的吗?二十几年的我,你说话呀!她的心脏在舂米似地跳响,自己的耳都震聋了。她发了一个寒噤,像得了热病似的,她无意的伸上手去,在身旁的镜台上,拖下了一把手镜来。她放下那只手里的照片,一双手恶狠狠的擒住那面手镜,像擒住了一个敌人,向着她自己的脸上照去。……

安粟的房正在她妹子房的间壁,此时隐隐的听得她在床上翻身,口鼻间哼出一声"扼衡!"

老 李

一

  他有文才吗？不，他作文课学那平淮西碑的怪调子，又写的怪字，看了都叫人头痛。可是他的见解的确是不寻常？也就只一个怪字。他七十二天不剃发，不刮胡子；大冷天人家穿皮褂穿棉袄，他秃着头，单布裤子，顶多穿一件夹袍。他倒宝贝他那又黄又焦的牙齿，他可以不擦脸，可是擦牙漱口仿佛是他的情人，半天也舍不了，每天清早，扰我们那梦的是他那大排场的漱口，半夜里搅我们不睡的又是他那大排场的刷牙；你见过他的算草本子没有，那才好玩，代数、几何，全是一行行直写的，倒亏他自己看得清楚！总而言之，一个字，老李就是怪，怪就是老李。

  这是老李同班的在背后讨论他的话，但是老李在班里虽则没有多大的磁力，虽则很少人真的爱他，他可不是让人招厌的人，他有他的品格，在班里很高的品格，他虽是怪，他可没有斑点，每天他在自修室的廊下独自低着头伸出一个手指走来走去的时候，在他心版上隐隐现现的不是巷口锡箔店里穿蓝竹布衫的，不是什么黄金台或是吊金龟，也不是湖上的风光，男女、名利、游戏、风雅，全不是他的份，这些花样在他的灵魂里没有根，没有种子。他整天整夜在想的就是两件事：算学是一件，还有一件是道德问题——怎样叫人不卑鄙有廉耻。他看来从校长起一直到听差，同学不必说，全是不够上流，全是少有廉耻。有时他要是下输了棋，他爱下的围棋，他就可以不吃饭不睡觉的想，想倘然他在那角上早应了一子，他的对手就没有办法，再不然他只要顾自己的活,也就不至于整条的大鱼让人家囫囵的吞去……他爱下围棋,也爱想围棋,他说想围棋是值得的因为围棋有与数学互相发明的妙处,所以有时他怨自己下不好棋,他就打开了一章温德华斯的小代数,两个手指顶住了太阳穴,细细的研究了。

老李一翻开算学书,就是个活现的疯子,不信你去看他那书桌子,原来学堂里的用具全是一等的劣货,总是庶务攒钱,哪里还经得起他那狠劲的拍,应天响的拍,拍得满屋子自修的,都转过身子来对他笑。他可不在乎,他不是骂算数员胡乱教错了,就说温德华斯的方程式根本有疑问,他自己发明的强的多简便的多,并且中国人做算学直写也成了,他看过李壬叔的算学全是直写的,他看得顶合式,为什么做学问这样高尚的事情都要学外洋,总是奴从的根性改不了!拍的又是一下桌子!

有一次他在演说会里报名演说,他登台的时候(那天他碰巧把胡子刮净了,倒反而看不惯)大家使劲的拍巴掌欢迎他,他把右手的点人指放在桌子边,他那一双离魂病似的眼睛,盯着他自己的指头看,尽看,像是人考时看夹带似的,他说话了。我最不愿意的,我最不赞成的,我最反对的,是——是拍巴掌。一阵更响亮的拍巴掌!他又说话了。兄弟今天要讲的算学与品行的关系。又是打雷似的拍掌,坐在后背的叫好儿都有。他的眼睛还是盯住在他自己的一个指头上。我以为品行……一顿。我以为算学——又一顿。他的新修的鬓边,青皮里泛出红花来了。他又勉强讲了几句,但是除了算学与品行两个字,谁都听不清了他说的是什么,他自己都不满意,单看他那眉眼的表情,就明白。最后一阵霹雳似的掌声,夹着笑声,他走下了讲台,向后面那扇门里出去了。散了会,以后人家见他还是亚里斯多德似的,独自在走廊下散步。

二

现在做他本乡的高小学堂校长了。在东阳县的李家村里,一个中学校的毕业生不是常有的事;老李那年得了优等文凭,他人还不曾回家,一张红纸黑字的报单,上面写着贵府某某大少爷毕业省立第一中学优等第几名等等,早已高高的贴在他们李家的祠堂里,他上首那张捷报,红纸已经变成黄纸,黑字已经变成白字,年份还依稀认得出,不是嘉庆八年便是六年。李家村茶店酒店里的客人,就有了闲谈的资料,一班人都懂不得中学堂,更懂不得优等卒业,有几位看报识时务的,就在那里打比喻讲解。高等小学卒业比如从前的进学,秀才。中学卒业算是贡生,优等就算是优贡。老李现在就有这样的身份了。看他不出,从小不很开口说话,性子又执拗,他的祖老人家常说单怕这孩子养不大,谁知他的笔下倒来得,又肯用功,将来他要是进了高等学堂再一毕业,那就算是中了举了!常言说的人不可貌相不是?这一群人大都是他的自族,他的祖辈有,父辈也有,子辈有,孙辈也有,甚至叫他太公的都有。这一年的秋祭,李家族人聚会的时候,族长就提出了一个问题,他们公堂里有一份祭产,原定是归有功名的人收的,早出了缺,好几年没有人承当,现在老李已经有了中学文凭,这笔进款是否应该归他的,让大家公议公议,当场也没有人反对,就算是默认了。老李考了一个优等,到手一份祭产,也不能算是不公平。老李的母亲是个寡妇,听说儿子有了荣誉还有进益,当然是双分的欢喜。

老李回来不到几天,东阳县的知事就派人来把他请进城去。这是老李第一次见官,他还是秃着头,穿着他的大布褂子,也不加马褂,老李一辈子从没有做个马褂,就有一件黑羽纱的校服,领口和两肘已经烂破了,所以他索性不穿。县知事倒是很客气,把他自己的大轿打了来接他,老李想不坐,可是也没有话推托,只得很不自在的钻进了轿门,三名壮健的轿夫,不到一个钟头就把老李抬进了知事内宅。"官?"老李一路在想。"官也不一定全是坏的。官有时候也有用,像现在这样世界,盗贼,奸淫,没有廉耻的世界,只要做官的人不贪不枉,做个好榜样也就好得多不是。曾文正的原才里讲得顶透辟。但是循吏还不是酷吏,循吏只会享太平,现在时代就要酷吏,像汉朝那几个铁心棘手的酷吏,才对劲儿。看,那边不又是打架,那可怜的老头儿,头皮也让扎破了。这儿又是一群人围着赌钱。青天白日,当街赌钱。坏人只配恶对付。杀头,绞,凌迟,都不应该废的,像我们这样民风强悍的地方,更不能废,一废坏人更没有忌惮,更没有天地了。真要有酷吏才好。今天县知事请我不知道为什么。他信上说有要事面商,他怎么会知道我。……"

　　下午老李还是坐了知事大老爷的轿子回乡。他初次见官的成绩很不坏,想不到他倒那样的开通,那样的直爽,那样的想认真办事。他要我帮忙——办开民高小？我做校长？他说话倒真是诚恳。孟甫叔父怎么能办教育？他自己就没有受什么教育。还有他的品格！抽大烟,外遇,侵吞学费；哼,不要说公民资格,人格都没有,怎么配当校长？怎么配教育青年子弟？难怪地方上看不起新开的学堂,应该赶走,应该赶跑。可是我来接他的手？我干不干？我不是预定考大学预科将来专修算学的吗？要是留在地方上办事,知事说的为"桑梓帮忙",我的学问也就完事了,我妈倒是最愿意我留在乡里,也不怪她,她上了年纪,又没有女儿,常受邻房的呕气,气得肝胃脾肺肾轮流的作怪,我要是一出远门,她不是更没有主意,早晚要有什么病痛,叫她靠谁去？知事也这么说,这话倒是情真。况且到北京去念书,要几千里路的路费,大学不比中学,北京不是杭州,用费一定大得多,我哪儿有钱使——就算考取了也还是难,索性不去也吧,可是做校长？校长得兼教修身每星期训词——这都不相干,做一校之长,顶要紧就是品格,校长的品格,就是学堂的品格。我主张三育并重,德育、智育、体育——德育尤其要紧,管理要从严,常言说的棒头上出孝子,好学生也不是天生的,认真来做一点社会事业也好,教育是万事的根本,知事说的不错。我们金华这样的赌风、淫风、械斗、抢劫,都因为群众不明白事理,没有相当的教育,教育,小学教育,尤其是根本,我不来办难道还是让孟甫叔父一般糊涂虫去假公济私不成,知事说的当仁不让……

三

　　"娘的话果然不错,"老李又在想心思,一天下午他在学校操场的后背林子里独自散步,"娘的话果然不错,"世道人心真是万分的险峻。娘说孟甫叔父混号叫作笑面老虎,不是好惹的,果然有他的把戏。整天的吃毒药,整天的想打人家的主意。真可笑,他把教育事业当作饭碗,知事把他撤了换我,他只当是我存心抢了他的饭碗——我不去问他的前任的清账,已经是他的便宜，他倒反而唆使猛三那大傻子来跟我捣乱。怎么，那份祭产不归念书的，倒归当兵的；一个连长就会比中学校的卒业生体面，真是笑话。幸亏知事明白，没有听信他们的胡说，还是把这份收入判给我。我倒也不在乎这三四十担粗米，碰到年成坏，也许谷子都收不到，就是我妈倒不肯放手，她话也不错，既是我们的名分，为什么要让人强抢去，孟甫叔父的说话真凶，真是笑里藏刀，句句话有尖刺儿的，他背后一定咒我，一定狠劲的毁谤我。猛三那大傻子，才上他的臭当，隔着省份奔回来替我争这份祭产，他准是一个大草包，他那样子一看就是个强盗，他是在广东当连长的，杀人放火本来是他正当的职业，怪不得他开口就想骂，动手就想打，我是不来和他们一般见识，把一百多的小学生管好已够我的忙，谁还有闲工夫吵架？可是猛三他那傻，想了真叫人要笑，跑了几千里地，祭产没有争着，自己倒赔了路费，听说他昨天又动身回广东去了。他自己家庭的肮脏，他倒满不知道，街坊谁不在他的背后笑呵——真是可怜蠢奴才，他就配当兵杀人！那位孟甫老先生还是吃他的鸟烟，我倒不知道他还有什么好主意！

四

知事来了！知事来了！

操场上发生了惨剧，一大群人围着。

知事下了轿，挨进了人圈子。踏烂的草地上横躺着两具血污的尸体。一具斜侧着，胸口流着一大堆的浓血斑，右手里还擎着一柄半尺长铄亮的尖刀，上面沾着梅花瓣似的血点子，死人的脸上，也是一块块的血斑，他原来生相粗恶，如今看的更可怕了。他是猛三。老李在他的旁边躺着，仰着天，他的情形看的更可惨，太阳穴、下颏、脑壳、两肩、手背、下腹，全是尖刀的窟窿，有的伤处，血已经淤住了，有鲜红还在直淌，他睁着一双大眼，口也大开着，像是受致命伤以前还在喊救命似的，他旁边伏着一个五六十岁的妇人，拉住他一只石灰色的手，在硬咽的痛哭。

知事问事了。

猛三分明是自杀的。

他刺死了老李以后就把刀尖往他自己的心窝里一刺完事。有好几个学生也全看见的，现在他们都到知事跟前来做见证了。他们说今天一早七点半早操班，校长李先生站在那株白果树底下督操，我们正在行深呼吸，忽然听见李先生大叫救命，他向着这一头直奔，他头上已经冒着血，背后凶手他手里拿着这把明晃晃的刀（他们转身望猛三的尸体一指）狠命的追，李先生也慌了，他没有往我们排队那儿逃，否则王先生手里有指挥刀也许还可以救他的命，他走不到几十步，就被那凶手一把揪住了，那凶手真凶，一刀一刀的直刺，一直把李先生刺倒，李先生倒地的时候，我们还听见他大声的嚷救命，可是又有谁去救他呢？不要说我们，连王先生也吓呆了，本来要救，也来不及，那凶手把李先生弄死了，自己也就对准胸膛裁了一刀，他也完了。他几时进来，我们也不知道，他始终没有开一声口。……

知事说够了够了，他就叫他带来的仵作去检猛三的身上。猛三夹袄的口袋里有几块钱，一张撕过的船票，广东招商局的，一张相面先生的广告单，一个字纸团。打开看了，那是一封信。那猛三不就是四个月前和老李争祭产的那个连长吗？老李的母亲揩干了眼泪，走过来说，正是他，那是孟甫叔父怪嫌老李抢了他的校长，故意唆使他来捣乱的。我也听是这么说，知事说，孟甫真不应该，他把手里的字条扬了一扬，恐怕眼前的一场流血，也少不了他的份儿，猛三的妻子是上月死的吗？是的。她为什么死的？她为什么死的！知事难道不明白街坊上这一时沸沸扬扬的，还不是李猛三家小的话柄，真是话柄！

猛三那糊涂虫，才是糊涂虫，自己在外省当兵打仗，家里的门户倒没有关紧，也不避街坊的眼，朝朝晚晚，尽是她的发泼，吵得鸡犬不宁的。果然，自作自受，太阳挂在头顶，世界上也不能没有报应……好，就到种德堂去买生皮硝吸。一吸就闹血海发晕，请大夫也太迟了，白送了一条命，不怪自己，又怪谁去！

知事说冤有头，债有主，这两条新鲜的性命，死得真冤，更可惜，好容易一乡上有他一个正直的人，又叫人给毁了，真太冤了！眼看这一百多的学生，又变了失奶的孩子，又有谁能比老李那样热心，勤劳，又有谁能比他那高尚的品格？孟甫真不应该，他那暗箭伤人，想了真叫人痛恨，也有猛三那傻子。听他说什么就信什么，叫他赶回来争祭产，他就回来争祭产，告他老李逼死了他的妻子，叫他回来报仇，也没有说明白为的是什么，他就赶了回来，也不问个红黑是非，船一到埠，天亮就赶来和老李拼命，见面也没有话说，动手就行凶，杀了人自己也抹脖子，现在死没有对证，叫办公事的又有什么主意。

五

老李没有娶亲，没有子息；没有弟兄，也没有姊妹；他就有一个娘，一个年老多病的娘。他让人扎了十几个大窟窿扎死了。他娘滚在鲜血堆里痛哭他；回头他家里狭小的客间里，设了灵座，早晚也就只他的娘哭他，现在的骨头已经埋在泥里，一年里有一次两次烧纸锭给他的——也就只他的老娘。

一个清清的早上

　　翻身？谁没有在床上翻过身来？不错，要是你一上枕就会打呼的话，那原来用不着翻什么身；即使在半夜里你的睡眠的姿态从朝里变成了朝外，那也无非是你从第一个梦跨进第二个梦的意思；或是你那天晚饭吃得太油腻了，你在枕上扭过头颈去的时候你的口舌间也许发生些喏哑的声响——可是你放心，就这也不能是梦话。

　　鄂先生年轻的时候从不知道什么叫作睡不着，往往第二只袜子还不曾剥下他的呼吸早就调匀了，到了早上还得他妈三四次大声的叫嚷才能叫他擦擦眼皮坐起身来的。近来可变得多了，不仅每晚上床去不能轻易睡着，就是在半夜里使劲的噙着枕头想"着"而偏不着的时候也很多。这还不碍，顶坏是一不小心就说梦话，先前他自己不信，后来连他的听差都带笑脸回说不错，先生您爱闭着眼睛说话，这来他吓了，再也不许朋友和他分床或是同房睡，怕人家听出他的心事。

　　鄂先生今天早上确在床上翻了身，而且不止一个，他早已醒过来，他眼看着稀淡的晓光在窗纱上一点点的添浓，一晃晃的转白，现在天已大亮了。他觉得很倦，不想起身，可是再也合不上眼，这时他朝外床屈着身子，一只手臂直挺挺的伸出在被窝外面，半张着口，半开着眼——他实在有不少的话要对自己说，有不少的牢骚要对自己发泄，有不少的委屈要向自己清理。这大清清的早上正合适。白天太忙；咒他的，一起身就有麻烦，白天直到晚上，清早直到黄昏，没有错儿；哪儿有容他自己想心事的空闲，有几回在洋车上伸着腿合着眼顶舒服的，正想搬出几个私下的意思出来盘桓盘桓，可又偏偏不争气，洋车一拐弯他的心就像含羞草让人搔了一把似的裹得紧紧的再也不往外放；他顶恨是在洋车上打盹，有几位吃肥肉的歪着他们那原来不正的脑袋，口液一绞绞的简直像冰葫直往下挂，那样儿才叫寒伧！可是他自己一坐车也掌不住下巴往胸口沉，至多赌咒不让口液往下漏就是。这时候躺在自己的床上，横直也睡不着了，有心事尽管想，随你把心事说出口都不碍，这洋房子漏不了气。对！他也真该仔细的想一想了。

其实又何必想，这干想又有什么用？反正是这么一回事啵！一兜身他又往里床睡了，被窝漏了一个大窟窿，一阵冷空气攻了进来激得他直打寒噤。哼，火又灭了，老崔真该死！呃！好好一个男子，为什么甘愿受女人的气，真没出息！难道没了女人，这世界就不成世界？可是她那双眼，她那一双手——那怪男人们不拜倒——O, mouth of honey, with the thyme for fragrance, Whowithheart inbreast could deny your love? 这两性间的吸引是不可少的，男人要是不喜欢女人，老实说，这世界就不成世界！可是我真的爱她吗？这时候鄂先生伸在外面的一只手又回进被封里去了，仰面躺着。就剩一张脸露在被口上边，端端正正的像一个现制的木乃伊。爱她不爱她……这话就难说了；喜欢她，那是不成问题。她要是真做了我的……哈哈那可斗了，老孔准气得鼻孔里冒烟，小彭气得小肚子发胀，老王更不用说，一定把他那管铁锈了的白郎林拿出来不打我就毁他自己。咳，他真会干，你信不信？你看昨天他靠着墙的时候那神气，简直仿佛一只饿急了的野兽，我真有点儿怕他！鄂先生的身子又弯了起来，一只手臂又出现了。得了，别做梦吧，她是不会嫁我的，她能懂得我什么？她只认识我是一个比较漂亮的留学生，只当我是一个情急的求婚人，只把我看作跪在她跟前求布施的一个——她压根儿也没想到我肚子里究竟是青是黄，我脑袋里是水是浆——这哪儿说得上了解，说得上爱？早着哪！可是……鄂先生又翻了一个身。可是要能有这样一位太太，也够受用了，说一句良心话。放在跟前不讨厌，放在人前不着急。这不着急顶要紧。要像是杜国朴那位太太朋友们初见面总疑心是他的妈，那我可受不了！长得好自然便宜，每回出门的时候，她轻轻的软软的挂在你的臂弯上，这就好比你捧着一大把的百合花，又香又艳的，旁人见了羡慕，你自己心里舒服，你还要什么？还有到晚上看了戏或是跳过舞一同回家的时候，她的两靥让风刮得红村村的，口唇上还留着三分的胭脂味儿，那时候你拥着她一同走进你们又香又暖的卧房,在镜台前那盏鹅黄色的灯光下,仰着头,斜着胸,瞟你这么一眼,那是……那是……鄂先生这时候两只手已经一齐挣了出来,身体也反扑了过来,背仰着天花板,狠劲的死挤他那已经半瘪了的枕头。那枕头要是玻璃做的,早就让他挤一个粉碎!

唉!鄂先生喘了口长气,又回复了他那木乃伊的睡法。唉,不用想太远了;按昨天那神气下回再见面她整个儿不理会我都难说哩!我为她心跳,为她吃不下饭,为她睡不着,为她叫朋友笑话,她,她哪里知道?即使知道了她也不得理会。女孩儿的心肠有时真会得硬,谁说的"冷酷,"一点也不错,你为她伤了风生病,她就说你自个儿不小心,活该,即使你为她吐出了鲜红的心血,她还会说你自己走道儿不谨慎叫鼻子碰了墙或是墙碰了你的鼻子,现在闹鼻血从口腔里哼出来吓呵人哪!咳,难,难,难,什么战争都有法子结束,就这男女性的战争永远闹不出一个道理来;凡人不中用,圣人也不中用,平民不成功,贵族也不成功,哼,反正就是这么回事,随你绕大弯儿小弯儿想去,回头还是在老地方,一步也没有移动。空想什么,咒他的——我也该起来了。老崔!打脸水。

船　上

"这草多青呀!"腴玉简直的一个大筋斗滚进了河边一株老榆树下的草里去了。她反扑在地上,直挺着身子,双手纠着一把青草,尖着她的小鼻子尽磨尽闻尽亲。"你疯了,腴腴!不怕人家笑话,多大的孩子,到了乡下来学叭儿狗打滚!"她妈嗔了。她要是真有一根矮矮的尾巴,她准会使劲地摇;这回其实是乐极了,她从没有这样乐过。现在她没有尾巴,她就摇着她的一双瘦小的脚踝,一面手支着地,扭过头来直嚷:"娘!你不知道我多乐,我活了二十来岁,就不知道地上的青草可以叫我乐得发疯;娘!你也不好,尽逼着我念书,要不然就骂我,也不叫我闻闻青草是什么味儿!"她声音都哑了,两只眼里绽出两朵大眼泪,在日光里亮着,像是一对水晶灯。

真的她自己想着也觉得可笑;怎么的二十来岁的一位大姑娘,连草味儿都没闻着过?还有这草的颜色青的多嫩呀,像是快往下吊的水滴似的。真可爱!她又亲了一口。比什么珠子宝贝都可爱,这青草准是活的,有灵性的;就不惜你不知道她的名字,要不然你叫她一声她准会甜甜的答应你,比阿秀那丫头的声音蜜甜得多。她简直的爱上了她手里捧着的草瓣儿,她心里一阵子的发酸,一颗粗粗的眼泪直掉了下来,真巧,恰好掉在那草瓣儿上,沾着一点儿,草儿微微地动着,对,她真懂得我,她也一定替我难受。这一想开;她也不哭了。她爬了起来,她的淡灰色的哔叽裙上沾着好几块的泥印,像是绣上了绣球花似的,顶好玩,她空举着一双手也不去拂拭,心里觉得顶痛快的,那半涩半香的青草味儿还是在她的鼻孔里轻轻的逗着,仿佛说别忘了我,别忘了我。她妈看着她那傻劲儿,实在舍不得再随口骂,伸手拉一拉自己的衣襟走上一步,软着声音说:"腴腴,不要疯了,快走吧。"

腴玉那晚睡在船上，这小航船已经够好玩，一个大箱子似的船舱，上面盖着芦席，两边两块顶中间嵌小方玻璃的小木窗，左边一块破了一角，右边一块长着几块疙疸儿像是水泡疮；那船梢更好玩，翘得高高的像是乡下老太太梳的元宝髻。开船的时候，那赤腿赤脚的船家就把那支又笨又重的橹安上了船尾尖上的小铁槌儿，那磨得铄亮的小铁拳儿，船家的大脚拇指往前一扁一使劲，那橹就推着一股水叫一声"姓纪"船家的脚跟向后一顿，身子一仰，那橹儿就扳着一股水叫一声"姓贾"，这一纪一贾，这只怪可怜的小航船儿就在水面上晃着她的黄鱼口似的船头直向前溜，底下托托的一阵水响怪招痒。腴玉初下船时受不惯，真的打上了好几个寒噤，但要不了半个钟头就惯了。她倒不怕晕，她在垫褥上盘腿坐着，臂膀靠着窗，看一路的景致，什么都是从不曾见过似的，什么都好玩——那横肚里长出来的树根像老头儿脱尽了牙的下巴，在风里摇着的芦梗，在水边洗澡的老鸦，露出半个头，一条脊背的水牛，蹲在石渡上洗衣服的乡下女孩子，仰着她那一块黄糙布似的脸子呆呆的看船，旁边站着男小孩子，不满四岁光景，头顶笔竖着一根小尾巴，脸上画着泥花，手里拿着树条，他也呆呆的看船。这一路来腴玉不住的叫着妈：这多好玩，那多好玩；她恨不得自己也是个乡下孩子，整天去弄水弄泥没有人管，但是顶有趣的是那水车，活像是一条龙，一斑斑的龙鳞从水里往上爬；乡下人真聪明，她心里想，这一来河里的水就到了田里去，谁说乡下人不机灵？喔，你看女人也来踏水的，你看他们多乐呀，两个女的，一个男的，六条腿忙得什么似的尽踩，有一个长得顶秀气，头上还戴花哪，她看着我们船直笑。妈你听呀，这不是真正的山歌！什么李花儿、桃花儿的我听不清，好听，妈，谁说做乡下人苦，你看他们做工都是顶乐的，赶明儿我外国去了回来一定到乡下来做乡下人，踏水车儿唱山歌，我真干，妈，你信不信？

　　她妈领着她替她的祖母看坟地来的。看地不是她的事，她这来一半天的工夫见识可长了不少。真的，你平常不出门你永远不得知道你自个儿的见识多么浅陋得可怕，连一个七八岁的乡下姑娘都赶不上，你信不信？可不是我方才拿着麦子叫稻，点着珍珠米梗子叫芋头招人家笑话。难为情，芋头都认不清，那光头儿的大荷叶多美；榆钱儿也好玩，真像小钱，我书上念过，可从没有见过，我捡了十几个整圆的拿回去给妹妹看。还有那瓜蔓也有趣，像是葡萄藤，沿着棚匀匀地爬着，方才那红眼的小养媳妇告诉我那是南瓜，到了夏天长得顶大顶大的，有的二十斤重，挂在这细条子上，风吹雨打都不易吊，你说这天下的东西造得多灵巧多奇怪呀。这晚上她睡在船舱里怎么也睡不着。腿有点儿酸，白天路跑多了。眼也酸，可又合不紧，还是开着吧，舱间里黑沉沉的，妈已经睡着了，外舱老妈子丫头在那儿怪寒伧地打呼。她偏睡不着，脑筋里新来的影子真不少，像是家里有事情屋子里满了的全是外来的客，有的脸熟，有的不熟；又像是迎会，一道道的迎过去；又像是走马灯，转了去回来了。一纪一贾的橹声，轧轧的水车，那水面露着的水牛鼻子，那一田的芋头叶，那小孩儿的赤腿，吃晚饭时乡下人拿进来那碗螺丝肉，桃花李花的山歌，那座小木桥，那家带卖茶的财神庙，那河边青草的味儿……全在这儿，全在她的脑壳里挤着，也许他们从此不出去了。这新来客一多，原来的家里人倒像是躲起来了，腴玉，这天以前的腴玉，她的思想，她的生活，她的烦恼，她的忧愁，全躲起来了，全让这芋头水牛鼻子螺丝肉挤跑了；她仿佛是另投了胎，换了一个人似的，就连睡在她身旁的妈都像是离得很远，简直不像是她亲娘；她仿佛变了那赤着腿脸上涂着泥手里拿着树条站在河边瞪着眼的小孩儿，不再是她原来的自己。哦，她的梦思风车似的转着，往外跳的谷皮全是这一天的新经验，与那二十年间在城市生长养大的她绝对的联不起来，这是怎么回事……

她翻过身去，那块长疙疤的小玻璃窗外天光望见了她。咦，她果然是在一只小航船里躺着，并不是做梦。窗外白白的是什么呀，她一仰头正对着岸上那株老榆树顶上爬着的几条月亮，本来是个满月，现在让榆树叶子揉碎了。那边还有一颗顶亮的星，离着月亮不远，腴玉益发的清醒了。这时船身也微微地侧动，船尾那里隐隐的听出水声，像是虫咬什么似的响着，远远的风声、狗叫声也分明地听着，她们果然是在一个荒僻的乡下过夜，也不觉得害怕，多好玩呀！再看那榆树顶上的月亮，这月色多清，一条条的光亮直打到你眼里呀，叫你心窝里一阵阵的发冷，叫你什么不愿意想着的事情全想了起来，呀，这月光……

这一转身，一见月光，二十年的她就像孔雀开屏似的花斑斑的又支上了心来。满屋子的客人影子都不见了。她心里一阵子发冷,她还是她,她的忧愁,她的烦恼,压根儿就没有离着她——她妈也转了一个身,她的迟重的呼吸就在她的身旁。

肉艳的巴黎

　　我在巴黎时常去看一个朋友，他是一个画家，住在一条闻着鱼腥的小街底头一所老屋子的顶上一个 A 字式的尖阁里，光线暗淡得怕人，白天就靠两块日光胰子大小的玻璃窗给装装幌，反正住的人不嫌就得，他是照例不过正午不起身，不近天亮不上床的一位先生，下午他也不居家，起码总得上灯的时候他才脱下了外褂露出两条破烂的臂膀埋身在他那艳丽的垃圾窝里开始他的工作。

　　艳丽的垃圾窝——它本就是一幅妙画！我说给你听听。贴墙有精窄的一条上面盖着黑毛毡的算是他的床，在这上面就准你规规矩矩地躺着，不说起坐一定扎脑袋，就连翻身也不免冒犯斜着下来永远不退让的屋顶先生的身份！承着顶尖全屋子顶宽舒的部分放着他的书桌——我捏着一把汗叫它书桌，其实还用提吗，上边什么法宝都有，画册子、稿本、黑炭、颜色盘子、烂袜子、领结、软领子、热水瓶子压瘪了的，烧干了的酒精灯、电筒、各色的药瓶、彩油器、脏手绢、断头的笔杆、没有盖的墨水瓶子、一柄手枪，那是瞒不过我化七法郎在密歇耳大街路旁旧货摊上换来的，照相镜子、小手镜、断齿的梳子、蜜膏、晚上喝不完的咖啡杯、详梦的小书，还有——还有可疑的小纸盒儿，凡士林一类的油膏……一只破木板箱一头漆着名字上面蒙着一块灰色布的是他的梳妆台兼书架，一个洋磁面盆半盆的胰子水似乎都叫一部旧版的卢骚集子给饕了去，一顶便帽套在洋瓷长提壶的耳柄上，从袋底里倒出来的小铜钱错乱地散着像是土耳其人的符咒，几只稀小烂苹果围着一条破香蕉像是一群大学教授们围着一个教育次长索薪……

　　壁上看得更斑斓了：这是我顶得意的一张庞那的底稿当废纸买来的，那是我临蒙内的裸体，不十分行，我来撩起灯罩你可以看清楚一点，草色太浓了，那膝部画坏了，那一小幅更名贵，你认是谁，罗丹的！那是我前年最大的运气，也算是错来的，老巴黎就是这点子便宜，挨了半年八个月的饿不要紧，只要有机会捞着真东西，这还不值得！那边一张挤在两幅油画缝里的，你见了没有，也是有来历的，那是我前年趁马克倒霉路过佛兰克福德时夹手抢来的，是真的孟察尔都难说，说差糊了一点，现在你给三千法郎我都不卖，加倍再加倍都值，你信不信？再看那一长条……在他那手指点东西的买弄他的家珍的时候，你竟会忘了你站着的地方是不够六尺阔的一间阁楼，倒像跨在你头顶那两片斜着下来的屋顶也顺着他那艺术谈法术似的隐了去，露出一个爽朗的高天，壁上的疙瘩、壁喜窠、霉块、钉疤，全化成了哥罗画帧中"飘摇欲化烟"的最美丽的林树与轻快的流涧；桌上的破领带、手绢、烂香蕉、臭袜子等等也全变形成戴大阔边稻草帽的牧童们，偎着树打盹的，牵着牛在涧里喝水的，手反衬着脑袋放平在青草地上瞪眼看天的，斜眼溜着那边走进来的姑娘们手按着音腔吹横笛的——可不是那边来了一群姑娘们，全是年岁青青的，露着胸膛，散着头发，还有光着白腿的在青草地上跳着来了……小心札脑袋，这屋子真扁纽，你出什么神来了？想着你的 Bel, Ami 对不起？你到巴黎快半个月了，该早有落儿了，这年头收成真容易——呃，太容易了！谁说巴黎不是理想的地狱？你吸烟斗吗？这儿有自来火。对不起，屋子里除了床，就是那张弹簧早经追悼了的沙发，你坐坐吧，给你一个垫子，这是全屋子顶温柔的一样东西。

　　不错，那沙发，这阁楼上要没有那张沙发，主人的风格就落了一个极重要的元素。说它肚子里的弹簧完全没了劲，在主人说是太谦，在我说是简直诬蔑了它。因为分明有一部分内簧是不曾死透的，那在正中间，看来倒像是一座分水岭，左右都是往下倾的，我初坐下时不提防它还有弹力，倒叫我骇了一下；靠手的套布可真是全霉了，露着黑黑黄黄不知是什么货色，活像主人衬衫的袖子。我正落了坐，他咬了咬嘴唇翻一翻眼珠微微地笑了。笑什么了你？我笑——你坐上沙发那样儿叫我想起爱菱。爱菱是谁？她呀——她是我第一个模特儿。模特儿？你的？你的破房子还有模特儿，你这穷鬼花得起……别急，究竟是中国初来的，听了模特儿就这样的起劲。看你那脖子都上了红印了！本来不算事，当然，可是我说像你这样破鸡棚破鸡棚……便怎么样，耶稣生在马槽里的，安琪儿们都在马矢里跪着礼拜哪！别忙，好朋友，我讲你听。如其巴黎人有一个好处，他就是不势利！中国人顶糟了，这一点；穷人有穷人的势利，阔人有阔人的势利，半不阑珊有半不阑珊的势利——那才是半开化，才是野蛮！你看像我这样子，头发像刺猬，八九天不刮的破胡子，半年不收拾的脏衣服，鞋带扣不上的皮鞋——要在中国，谁不叫我外国叫花子，哪配进北京饭店一类的势利场；可是在巴黎，我就这样儿随便问哪一个衣服顶漂亮脖子搽得顶香的娘们跳舞，十回就有九回成，你信不信？至于模特儿，那更不成话，哪有在巴黎学美术的，不论多穷，一年里不换十来个眼珠亮亮的来坐样儿？房子破更算什么？波希民的生活就是这样，按你说模特儿就不该坐坏沙发，你得准备杏黄贡缎绣丹凤朝阳坐垫的太师椅请她坐你才安心对不对？再说……

　　别再说了！算我少见世面，算我是乡下老戆，得了；可是说起模特儿，我倒有点好奇，你无妨讲些经验给我长长见识？有真好的没有？我们在美术院里见着的什么维纳丝得米罗、维纳丝梅第妻，还有铁青的、鲁班师的、鲍第千里的、丁稻来笃的、箕奥其安内的裸体实在是太美、太理想，太不可能，太不可思议；反而说，新派的比如雪尼的约克的，玛提斯的，塞尚的，高更的，弗朗刺马克的，又是太丑，太损，太不像人，一样的太不可能，太不可思议。人体美，究竟怎么一回事？我们不幸生长在中国女人衣服一直穿到下巴底下腰身与后部看不出多大分别的世界里，实在是太蒙昧无知，太不开眼。可是再说呢，东方人也许根本就不该叫人开眼的，你看过约翰巴里士那本沙扬娜拉没有，他那一段形容一个日本裸体舞女——就是一张脸子粉搽得像棺材里爬起来的颜色，此外耳朵以后下巴以下就比如一节蒸不透的珍珠米——看了真叫了恶心。你们学美术的才有第一手的经验，我倒是……

　　你倒是真有点羡慕，对不对？不怪你，人总是人。不瞒你说，我学画画原来的动机也就是这点子对人体秘密的好奇。你说我穷相，不错，我真是穷，饭都吃不出，衣都穿不全，可是模特儿——我怎么也省不了。这看人体美的欣赏在我已经成了一种生理的要求，必要的奢侈，不可摆脱的嗜好；我宁可少吃俭穿，省下几个佛郎来多雇几个模特儿。你简直可以说我是着了迷，成了病，发了疯，爱说什么就什么，我都承认——我就不能一天没有一个精光的女人躺在我的面前供养，安慰，喂饱我的"眼淫"。当初罗丹我猜也一定与我一样的狼狈，传说他那房子里老是有剥光的女人，也不为坐样儿，单看她们日常生活"实际的"多变化的姿态——他是一个牧羊人，成天看着一群剥了毛皮的驯羊！鲁班师那位穷凶极恶的大手笔，说是常常为他太太做模特儿，结果因为他成天不断的画他太太竟许连穿裤子的空儿都难得有！但如果这话是真的，鲁班师还是太傻，难怪他那画里的女人都是这剥白猪似的单调，少变化；美的分配在人体上是极神秘的一个现象，我不信有理想的全材，不论男女，我想几乎是不可能的，上帝拿着一把颜色望地面上撒，玫瑰、罗兰、石榴、玉簪、剪秋罗，各样都沾到了一种或几种的彩泽，但决没有一种花包含所有的可能的色调，那如其有，按理论讲，岂不是又得回复了没颜色的本相？人体美也是这样的，有的美在胸部，有的腰部，有的下部，有的头发，有的手，有的脚踝，那不可理解的骨骼、筋肉、肌肤的会合，形成各各不同的线条，色调的变化，皮面的胀度，毛管的分配，天然的姿态，不可制止的表情——也得你不怕麻烦细心体会发现去，上帝没有这样便宜你的事情，他决不给你一个具体绝对美，如此我们所有艺术的努力就没有了意义；巧妙就在你明知这山里有金子，可是在那一点你得自己下功夫去找。啊！说起这艺术家审美的本能，我真要闭着眼感谢上帝——要不是它，岂不是所有人体的美；说窄一点，都变了古长安道上历代帝王的墓窟，全叫一层或几层薄薄的衣服给埋没了！回头我给你看我那张破床底下有一本宝贝，我这十年血汗辛苦的成绩——千把张的人体临摹，而且十分之九是在这间破鸡棚里勾下的，别看低我这张弹簧早经追悼的沙发，这上面落坐过至少一二百个当得起美字的女人！别提专门做模特儿的，巴黎哪一个不知道俺家黄脸什么，那不算稀奇，我自负的是我独到的发现：一半因为看多了的缘故，女人肉的引诱在我差不多完全的消灭在美的欣赏里面，结果在我这双"淫眼"看来，一丝不挂的女人就同紫霞宫里翻出来的尸首穿得重重密密的摇不动我的性欲，反面说当真穿着整齐的女人，不论她在人堆里站着，在路上走着，只要我的眼到，她的衣服的障碍就无形的消灭，正如老练的镀师一瞥就认出镀苗，我这美术本能也是一瞥就认出"美苗"，一百次里错不了一次；每回发现了可能的时候，我就非想法找到她剥光了她叫我看个满意不成，上帝保佑这文明的巴黎，我失望的时候真难得有！我记得有一次在戏院子看着了一个贵妇人，实在没法想（我当然试来）我那难受就不用提了，比发疟疾还难受——她那特长分明是在小腹与……

够了够了！我倒叫你说得心痒痒的；人体美！这门学问，这门福气，我们不幸生长在东方谁有机会研究享受过来？可是我既然到了巴黎，又幸气碰着你，我倒真想借你的光开开我的眼，你得替我想法，要找在你这宏富的经验中比较最贴近理想的一个看看……

你又错了！什么，你意思花就许巴黎的花香，人体就许巴黎的美吗？太灭自己的威风了！别信那巴理士什么沙扬娜拉的胡说；听我说，正如东方的玫瑰不比西方的玫瑰差什么香味，东方的人体在得到相当的栽培以后，也同样不能比西方的人体差什么美——除了天然的限度，比如骨骼的大小，皮肤的色彩。同时顶要紧的当然要你自己性灵里有审美的活动，你得有眼睛，要不然这宇宙不论它本身多美多神奇在你还是白来的。我在巴黎苦过这十年，就为前途有一个宏愿：我要张大了我这经过训练的"淫眼"到东方去发现这人美——谁说我没有大文章做出来？至于你要借我的光开开眼，那是最容易不过的事情，可是我想想——可惜了！有个马达姆朗洒，原先在巴黎大学当物理讲师的，你看准忘不了，现在可不在了，到伦敦去了；还有一个马达姆薛托漾，她是远在南边乡下开面包铺子的，她就够打倒你所有的丁稻来笃，所有的铁青，所有的箕奥其安内——尤其是给你这未入流看，长得太美了，她通体就看不出一根骨头的影子，全叫匀匀的肉给隐住的，圆的，润的，有一致节奏的，那妙是一百个歌蒂露也形容不全的，尤其是她那腰以下的结构，真是奇迹！你从意大利来该见过西龙尼维纳丝的残象，就那也只能仿佛，你不知道那活的气息的神奇，什么大艺术天才都没法移植到画布上或是石塑上去的（因此我常常自己心里辩论究竟是艺术高出自然，还是自然高出艺术，我怕上帝僭先的机会毕竟比凡人多些）；不提别的单就她站在那里你看，从小腹接柽上股那两条交会的弧线起直往下贯到脚着地处止，那肉的浪纹就比是——实在是无可比——你梦里听着的音乐；不可信的轻柔，不可信的匀净，不可信的韵味——说粗一点，那两股相并处的一条线直贯到底；不漏一屑的破绽,你想通过一根发丝或是吹度一丝风息都是绝对不可能的——但同时又决不是肥肉的黏着,那就呆了。真是梦!唉,就可惜多美一个天才偏叫一个六尺三高长红胡子的面包师给糟蹋了;真的这世上的因缘说来真怪,我很少看见美妇人不嫁给猴子类、牛类、水马类的丑男人!但这是笑话。眼前我招得到的,够资格的也就不少——有了,方才你坐上这沙发的时候叫我想起了爱菱,也许你与她有缘分,我就为你招她去吧,我想应该可以容易招到的。可是哪儿呢?这屋子终究不是欣赏美妇人理想背景,第一不够开展,第二光线不够——至少为外行人像你一类着想……我有了一个顶好的主意,你远来客我也该独出心裁招待你一次,好在爱菱与我特别的熟,我要她怎么她就怎么;暂且约定后天吧,你上午十二点到我这里来,我们一同到芳丹薄罗的大森林里去,那是我常游的地方,尤其是阿房奇石相近一带,那边有的是天然的地毯,这一时是自然是最妖艳的日子,草青得滴得出翠来,树绿得涨得出油来,松鼠满地满树都是,也不很怕人,顶好玩的,我们决计到那一带去秘密野餐吧——至于"开眼"的话,我包你一个百二十分的满足,将来一定是你从欧洲带回家最不易磨灭的一个印象!一切有我希置去,你要是愿意贡献的话,也不用别的,就要你多买大杨梅,再带一瓶橘子酒,一瓶绿酒,我们享半天闲福去。现在我讲得也累了,我得躺一会儿,我拿我床底下那本秘本给你先揣摩揣摩……

※ ※

隔一天我们从芳丹薄罗林子里回巴黎的时候,我仿佛刚做了一个最荒唐,最艳丽,最秘密的梦。

"浓得化不开"（星加坡）

大雨点打上芭蕉有铜盘的声音，怪。"红心蕉，"多美的字面。红得浓得好。要红，要热，要烈，就得浓，浓得化不开，树胶似的才有意思，"我的心像芭焦的心，红……"不成！"紧紧的卷着，我的红浓的芭蕉的心……"更不成。趁早别再诌什么诗了。自然的变化，只要你有眼随时随地都是绝妙的诗。完全天生的，白做就成。看这骤雨，这万千雨点奔腾的气势，这迷蒙，这渲染，看这一小方草地生受这暴雨的侵凌，鞭打，针刺，脚踹，可怜的小草，无辜的……可是慢着，你说小草要是会说话，它们会嚷痛，会叫冤不？难说他们就爱这门儿——出其不意的，使蛮劲的，太急一些，当然，可这正见情热，谁说这外表的凶狠不是变相的爱。有人就爱这急劲儿！

再说小草儿吃亏没有，让急雨狼虎似的胡亲了这一阵子？别说了，它们这才真漏着喜色哪，绿得发亮，绿得发油，绿得放光。它们这才乐哪！

呒，一首淫诗。蕉心红得浓，绿草绿成油。本来嘛，自然就是淫，它那从来不知厌满的创化欲的表现还不是淫；淫，甚也。不说别的，这雨后的泥草间就是万千小生物的胎宫，蚊虫、甲虫、长脚虫、青跳虫、慕光明的小生灵，人类的大敌。热带的自然更显得浓厚，更显得猖狂，更显得淫，夜晚的星都显得玲珑些，像要向你说话半开的妙口似的。

可是这一个人耽在旅舍里看雨，够多凄凉。上街不知向哪儿转，一张熟脸都看不见，话都说不通，天又快黑，潮湿的地，你上哪儿去？得。"有孤王……"一个小声音从廉枫的嗓子里自己唱了出来。"坐至在梅……"怎么了！哼起京调来了？一想着单身就转着梅龙镇，再转就该是李凤姐了吧，哼！好，从高超的诗思堕落到腐败的戏腔！可是京戏也不一定是腐败，何必一定得跟着现代人学势利？正德皇帝在梅龙镇上，林廉枫在星加坡。他有凤姐，我——惭愧没有。廉枫的眼前晃着舞台上凤姐的倩影，曳着围巾，托着盘，踏着跷。"自幼儿"……去你的！可是这闷是真的。雨后的天黑得更快，黑影一幕幕地直盖下来，麻雀儿都回家了。干什么好呢？有什么可干的？这叫作孤单的况味。这叫作闷。怪不得唐明皇在斜谷口听着栈道中雨声难过，良心发现，想着玉环……我负了卿……转自忆荒茔——呒，又是戏！又不是戏迷，左哼右哼哼什么的！出门吧。

廉枫跳上了一架厂车，也不向那带回子帽的马来人开口，就用手比了一个丢圈子的手势。那马来人完全了解，脑袋微微地一侧，车就开了。焦桃片似的店房，黑芝麻长条饼似的街，野兽似的汽车，磕头虫似的人力车，长人似的树，矮树似的人。廉枫在急掣的车上快镜似的收着模糊的影片，同时顶头风刮得他本来梳整齐的分边的头发直向后冲，有几根沾着他的眼皮痒痒地舔，掠上了又下来，怪难受的。这风可真凉爽，皮肤上，毛孔里，哪儿都受用，像是在最温柔的水波里游泳。做鱼的快乐，气流似乎是密一点，显得沉。一只疏荡的胳膊压在你的心窝上……确是有肉糜的气息，浓得化不开。快，快，芭蕉的巨灵掌，椰子树的旗头，橡皮树的白鼓眼，棕榈树的毛大腿，合欢树的红花痢，无花果树的要饭腔，蹲着脖子，弯着臂膊……快，快；马来人的花棚，中国人家的氅灯，西洋人家的牛奶瓶，回子的回子帽，一脸的黑花，活像一只煨灶的猫……

车忽然停住在那有名的潴水潭的时候，廉枫快活的心轮转得比车轮更显得快，这一顿才把他从幻想里锤了回来。这时候旅困是完全叫风给刮散了。风也刮散了天空的云，大狗星张着大眼霸占着东半天，猎夫只看见两只腿，天马也只漏半身，吐鲁士牛大哥只翘着一支小尾。咦，居然有湖心亭。这是谁的主意？红毛人都雅化了，唉，不坏，黄昏未死的紫曛，湖边丛林的倒影，林树间艳艳的红灯，瘦伶伶的窄堤桥连通着湖亭。水面上若无若有的涟漪，天顶几颗疏散的星。真不坏。但他走上堤桥不到半路就发现那亭子里一齿齿的把柄，原来这是为安量水表的，可这也将就，反正轮廓是一座湖亭，平湖秋月……呒，有人在哪！这回他发现的是靠亭栏的一双人影，本来是糊成一饼的，他一走近打搅了他们。"道歉，有扰清兴，但我还不只是一朵游云，虑俺作甚。"廉枫默诵着他戏白的念头，粗粗望了望湖，转身走了回去。"苟……"他坐上车起首想，但他记起了烟卷，忙着在风尖上划火，下文如其有，也在他第一喷龙卷烟里没了。

廉枫回进旅店门仿佛又投进了昏沉的圈套，一阵热，一阵烦，又压上了他在晚凉中疏爽了的心胸。他正想叹一口安命的气走上楼去，他忽然感到一股彩流的袭击从右首窗边的桌座上飞骠了过来。一种巧妙的敏锐的刺激，一种浓艳的警告，一种不是没有美感的迷惑。只有在巴黎晦盲的市街上走进新派的画店时，仿佛感到过相类的惊惧。一张佛拉明果的野景，一幅玛提斯的窗景，或是佛朗次马克的一方人头马面。或是马克夏高尔的一个卖菜老头。可这是怎么了，那窗边又没有挂什么未来派的画，廉枫最初感到的是一球大红，像是火焰；其次是一片乌黑，墨品似的浓，可又花须似的轻柔；其次是一流蜜，金漾漾的一泻，再次是朱古律（Chocolate），饱和着奶油最可口的朱古律。这些色感因为浓初来显得凌乱，但瞬息间线条和轮廓的辩论笼住色彩的蓬勃的波流。廉枫幽幽的喘了一口气。"一个黑女人，什么了！"可是多妖艳的一个黑女，这打扮真是绝了，艺术的手腕神化了天生的材料，好！乌黑的惺忪的是她的发，红的是一边鬓角上的插花，蜜色是她的玲巧的挂肩，朱古律是姑娘的肌肤的鲜艳，得儿朗打打，得儿铃丁下……廉枫停步在楼梯边欣赏不期然的流成了新韵。

"还漏了一点小小的却也不可少的点缀，她一只手腕上还带着一小支金环哪。"廉枫上楼进了房还是尽转着这绝妙的诗题——色香味俱全的奶油朱古律，耐宿儿老牌，两个辨士一厚块，拿铜子往轧缝里放，一，二，再拉那铁环，喂，一块印金字红纸包的耐宿儿奶油朱古律。可口！最早黑人上画的怕是孟内那张奥林比亚吧，有心机的画家，廉枫躺在床上在脑筋里翻着近代的画史。有心机有胆识的画家，他不但敢用黑来衬托黑，唉，那斜躺着的奥林比亚不是鬓上也插着一朵花吗？底下的那位很有点像奥林比亚的抄本，就是白的变黑了。但最早对朱古律的肉色表示敬意的可还得让还高更，对了，就是那味儿，浓得化不开，他为人间，发现了朱古律皮肉的色香味，他那本 *Noa, Noa* 是二十世纪的"新生命"——到半开化，全野蛮的风土间去发现文化的本真，开辟文艺的新感觉……

但底下那位朱古律姑娘倒是做什么的？做什么的，傻子！她是一个人道主义者，一筏普济的慈航，他是赈灾的特派员，她是来慰藉旅人的幽独的。可惜不曾看清她的眉目，望去只觉得浓，浓得化不开，谁知道她眉清还是目秀！眉清目秀！思想落后！唯美派的新字典上没有这类腐败的字眼。且不管她眉目，她那姿态确是动人，怯怜怜的，简直是秀丽，衣服也剪裁得好，一头蓬松的乌霞就耐人寻味。"好花儿出至在僻岛上！"廉枫闭着眼又哼上了。……

"谁"，窸窣的门响将他从床上惊跳了起来，门慢慢的自己开着，廉枫的眼前一亮，红的！一朵花；是她！进来了！这怎么好！镇定，傻子，这怕什么。

她果然进来了，红的、蜜的、乌的、金的、朱古律、耐宿儿、奶油，全进来了。你不许我进来吗？朱古律笑口的低声的唱着，反手关上了门。这回眉目认得清楚了，清秀，秀丽，韶丽；不成，实在得另翻一本字典，可是"妖艳"，总合得上。廉枫迷糊的脑筋里挂上了"妖""艳"两个大字。朱古律姑娘也不等请，已经自己坐上了廉枫的床沿。你倒像是怕我似的，我又不是马来半岛上的老虎！朱古律的浓重的色浓重的香团团围裹住了半心跳的旅客。浓得化不开！李凤姐，李凤姐，这不是你要的好花儿自己来了！笼着金环的一枝手腕放上了他的身，紫姜的一枝小手把住了他的手。廉枫从没有知道他自己的手有那样的白。"等你家哥哥回来"……廉枫觉得他自己变了骤雨下的小草，不知道是好过，也不知道是难受。湖心亭上那一饼子黑影，大自然的创化欲，你不爱我吗？朱古律的声音也动人——脆，幽，媚。一只青蛙跳进了池潭，扑崔！猎夫该从林子里跑出来了吧？你不爱我吗？我知道你爱，方才你在楼梯边看我我就知道，对不对亲孩子，紫姜辣上了他的面庞，救驾！快辣上他的口唇了。可怜的孩子，一个人住着也不嫌冷清，你瞧，这胖胖的荷兰老婆都让你抱瘪了，你不害臊吗？廉枫一看果然那荷兰老婆（南洋人用的长枕）让他给挤扁了，他不由的觉得有些发烧。我来做你的老婆好不好？朱古律的乌云都下来了。"有孤王……"使不是。朱古律，盖苏文，青面獠牙的……"干米一家的姑母"，血盆的大口，高耸的颧骨，狼嚎的笑响……鞭打，针刺，脚踢——喜色，呸，见鬼！唷，闷死了，不好，茶房！

廉枫想叫可是嚷不出，身上油油的觉得全是汗。醒了醒了，可了不得，这心跳得多厉害。荷兰老婆活该遭劫，夹成了一个破烂的葫芦。廉枫觉得口里直发腻，紫姜，朱古律，也不知是什么，浓得化不开。

十七年一日

"浓得化不开"之二（香港）

廉枫到了香港，他见的九龙是几条盘错的运货车的浅轨，似乎有头，有尾，有中段，也似乎有隐现的爪牙，甚至在火车头穿度那栅门时似乎有迷漫的云气。中原的念头，虽则有广九车站上高标的大钟的暗示，当然是不能在九龙的云气中幸存。这在事实上也省了许多无谓的感慨。因此眼看着对岸，屋宇像樱花似盛开着的一座山头，如同对着希望的化身，竟然欣欣的上了渡船。从妖龙的脊背上过渡到希望的化身去。

富庶，真富庶，从街角上的水果摊看到中环乃至上环大街的珠宝店；从悬挂得如同 Banyan 树一般繁衍的腊食及海味铺看到穿着定阔花边艳色新装走街的粤女；从石子街的花市看到饭店门口陈列着"时鲜"的花狸金钱豹以及在浑水盂内倦卧着的海狗鱼，惟一的印象是一个不容分析的印象：浓密，琳琅，琳琅，琳琅，廉枫似乎听得到钟磬相击的声响。富庶，真富庶。

但看香港，至少玩香港，少不了坐吊盘车上山去一趟。这吊着上去是有些好玩。海面、海港、海边，都在轴辘声中继续的往下沉。对岸的山，龙蛇似盘旋着的山脉，也往下沉。但单是直落的往下沉还不奇，妙的是一边你自身凭空的往上提，一边绿的一角海，灰的一陇山，白的方的房屋，高直的树，都怪相的一头吊了起来，结果是像一幅画斜提着看似的。同时这边的山头从平放的馒头变成侧竖的，山腰里的屋子从横刺里倾斜了去，相近的树木也跟着平行的来。怪极了。原来一个人从来不想到他自己的地位也有不端正的时候；你坐在吊盆车里只觉得眼前的事物都发了疯，倒竖了起来。

但吊盘车的车里也有可注意的。一个女性在廉枫的前几行椅座上坐着。她满不管车外拿大鼎的世界，她有她的世界。她坐着，屈着一只腿，脑袋有时枕着椅背,眼向着车顶望,一个手指含在唇齿间,这不由人不注意。她是一个少妇与少女间的年轻女子,这不由人不注意,虽则车外的世界都在那里倒竖着玩。

她在前面走。上山,左转湾,右转湾,宕一个山腰的弧线,她在前面走。沿着山提,靠着岩壁,转入 Aioe 丛中,绕着一所房舍,抄一折小径,抬几级石磴,她在前面走。如其山路的姿态是婀娜,她的也是有的。灵活的山的腰身,灵活的女人的腰身,浓浓的折叠着,融融的松散着,肌肉的神奇!动的神奇!

廉枫心目中的山景,一幅幅的舒展着,有的山背海,有的山套山,有的浓荫,有的巉岩,但不论精粗,每幅的中点总是她,她的动,她的中段的摆动。但当她转入一个比较深奥的山坳时廉枫猛然记起了 Tanhauser 的幸运与命运——吃灵魂的薇纳丝。一样的肥满。前面别是她的洞府,呒,危险,小心了!

她果然进了她的洞府,她居然也回头看来。她竟然似乎在回头时露着微哂的瓠犀。孩子,你敢吗?那洞府径直的石阶,竟像直通上天。她进了洞了。但这时候路旁又发生了一个新现象,惊醒了廉枫"邓浩然"的遐想。一个老婆子操着最破烂的粤音问他要钱。她不是化子,至少不是职业的。因为她现成有她体面的职业。她是一个劳工。她是一个挑砖瓦的。挑砖上山因红毛人要造房子。新鲜的是她同时挑着不止一副重担,她的是局段的回复的运输。挑上一担,走上一节路,空身下来再挑一担上去,如此再下再上,再下再上。她不但有了年纪,她并且是个病人。她的喘是哮喘,不仅是登高的喘,她也咳嗽,她有时全身都咳嗽。但她可解释错了。她以为廉枫停步在路中是对她发生了哀怜的趣味;以为看上了她!她实在没有注意到这位年轻人的眼光曾经飞注到云端里的天梯上。她实在想不到在这寂寞的山道上会有与她利益相冲突的现象。她当然不能使他失望。当然得成全他的慈悲心。她向他伸直了她的一只焦枯得像贝壳似的手,口里呢喃在她是最软柔的话语调。但"她"已经进洞府了。

往更高处去。往顶峰的顶上去。头顶着天,脚踏着地尖,放眼到寥廓的天边,这次的凭眺不是寻常的凭眺。这不是香港,这简直是蓬莱仙岛。廉枫的全身，他的全人，他的全心神，都感到了酣醉，觉得震荡。宇宙的肉身的神奇。动在静中，静在动中的神奇。在一刹那间，在他的眼内，在他的全生命的眼内，这当前的景象幻化成一个神灵的微笑，一折完美的歌调，一朵宇宙的琼花。一朵宇宙的琼花在时空不容分化的仙掌上俄然的擎出了它全盘的灵异。山的起伏，光的起伏；海的起伏，山的颜色，水的颜色，光的颜色——形成了一种不可比况的空灵，一种不可比况的节奏，一动不可比况的谐和。一方宝石，一球纯晶，一颗珠，一个水泡。

但这只是一刹那，也许只许一刹那。在这刹那间廉枫觉得他的脉搏都止息了跳动。他化入了宇宙的脉搏。在这刹那间一切都融合了，一切都消纳了，一切都停止了它本体的现象的动作来参加这"刹那的神奇"的伟大的化生。在这刹那间他上山来心头累聚着的杂格的印象与思绪梦似的消失了踪影。倒挂的一角海，龙的爪牙，少妇的腰身老妇人的手与乞讨的碎琐，薇纳丝的洞府，全没了。但转瞬间现象的世界重复回返。一层纱幕，适才睁眼纵觉时顿然揭去的那一层纱幕，重复不容商榷的盖上了大地。在你也回复了各自的辨认的感觉。这景色，是美，美极了的，但不再是方才那整个的灵异。另一种文法，另一种关键，另一种意义也许，但不再是那个。它的来与它的去，正如恋爱，正如信仰，不是意力可以支配，可以作主的。他这时候可以分别的赏识这一峰是一个秀挺的莲苞，那一屿像一只雄蹲的海豹，或是那湾海像一钩的眉月；他也能欣赏这幅天然画图的色彩与线条的配置，透视的匀整或是别的什么，但他见的只是一座山峰，一湾海，或是一幅图画。他尤其惊讶那波光的灵秀，有的是绿玉，有的是紫晶，有的是琥珀，有的是翡翠，这波光接连着山岚的晴霭，化成一种异样的珠光，扫荡着无际的青空，但就这也是可以指点，可以比况给你身旁的友伴的一类诗意，也不再是初起那回事。这层遮隔的纱幕是盖定的了。

因此廉枫拾步下山时心胸的舒爽与恬适不是不和杂着，虽则是隐隐的，一些无名的惆怅。过山腰时他又飞眼望了望那"洞府"，也向路侧寻觅那挑砖瓦的老妇，她还是忙着搬运着她那搬不完的重担，但他对她，犹是对"她"，兴趣远不如上山时的那样馥郁了。在半山的凉座地方坐下来休息时，他的思想几乎完全中止了活动。

"死城"（北京的一晚）

廉枫站在前门大街上发怔。正当上灯的时候，西河沿的那一头还漏着一片焦黄。风算是刮过了，但一路来往的车辆总不能让道上的灰土安息。他们忙的是什么？翻着皮耳朵的巡警不仅得用手指，还得用口嚷，还得旋着身体向左右转。翻了车，碰了人，还不是他的事？声音是杂极了的，但你果然当心听的话，这匀匀的一片也未始没有它的节奏；有起伏，有波折，也有间歇，人海里的潮声。廉枫觉得了自己坐着一叶小艇从一个涛峰上颠渡到又一个涛峰上。他的脚尖在站着的地方不由地往下一按，仿佛信不过他站着的是坚实的地上。

在灰土狂舞的青空兀突着前门的城楼，像一个脑袋，像一个骷髅。青底白字的方块像是骷髅脸上的窟窿，显着无限的忧郁，廉枫从不曾想到前门会有这样的面目。它有什么忧郁？它能有什么忧郁。可也难说，明陵的石人石马，公园的公理战胜碑，有时不也看得发愁？总像是有满肚的话无从说起似的。这类东西果然有灵性，能说话，能冲着来往人们打哈哈，那多有意思！但前门现在只能沉默只能忍受——忍受黑暗，忍受漫漫的长夜。它即使有话也得过些时候再说，况且它自己的脑壳都已让给蝙蝠们，耗子们做了家，这时候它们正在活动——它即使能说话也不能说。这年头一座城门都有难言的隐衷，真是的！在黑夜的逼近中，它那壮伟，它那博大，看得多么远，多么孤寂，多么冷。

大街上的神情可是一点也不见孤寂，不见冷。这才是红尘，颜色与光亮的一个斗胜场。够好看的。你要是拿一块绸绢盖在你的脸上再望这一街的红艳，那完全另是一番象。你没有见过威尼市大运河上的晚照不是？你没有见过纳尔逊大将在地中海口轰打拿破仑舰队不是？你也没有见过四川青城山的朝霞，英伦泰晤士河上雾景不是？好了，这来用手绢一护眼看前门大街——你全见着了。一转手解开无穷的境界，多巧！廉枫搓弄着他那方绸绢，不是不得意他的不期的发现。但他一转身又瞥见了前门城楼的一角，在灰苍中隐现着。

进城吧。大街有什么可看的，那外表的热闹正使人想起丧人家的鼓吹，越喧阗越显得凄凉。况且他自己的心上又横着一大饼的凉，凉得发痛。仿佛他内心的世界也下了雪，路旁的树枝都蘸着银霜似的。道旁树上的冰花可真是美；直条的，横条的，肥的瘦的，梅花也欠他几分晶莹，又是那恬静的神情，受苦还是含着笑。可不是受苦，小小的生命躲在枝干最中心的纤维里耐着风雪的侵凌——它们那心窝里也有一大饼的凉。但它们可不怨；它们明白，它们等着。春风一到它们就可以抬头。它们知道，荣华是不断的。生命是悠久的。

生命是悠久的。这大冷天，雪风在你的颈根上直刺，虫子潜伏在泥土里等打雷，心窝里带着一饼子的凉，你往哪儿去？上城墙去望望不好吗？屋顶上满铺着银，僵白的树木上也不见恼人的春色，况且那东南角上亮亮的不是上弦的月正在升起吗？月与雪是有默契的。残破的城砖上停留着残雪的斑点，像是无名的伤痕，月光澹澹的斜着来，如同有手指似的抚摩着它的荒凉的伙伴。猎夫星正从天边翻身起来，腰间翘着箭囊，卖弄着他的英勇。西山的屏峦竟许也望得到，青青的几条发丝勾勒着沉郁的螺色，这上悬照着太白星耀眼的宝光。灵光寺的木叶，秘魔岩的沉寂，香山冻泉，碧云山的云气，山坳里间或有一星二星的火光，在雪意的惨淡里点缀着惨淡的人迹……这算计不错，上城墙去，犯着寒，冒着夜。黑黑的，孤零零的，看月光怎样把我的身影安置到雪地里去。廉枫走近交民巷一边的城根，听着美国兵营的溜冰场里的一阵笑响，忽然记起这边是帝国主义的禁地，中国人怕不让上去。果然，那一个长六尺高一脸糟斑守门兵只对他摇了摇脑袋，磨着他满口的橡皮，挺着胸脯来回走他的路。

不让进去，辜负了，这荒城，这凉月。这一地的银霜。心头那一饼还是不得疏散。郁得更凉了。不到一个适当的境地你就不敢拿你自己尽量的往外放，你不敢面对你自己；不敢自剖。仿佛也有个糟斑脸的把着门哪。他不让进去。有人得喝够了酒才敢打倒那糟斑脸的。有人得仰仗迷醉的月色。人是这样软弱。什么都怕，什么都不敢当面认一个清切；最怕看见自己。得！还有什么地方可去的？敢去吗？

廉枫抬头望了望星。疏疏的没有几颗，也不显亮。七姊妹倒看得见，挨得紧紧的，像一球珠花。顺着往东去不好吗？往东是顺的。地球也是这么走。但这陌生的胡同在夜晚觉得多深沉，多窈远。单这静就怕人。半天也不见一副卖萝卜或是卖杂吃的小担。他们那一个小火，照出红是红青是青的，在深巷里显得多可亲，多玲珑，还有他们那叫卖声，虽则有时曳长得叫人听了悲酸，也是深巷里不可少的点缀。就像是空白的墙壁上挂上了字画，不论精粗，多少添上一点人间的趣味。你看他们把担子歇在一家门口，站直了身子，昂着脑袋，咧着大口唱——唱得脖子里筋都暴起了。这来邻近哪家都不能不听见。那调儿且在那空气里转着哪——他们自个儿的口鼻间蓬蓬的晃着一团白云。

今晚什么都没有。狗都不见一只。家门全是关得紧紧的。墙壁上的油灯——小米的火——活像是鬼给点上的，方便鬼的。骡马车碾烂的雪地，在这鬼火的影映下，都满是鬼意。鬼来跳舞过的。花子门叫雪给埋了。口袋有得是铜子，要见着花子，在这年头，还有不布施的？静：空虚的静，墓底的静。这胡同简直没有个底。方才拐了没有？廉枫望了望星知道方向没有变，总得有个尽头，赶着走吧。

走完了胡同看了一个旷场。白茫茫的，头顶星显得更多更亮了。猎夫早就全身披挂的支起来了，狗在那一头领着路。大熊也见了。廉枫打了一个寒噤。他走到了一座坟山。外国人的，在这城根。也不知怎么的，门没有关上。他进了门。这儿地上的雪比道上的白得多，松松的满没有斑点。月光正照着。墓碑有不少，疏朗朗的排列着，一直到黑巍巍的城根。有高的，有矮的，也有雕镂着形像的。悄悄的全戴着雪帽，盖着雪被，悄悄的全躺着。这倒有意思，月下来拜会洋鬼子，廉枫叹了一口气。他走近一个墓墩，拂去了石上的雪，坐了下去。石上刻着字，许是金的，可不易辨认。廉枫拿手指去摸那字迹。冷极了！那雪腌过的石板吸墨纸似的猛收着他手指手上的体温。冷得发僵，感觉都失了。他哈了口气再摸，仿佛人家不愿意你非得请教姓名似的。摸着了，原来是一位姑娘，FRAULEIN ELIZA—BERKSON。还得问几岁！这字小更费事，可总得知道。早三年死的。二十八减六是二十二。呀，一位妙年姑娘，才二十二岁的！廉枫感到一种奇异的战栗，从他的指尖上直通到发尖；仿佛身背有一个黑影子在晃动。但雪地上只有澹白的月光。黑影子是他自己的。

做梦也不易梦到这般境界。我陪着你哪，外国来的姑娘。廉枫的肢体在夜凉里冻得发了麻，就是胸潭里一颗心热热的跳着，应和着头顶明星的闪动。人是这样软弱，他非得要同情。盘踞在肝肠深处的那些非得要一个尽情倾吐的机会。活的时候得不着，临死，只要一口气不曾断，还非得招承。眼珠已经褪了光，发音都不得清楚，他一样非得忏悔。非得到永别生的时候人才有胆量，才没有顾忌。每一个灵魂里都安着一点谎。谎能进天堂吗？你不是也对那穿黑长袍胸前挂金十字的老先生说了你要说的才安心到这石块底下躺着不是，贝克生姑娘？我还不死哪。但这静定的夜景是多大一个引诱！我觉得我的身子已经死了，就只一点子灵性在一个梦世界的浪花里浮萍似的飘着。空灵，安逸。梦的世界是没有墙围的，没有涯涘的。你得宽恕我的无状，在昏夜里踞坐在你的寝次，姑娘，但我已然感到一种超凡的宁静，一种解放，一种莹澈的自由。这也许是你的灵感——你与雪地上的月影。

我不能承受你的智慧，但你却不能吝惜你的容忍，我不是你的谁，不是你的朋友，不是你的相知，但你不能不认识我现在向你诉说的忧愁，你——廉枫的手在石板的一头触到了冻僵的一束什么。一把萎谢了的花——玫瑰。有三朵，叫雪给掩僵了。他亲了亲花瓣上的冻雪。我羡慕你在人间还有未断的恩情，姑娘，但这也是个累赘，说到彻底的话，这三朵香艳的花放上你的头边——他或是你的亲属或是你的知己——你不能不生感动不是？我也曾经亲自到山谷里去采集野香去安放在我的她的头边。我的热泪滴上冰冷的石块时，我不能怀疑她在泥里或在星天外也含着悲酸在体念我的情意。但她是远在天的又一方，我今晚只能借景来抒解我的苦辛。

人生是辛苦的。最辛苦是那些在黑茫茫的天地间寻求光热的生灵。可怜的秋蛾，他永远不能忘情于火焰。在泥草间化生，在黑暗里飞行，抖擞着翅羽上的金粉——它的愿望是在万万里外的一颗星。那是我。见着光就感到激奋，见着光就顾不得粉脆的躯体，见着光就满身充满着悲惨的神异，殉献的奇丽——到火焰的底里去实现生命的意义。那是我。天让我望见那一柱光！那一个灵异的时间！"也就一半句话，甘露活了枯芽。"我的生命顿时豁裂成一朵奇异的愿望的花。"生命是悠久的，但花开只是朝露与晚霞间的一段插话。殷勤是夕阳的顾盼，为花事的荣悴关心。可怜这心头的一撮土，更有谁来凭吊？""你的烦恼我全知道，虽则你从不曾向我说破；你的忧愁我全明白，为你我也时常难受。"清丽的晨风，吹醒了大地的荣华！"你耐着吧，美不过这半绽的蓓蕾。""我去了，你不必悲伤，珍重这一卷诗心，光彩常留在星月间。"她去了！光彩常在星月间。

陌生的朋友，你不嫌我话说得晦塞吧，我想你懂得。你一定懂。月光染白了我的发丝，这枯槁的形容正配与墓墟中人作伴；它也仿佛为我照出你长眠的宁静……那不是我那她的眉目？迷离的月影，你无妨为我认真来刻画个灵通？她的眉目；我如何能遗忘你那永诀时的神情！竟许就那一度，在生死的边沿，你容许我怀抱你那生命的本真；在生死的边沿，你容许我亲吻你那性灵的奥隐，在生死的边沿，你容许我呻嗫你那妙眼的神辉，那眼，那眼！爱的纯粹的精灵迸裂在神异的刹那间！你去了，但你是永远留着。从你的死，我才初次会悟到生，会悟到生死间一种幽玄的丝缕。世界是黑暗的，但我却永久存储着你的不死的灵光。

廉枫抬头望着月，月也望着他。青空添深了沉默。城墙外仿佛有一声鸦啼，像是裂帛，像是鬼啸。墙边一枝树上抛下了一捧雪，亮得耀眼。这还是人间吗？她为什么不来，像那年在山中的一夜？

"我送别她归去，与她在此分离。

在青草里飘拂，她的洁白的裙衣。"

诡异的人生！什么古怪的梦！希望，在你擎上手掌估计分量时，已经从你的手指间消失，像是发珠光的青汞。什么都得变成灰，飞散，飞散，飞散……我不能不羡慕你的安逸，缄默的墓中人！我心头还有火在烧，我怀着我的宝；永没有人能探得我的痛苦的根源，永没有人知晓，到那天我也得瞑目时，我把我的宝交还给上帝。除了他更有谁能赐予，能承受这生命的生命？我是幸福的！你不羡慕我吗，朋友？

我是幸福的，因为我爱，因为我有爱。多伟大，多充实的一个字！提着它胸胁间就透着热，放着光，滋生着力量。多谢你的同情的倾听，长眠的朋友，这光阴在我是稀有的奢华。这又是北京的清静的一隅。在凉月下，在荒城边，在银霜满树时。但北京——廉枫眼前又扯亮着那狞恶的前门。像一个脑袋，像一个骷髅。丧事人家的鼓乐，北海的芦苇，荷叶能不死吗？在晚照的金黄中，有孤鹜在冰面上飞。消沉，消沉。更有谁眷念西山的紫气？她是死了——一堆灰。北京也快死了——准备一个钵盂，到枯木林中去安排它的葬事，有什么可说的？再会吧，朋友，还有什么可说的？

他正想站起身走，一回头进门那路上仿佛又来了一个人影。肥黑的一团在雪地上移着，迟迟的移着，向着他的一边来。有树挡着，认不清是什么。是人吗？怪了，这是谁？在这大凉夜还有与我同志的吗？为什么不，就许你吗？可真是有些怪，它又不动了，那黑影子绞和着一棵树影，像一团大包袱。不能是鬼。为什么发噤，怕什么的？是人，许是又一个伤心人，是鬼，也说不定它也别有怀抱。竟许是个女子，谁知道！在凉月下，在荒冢间，在银霜满地时。它伛偻着身子哪，像是捡什么东西。不能是个花子——花子花不到墓园里来。唷，它转过来了！

它过来了，那一团的黑影。走近了，站定了，他也望着坐在坟墩上的那个发愣哪。是人，还是鬼，这月光下的一堆？他也在想。"谁？"粗糙的，沉浊的口音，廉枫站起了身，哈着一双冻手。"是我，你是谁？"他是一个矮老头儿，屈着肩背，手插在他的一件破旧制服的破袋里。"我是这儿看门的。"他也走到了月光下。活像哈姆雷德里一个掘坟的，廉枫觉得有趣，比一个妙年女子，不论是鬼是人，都更有趣。"先生，你什么时候进来的？我横是睡着了，那门没有关严吗？""我进来半天了。""不凉吗？你坐在这石头上？""就你一个人看着门的？""除了我这样的苦小老儿，谁肯来当这苦差？""你来有几年了？""我怎么知道有几年了！反正老佛爷没有死，我早就来了。这该有不少年份了吧，先生？我是一个在旗吃粮的，您不看我的衣服？""这儿常有人来不？""倒是有。除了洋人拿花来上坟的，还有学生也有来的，多半是一男一女的。天凉了就少有来的了。你不也是学生吗？"他斜着一双老眼打量廉枫的衣服。"你一个看着这么多的洋鬼不害怕吗？"老头他乐了。这话问得多幼稚，准是个学生，年纪不大。"害怕？人老了，人穷了，还怕什么的！再说我这还不是靠鬼吃一口饭吗？靠鬼。先生！""你有家不，老头儿！""早就死完了。死干净了。""你自己怕死不，老头儿？"老头又乐了。"先生，您又来了！人穷了，人老了，还怕死吗？你们年轻人爱玩儿，爱乐，活着有意思，咱们哪说得上？"他在口袋里掏出一块黑绢子擤着他的冻鼻子。这声音听大了。城圈里又有回音，这来坟场上倒添了不少生气。那边树上有几只老鸦也给惊醒了，亮着他们半冻的翅膀。"老头，你想是生长在北京的吧？""一辈子就没有离开过。""那你爱不爱北京？"老头简直想咧个大嘴笑。这学生问的话多可乐！爱不爱北京？人穷了，人老了，有什么爱不爱的？"我说给您听听吧，"他有话说。

"就在这儿东城根，多的是穷人，苦人推土车的，推水车的，住闲的，残废的。全跟我一模一样的，生长在这城圈子里，一辈子没有离开过。一年就比一年苦，大米一年比一年贵。土堆里煤渣多捡不着多少。谁生得起火？有几顿吃得饱的？夏天还可对付，冬天可不能含糊。冻了更饿，饿了更冻。又不能吃土。就这几天天下大雪，好，狗都瘪了不少！"老头又擤了擤鼻子。"听说有钱的人都搬走了，往南，往东南，发财的，升官的，全去了。穷人苦人哪走得了？有钱人走了他们更苦了，一口冷饭讨不着。北京就像个死城，没有气了，您知道！哪年也没有本年的冷清。您听听，什么声音都没有，狗都不叫了！前儿个我还见着一家子夫妻俩带着三个孩子饿急了，又不能做贼，就商量商量借把刀子破肚子见阎王爷去。可怜着哪！那男的一刀子捅了他媳妇的肚子，肠子漏了，血直冒，算完了一个，等他抹回头拿刀子对自个儿的肚子撩，您说怎么了，那女的眼还睁着没有死透，眼看着她丈夫拿刀扎自己，一急就拼着她那血身体向刀口直推，您说怎么了，她那手正冲着刀锋，快着哪，一只手，四根手指，就像白萝卜似的给劈了下来，脆着哪！那男的一看这神儿，一心痛就痛偏了心，掷了刀回身就往外跑，满口疯嚷嚷的喊救命，这一跑谁知他往哪儿去了，昨儿个盔甲厂派出所的巡警说起这件事都撑不住淌眼泪哪。同是人不是，人总是一条心，这苦年头谁受得了？苦人倒是爱面子，又不能偷人家的。真急了就吊，不吊就往水里淹，大雪天河沟冻了淹不了，就借把刀子抹脖子拉肚肠根，是穷末，有什么说的？好，话说回来了，您问我爱不爱北京，人穷了，人苦了，还有什么路走？爱什么！活不了，就得爱死！我不说北京就像个死城吗？我说它简直死定了！我还掏了二十个大子给那一家三小子买窝窝头吃。才可怜哪！好，爱不爱北京？北京就是这死定了，先生！还有什么说的？"

　　廉枫出了坟园低着头走，在月光下走了三四条老长的胡同才雇到一辆车。车往西北的正顶着刀尖似的凉风。他裹了大衣，烤着自己的呼吸，心里什么念头都给冻僵了。有时他睁眼望望一街阴惨的街灯，又看着那上年纪的车夫在滑溜的雪道上顶着风一步一步的挨，他几回都想叫他停下来自己下去让他坐上车拉他，但总是说不出口。半圆的月在雪道上亮着它的银光。夜深了。

家　德

　　家德住在我们家已有十多年了。他初来的时候嘴上光光的还算是个壮夫，头上不见一根白毛，挑着重担到车站去不觉到乏。逢着什么吃重的工作他总是说"我来！"他实在是来得的。现在可不同了。谁问他"家德，你怎么了，头发都白了？"他就回答"人总要老的，我今天五十八，头发不白几时白？"他不但发白，他上唇疏朗朗的两披八字胡也见花了。

　　他算是我们家的"做生活"，但他，据我娘说，除了吃饭住，却不拿工钱。不是我们家不给他，是他自己不要。打头儿就不要。"我就要吃饭住，"他说。我记得有一两回我因为他替我挑行李上车站给他钱，他就瞪大了眼说，"给我钱做什么？"我以为他嫌少，拿几毛换一块圆钱再给他。可是他还是"给我钱做什么？"更高声的抗议。你再说也是白费，因为他有他的理性。吃谁家的饭就该为谁家做事。给我钱做什么？

　　但他并不是主义的不收钱。镇上别人家有丧事，喜事来叫他去帮忙的，做完了有赏封什么给他，他受。"我今天又'摸了'钱了，"他一回家就欣欣的报告他的伙伴。他另有一种能耐，几乎是专门的，那叫作"赞神歌"。谁家许了愿请神，就非得他去使开了他那不是不圆润的粗嗓子唱一种有节奏有顿挫的诗句赞美各种神道。奎星、纯阳祖师、关帝、梨山老母，都得他来赞美。小孩儿时候我们最爱看请神：一来热闹，厅上摆得花绿绿点得亮亮的；二来可以借口到深夜不回房去睡；三来可以听家德的神歌。乐器停了他唱，唱完乐又作。他唱什么听不清，分得清的只"浪溜圆"三个字。因为他几乎每开口必有浪溜圆，他那唱的音调就像是在厅的顶梁上绕着，又像是暖天细雨似的在你身上匀匀的洒，反正听着心里就觉得舒服，心一舒服小眼就闭上，这样极容易在妈或是阿妈的身上靠着甜甜的睡了。到明天在床里醒过来时耳边还绕着家德那圆圆的甜甜的浪溜圆。家德唱了神歌想来一定到手钱，这他也不辞，但他更看重的是他应分到手的一块祭肉。肉太肥或太瘦都不能使他满意："肉总得像一块肉。"他说。

"家德，唱一点神歌听听。"我们在家时常常央着他唱，但他总是板着脸回说："神歌是唱给神听的。"虽则他有时心里一高兴或是低着头做什么手工他口里往往低声在那里浪溜他的圆。听说他近几年来不唱了。他推说忘了，但他实在以为自己嗓子干了，唱起来不能像原先那样圆转如意，所以决意不再去神前献丑了。

他在我家实在也做不少的事。每天天一亮他就从他的破烂被窝里爬起身。一重重的门是归他开的，晚上也是他关的时候多。有时老妈子不凑手他就帮着煮粥烧饭。挑行李是他的事，送礼是他的事，劈柴是他的事。最近因为父亲常自己烧檀香，他就少劈柴，多劈檀香。我时常见他跨坐在一条长凳上戴着一副白铜边老花眼镜伛着背细细的劈。"你的镜子多少钱买的，家德？""两只角子。"他头也不抬的说。

我们家后面那个"花园"也是他管的。蔬菜，各样的，是他种的。每天浇，摘去焦枯叶子，厨房要用时采，都是他的事。花也是他种的，有月季，有山茶，有玫瑰，有红梅与腊梅，有美人蕉，有桃，有李，有不开花的兰，有葵花，有蟹爪菊，有可以染指甲的凤仙，有比鸡冠大到好几倍的鸡冠。关于每一种花他都有不少话讲：花的脾，花的胃，花的颜色，花的这样那样。梅花有单瓣、双瓣，兰有荤心、素心，山茶有家有野，这些简单，但有小孩儿时听来有趣的知识，都是他教给我们的。他是博学得可佩服，他不仅能看书能写，还能讲书，讲得比学堂里先生上课时讲的有趣味得多。我们最喜欢他讲岳传里的岳老爷。岳老爷出世，岳老爷归天，东窗事发，莫须有三字构成冤狱，岳雷上坟，诸仙镇八大槌——唷，那热闹就不用提了。他讲得我们笑，他讲得我们哭，他讲得我们着急，但他再不能讲得使我们瞌睡，那是学堂里所有的先生们比他强的地方。

也不知是谁给他传的，我们都相信家德曾经在乡村里教过书。也许是实有的事，像他那样的学问在乡里还不是数一数二的。可是他自己不认。我新近又问他，他还是不认。我问他当初念些什么书。他回一句话使我吃惊。他说我念的书是你们念不到的。那更得请教，长长见识也好。他不说念书，他说读书。他当初读的是百家姓、千字文、神童诗——还有呢？还有酒书。什么？"酒书"，他说。什么叫酒书？酒书你不知道，他仰头笑着说，酒书是教人吃酒的书。真的有这样一部书吗？他不骗人。但教师他可从不曾做过。他现在口授人念经。他会念不少的经，从心经到金刚经全部，背得溜熟的。

他学念佛念经是新近的事，早三年他病了，发寒热，他一天对人说怕好不了，身子像是在大海里浮着，脑袋里发散得没有个边，他说。他死一点也不愁，不说怕。家里就有一个老娘，他不放心，此外妻子他都不在意，一个人总要死的，他说他果然昏晕了一阵子，他床前站着三四个他的伙伴。他苏醒时自己说，"就可惜这一生一世没有念过佛，吃过斋，想来只可等待来世的了，"说完这话他又闭上了眼仿佛是隐隐念着佛。事后他自以为这一句话救了他的命，因为他竟然又好起来了。从此起他就吃上了净素。开始念经，现在他早晚都得做他的功课。

我不说他到我们家有十几年了吗？原先他在一个小学校里做当差。我做学生的时候他已经在，他的一个同事我也记得，叫矮子小二，矮得出奇，而且天生是一个小二的嘴脸。家德是校长先生用他进去的。他初起工钱每月八百文，后来每年按加二百文，一直加到二千文的正薪，那不算小。矮子小二想来没有读过什么酒书，但他可爱喝一杯两杯的，不比家德读了酒书反而不喝。小二喝醉了回校不发脾气就倒上床，他的一份事就得家德兼做。后来矮子小二在为偷了学校的用品到外边去换钱发觉了被斥退。家德不久也离开学校，但他是为另一种理由。他是自动辞职，因为用他进去的校长不做校长了，所以他也不愿再做下去。有一天他托一个乡绅到我们家来说要到我们家住，也不说别的话，从那时起家德就长住我们家了。

他自己乡里有家。有一个娘，有一个妻，有三个儿子，好的两个死了，剩下一个是不好的。他对妻的感情，按我妈对我说，是极坏。但早先他过一时还得回家去，不是为妻，是为娘。也为娘他不能不对他妻多少耐着性子。但是谢谢天，现在他不用再耐，因为他娘已经死了。他再也不回家去，积了一些钱也不再往家寄。妻不成材,儿子也没有淘成。他养家已有三十多年,儿子也近三十,该得担当家,他现在不管也没有什么亏心的了。他恨他妻多半是为她不孝顺他的娘,这最使他痛心他妻有时到镇上来看他,问他要钱,他一见她的影子都觉得头痛,她一到他就跑,她说话他做哑巴,她闹他到庭心里去伏在地上劈柴。有一回他接他娘出来看迎灯,让她睡他自己的床,盖他自己的棉被,他自己在灶边铺些稻柴不脱衣服睡。下一天妻也赶来了,从厨房的门缝里张见他开着笑口用筷拣一块肥肉给他脱尽了牙翘着个下巴的老娘吃,她就在门外大声哭闹。他过去拿门给堵上了,拣更肥的肉给娘,更高声的说他的笑话,逗他娘和厨下别人的乐。晚上他妻上楼见她娘睡家德自己的床,盖他自己的被,回下来又和他哭闹——他从后门往外跑了。

  他一见他娘就开口笑,说话没有一句不逗人乐。他娘见他乐也乐,翘着一个干瘪下巴眯着一双皱皮眼不住的笑,厨房里顿时添了无穷的生趣。晚上在门口看灯,家德忙着招呼他娘,端着一条长凳或是一只方板凳,半抱着她站上去,连声的问看得见了不,自己躲在后背,双手扶着她防她闪。看完了灯他拿一只碗到巷口去买一碗大肉面烫一两烧酒给他娘吃,吃完了送她上楼睡去:"又要你用钱,家德。"他娘说。"这算什么,我有得是钱!"家德就对他妈背他最近的进益,黄家的丧事到手三百六,李家的喜事到手五角小洋,还有这样那样的,尽他娘用都用不完,这一点算什么的!

  家德的娘来了,是一件大新闻。家德自己起劲不必说,我们上下一家子都觉得高兴。谁都爱看家德跟他娘在一起的神情,谁都爱听他母子俩甜甜的谈话。又有趣,又使人感动。那位乡下老太太,穿紫棉绸衫梳元宝髻的,看着他那头发已经斑白的儿子心里不知有多么得意。就算家德做了皇帝,她也不能更开心。"家德!"她时常尖声的叫,但等得家德赶忙回过头问"娘,要啥,"她又就只眯着一双皱皮的眼甜甜的笑,再没有话说。她也许是忘了她想着要说的话,也许她就爱那么叫她儿子一声。这一来屋子里人就笑,家德也笑,她也笑。家德在她娘的跟前拖着早过半百的年岁,身体活灵得像一只小松鼠,忙着为她张罗这样那样的,口齿伶俐得像一只小八哥,娘长娘短的叫个不住。如果家德是个皇帝,世界上决没有第二个皇太后有他娘那样的好福气。这是家德的伙伴们的思想。看看家德他娘,我妈比方一句有诗意的话，就比是到山楼上去看太阳——满眼都是亮。看看家德跟他娘，一个老妈子说，我总是出眼泪，我从来不知道做人会得这样的有意思。家德的娘一定是几世前修得来的。有一回家德脚上发流火，走路一颠一颠的不方便，但一走到他娘的跟前，他立即忍了痛强直了身子放着腿走路，就像没有病一样。"家德，你今年胡须也白了。"他娘说。"人老的好，须白的好；娘你是越老越清，我是胡须越白越健。"他这一插科，他娘忘了年岁忘了愁。

他娘已在两年前死了。寿衣，有绸有缎的，都是家德早在镇上替她预备好了的。老太太进棺材还带了一支重足八钱的金押发去，这当然也是家德孝敬的。他自从娘死后，再也不回家，他妻出来他也永不理睬她。他现在吃素，念经，每天每晚都念——也是念给他娘的。他一辈子了难得花一个闲钱，就有一次因为妻儿的不贤良叫他太伤心了，他一气就"看开"了。他竟然连着有三五天上茶店，另买烧饼当点心吃，一共花了足足有五百钱光景，此外再没有荒唐过。前几天他上楼去见我妈，手筒着手，兴匆匆的说："太太，我要到乡下去一趟。""好的，"我妈说，"你有两年多不回去了。""我积下了一百多块钱，我要去看一块地葬我娘去。"他说。

轮　盘

好冷！倪三小姐从暖屋里出来站在廊前等车的时候觉着风来得尖厉。她一手搭着皮领护着脸，脚在地上微微的点着。"有几点了，阿姚？"三点都过了。

三点都过，三点……这念头在她的心上盘着，有一粒白丸在那里运命似的跳。就不会跳进二十三的，偏来三十五，差那么一点，我还当是二十三哪。要有一只鬼手拿它一拨，叫那小丸子乖乖的坐上二十三，那分别多大！我本来是想要三十五的，也不知怎么的当时心里那么一迷糊——又给下错子。这车里怎么老是透风，阿姚？阿姚很愿意为主人替风或是替车道歉，他知道主人又是不顺手，但他正忙着大拐弯，马路太滑，红绿灯光又耀着眼，那不能不留意，这一岔就把答话的时机给岔过了。实在他的思想也不显简单，他正有不少的话想对小姐说，谁家的当差不为主人打算，况且听昨晚阿宝的话这事情正不是玩儿——好，房契都抵了，钻戒、钻镯，连那串精圆的珍珠项圈都给换了红片儿、白片儿、整数零数的全往庄上送！打不倒吃不厌的庄！

三小姐觉得冷。是那儿透风，哪天冷也没有今天冷，最觉得异样，最觉得空虚，最觉得冷是在颈根和前胸那一圈。精圆的珍珠——谁家都比不上的那一串，带了整整一年多，有时上床都不舍得摘了放回匣子去，叫那脸上刮着刀疤那丑洋鬼端在一双黑毛手里左轮右轮的看，生怕是吃了假的上当似的，还非得让我签字，才给换了那一摊圆片子，要不了一半点钟那些片子还不是白鸽似的又往回飞；我的脖子上，胸前，可是没了，跑了，化了，冷了，眼看那黑毛手抢了我的心爱的宝贝去，这冤……三小姐心窝里觉着一块冰凉，眼眶里热辣辣的，不由的拿手绢给掩住了。"三儿，东西总是你的，你看也舍不得放手不是？可是娘给你放着不更好，这年头又不能常戴，一来太耀眼，二来你是那拉拖的脾气改不过来，说不定你一不小心那怎么好？"老太太咳嗽了声。"还是让娘给你放着吧，反正东西总是你的。"三小姐心都裂缝儿了。娘说话不到一年就死了，我还说我天天贴胸带着表示纪念她老人家的意思，谁知不到半年……

车到了家了。三小姐上了楼，进了房，开亮了大灯，拿皮大衣向沙发上一扔，也不答阿宝赔着笑问她输赢的话，站定在衣柜的玻镜前对着自己的映影呆住了，这算个什么相儿？这还能是我吗？两脸红的冒得出火，颧骨亮的像透明的琥珀，一鼻子的油，口唇叫烟卷烧得透紫，像煨白薯的焦皮，一对眼更看得怕人，像是有一个恶鬼躲在里面似的。三小姐一手掠着额前的散发，一手扶着柜子，觉得头脑里一阵的昏，眼前一黑，差一点不曾叫脑壳子正对着镜里的那个碰一个脆。你累了吧，小姐？阿宝站在窗口叠着大衣说话，她听来像是隔两间屋子或是一层雾叫过来似的，但这却帮助她定了定神，重复睁大了眼对着镜子里痴痴的望。这还能是我——是倪秋雁吗？鬼附上了身也不能有这相儿！但这时候她眼内的凶光——那是整六个钟头轮盘和压码条格的压煎迫的余威——已然渐渐移让给另一种意志：一种疲倦，一种呆顿，一种空虚。她忽然想起马路中的红灯照着道旁的树干使她记起不少早已遗忘了的片段的梦境——但她疲倦是真的，她觉得她早已睡着了，她是绝无知觉的一堆灰。一排木料，在清晨树梢上浮挂着的一团烟雾。她做过一个极幽深的梦，这梦使得她因为过分兴奋而陷入一种最沉酣的睡。她决不能是醒着。她的珍珠当然是好好的在首饰匣子里放着。"我替你放着不更好，三儿？"娘的话没有一句不充满着怜爱，个个字都听得甜。那小白丸子真可恶，他为什么不跳进二十三？三小姐扶着柜子那只手的手指摸着了玻璃，极细微的一点凉感从指尖上直透到心口，这使她形影相对的那两双眼内顿时剥去了一翳梦意：小姐，喝口茶吧，你真是累了，该睡了，有多少天你没有睡好，睡不好最伤神，先喝口茶吧。她从阿宝的手里接过了一片殷勤，热茶沾上口唇才觉得口渴得津液都干了。但她还是梦梦的不能相信这不是梦。我何至于堕落到如此——我倪秋雁？你不是倪秋雁吗？她责问着镜里的秋雁。那一个的手里也擎着一个金边蓝花的茶杯，口边描着惨淡的苦笑。荒唐也不能到这个田地。为着赌几乎拿身子给鬼似的男子——"你抽一口的好，赌钱就赌一个精神，你看你眼里的红丝，闹病了那犯得着？"小俞最会说那一套体己话，细着一双有黑圈的眼瞅着你，不提有多么关切，他就会那一套！那天他对老五也是说一样的话！他还得用手来挽着你非得你养息他才安心似的。呸，男人，哪有什么好心眼的？老五早就上了他的当。哼，也不是上当，还不是老五自己说的，"进了三十六，谁还管得了美，管得了丑？""过一天是一天，"她又说，"堵死你的心，别让它有机会想，要想就活该你受！"那天我摘下我胸前那串珠子递给那脸上刻着刀疤的黑毛鬼，老五还带着笑——她那笑！赶过来拍着我的肩膀说："好，这才够一个豪字！要赌就得拼一个精光。有什么可恋的？上不了梁山，咱们就落太湖！你就输在你的良心上，老三。"老五说话一上劲，眼里就放出一股邪光，我看了真害怕。"你非得拿你小姐的身份，一点也不肯凑和。说实在话，你来得三十六门，就由不得你拿什么身份。"人真会变。五年前，就是三年前的老五哪有一点子俗气，说话举止，满是够斯文的。谁想她在上海混不到几年，就会变成这鬼相，这妖气。她也满不在意，成天发疯似的混着，倒像真是一个快活人！我初跟着她跑，心上总有些低哆，话听不惯，样儿看不惯，可是现在……老三与老五能有多大分别？我的行为还不是她的行为？我有时还觉得她爽荡得有趣，倒恨我自己老是免不了腼腼腆腆的，早晚躲不了一个"良心"，老五说的。可还是的，你自己还不够变的，你看看你自己的眼看，说人家鬼相、妖气，你自己呢？原先的我，在母亲身边的孩子，在学校时代的倪秋雁，多美多响亮的一个名字，现在哪还有一点点的影子？这变，喔，鬼——三小姐打了一个寒噤。地狱怕是没有底的，我这一往下沉，沉，沉，我哪天再能向上爬？她觉得身子飘飘的，心也飘飘的，直往下堕——一个无底的深潭，一个魔鬼的大口。"三儿，你什么都好，"老太太又说话了，"你么都好，就差拿不稳主意。你非得有人管，领着你向上。可是你总得自己留意，娘又不能老看着你，你又是那傲气，谁你都不服，真叫我不放心。"娘在病中喘着气还说这话。现在娘能放心不？想起真可恨！小俞、小张、老五、老八，全不是东西！可是我自己又何尝有主意。有了主意，有一点子主意，就不会有今天的狼狈。真气人!……镜里的秋雁现出无限的愤慨,恨不得把手里的茶杯掷一个粉碎,表示和丑恶的引诱绝交。但她又呷了一口,这是虹口买来的真铁观音不?明儿再买一点去,味儿真浓真香。说起小姐,厨子说了她几次要领钱哪,他说他自己的钱都垫完了。镜里的眉梢又深深的皱上了。唷——她忽然记起了那小黄呢,阿宝?小黄在笼子里睡着了。毛抖得松松的,小脑袋挨着小翅膀底下窝着。它今天叫了没有?我真是昏,准有十几天不自己喂它了,可怜的小黄!小黄也真知趣,仿佛装着睡存心逗它主人似的,她们正说着话它醒了,刷着它的翅膀,吱的一声跳上了笼丝,又纵过去低头到小磁罐里啄了一口凉水,歪着一只小眼呆呆的直瞅着它的主人。也不知是为主人记起了它乐了,还不知是见了大灯亮当是天光,它简直的放开嗓子整套的唱上了。

它这一唱就没有个完。它卖弄着它所有擅长的好腔。唱完了一支,忙着抢一口面包屑,啄一口水,再来一支,又来一支,直唱得一屋子满是它的音乐,又亮,又艳,又一团快乐的迸裂,一腔情热的横流,一个诗魂的奔放。倪秋雁听呆了,镜里的秋雁也听呆了;阿宝听呆了;一屋子的家具,壁上的画,全听呆了。

三小姐对着小黄的小嗓子呆呆的看着。多精致的一张嘴,多灵巧的一个小脖子,多淘气的一双小脚,拳拳的抓住笼里那根横条,多美的一身羽毛,黄得放光,像是金丝给编的。稀小的一个鸟会有这么多的灵性?三小姐真怕它那小嗓子受不住狂唱的汹涌,你看它那小喉管急迫的颤动,简直是一颗颗的珍珠往外接连着吐,梗住了怎么好?它不会炸吧!阿宝的口张得宽宽的,手扶着窗栏,眼里亮着水。什么都消减了除了这头鸟的歌唱。只是在它的歌唱中却展开了一个新的世界,在这世界里一切都沾上了异样的音乐的光。

三小姐的心头展开了一个新的光亮的世界。仿佛是在一座凌空的虹桥下站着,光彩花雨似的错落在她的衣袖间,鬓发上。她一展手,光在她的胸怀里;她一张口,一球晶亮的光滑下了她的咽喉。火热的,在她的心窝里烧着。热灼灼的散布给她的肢体;美极了的一种快感。她觉得身子轻盈得像一只蝴蝶,一阵不可制止的欣快蓦地推逗着她腾空去飞舞。

虹桥上洒下了一个声音,艳阳似的正款着她的黄金的粉翅。多熟多甜的一个声音!唷是娘呀,你在哪儿了?娘在廊前坐在她那湘妃竹的椅子上做着针线，带着一个玳瑁眼镜。我快活极了，娘，我要飞，飞到云端里去。从云端里望下来，娘，咱们这院子怕还没有爹爹书台上那方砚台那么大？还有娘呢，你坐在这儿做针线，那就够一个猫那么大——哈哈，娘就像是偎太阳的小阿米！那小阿米还看得见吗？她顶多也不过一颗芝麻大，哈哈，小阿米，小芝麻。疯孩子！老太太笑着对不知门口站着的一个谁说话。这孩子疯得像什么了，成天跳跳唱唱的？你今天起来做了事没有？我有什么事做，娘？她呆呆的侧着一只小圆脸。唉，怎么好，又忘了，就知道玩！你不是自己讨差使每天院子里浇花，爹给你那个青玉花浇做什么的？要什么不给你就呆着一张脸扁着一张嘴要哭，给了你又不肯做事，你看那盆西番莲干得都快对你哭了。娘别骂，我就去！四个粉嫩的小手指鹰爪似的抓住了花浇的镂空的把手，一个小拇翘着，她兴冲冲的从后院舀了水跑下院子去。"小心点儿，花没有浇，先浇了自己的衣服。"樱红色大朵的西番莲已经沾到了小姑娘的恩情，精圆的水珠极轻快的从这花瓣跳荡那花瓣，全渗入了盆里的泥。娘！她高声叫。娘，我要喝凉茶娘老不让，说喝了凉的要肚子疼，这花就能喝凉水吗？花要是肚子疼了怎么办？她鼓着她的小嘴唇问。花又不会嚷嚷。"傻孩子算你能干会说话。"娘乐了。

每回她一使她的小机灵娘就乐。"傻孩子，算你会说话。"娘总说，这孩子实在是透老实的。在座有姑妈或是姨妈或是别的客人娘就说，你别看她说话机灵，我总愁她没有主意，小时候有我看着，将来大了怎么好？可是谁也没有娘那样疼她。过来，三，你不冷吧？她最爱在娘的身上，有时娘还握着她的小手，替她拉齐她的衣襟，或是拿手帕替她擦去脸上的土。一个女孩子总得干干净净的，娘常说。谁的声音也没有娘的好听。谁的手也没有娘的软。

这不是娘的手吗？她已经坐在一张软凳上，一手托着脸，一手捻着身上的海青丝绒的衣角。阿宝记起了楼下的事已经轻轻的出了房去。小黄唱完了它的大套，还在那里发疑问似的零星的吱喳。"咦"，"咦"，"接理"。她听来是娘在叫她："三，""小三，""秋雁。"她同时也望见了壁上挂着的那只芙蓉，只是她见着的另是一只芙蓉，在她回忆的繁花树上翘尾豁翅的跳踉着。"三，"又是娘的声音，她自己在病床上躺着。"三"，娘在门口说，"你猜爹给你买回什么来了?""你看!"娘已经走到床前,手提着一个精细的鸟笼,里面待着一只黄毛的小鸟。"小三简直是迷了,"隔一天她听娘对爹说,"病都忘了有了这头鸟。这鸟是她的性命。非得自己喂。鸟一开口唱她就发愣,你没有见她那样儿,成仙也没有她那样快活,鸟一唱谁都不许说话,都得陪着她静心听。""这孩子是有点儿慧根。"爹就说。爹常说三儿有慧根。"什么叫慧根,我不懂。"她不止一回问。爹就拉着她的小手说:"爹在恭维你哪,说你比别的孩子聪明。"真的她自己也说不上,为什么鸟一唱她就觉得快活,心头热火火的不知怎么才好;可又像是难受,心头有时酸酸的眼里直流泪。她恨不得把小鸟窝在她的胸前,用口去亲它。她爱极了它。"再唱一支吧,小鸟,我再给你吃,"她常常央着它。

可是阿宝又进房来了,"小姐,想什么了?"她笑着说:"天不早,上床睡不好吗?"

秋雁站了起来,她从她的微妙的深沉的梦境里站了起来,手按上眼觉得潮潮的沾手。她深深的呼了一口气。"二十三、二十三,为什么偏不二十三?"一个愤怒的声音在她一边耳朵里响着。小俞那有黑圈的一双眼,老五的笑,那黑毛鬼脸上的刀疤,那小白丸子,运命似跳着的,又瞥瞥的在她眼前扯过。"怎么了?"她摇了摇头,还是没有完全清醒。但她已经让阿宝扶着她,帮着她脱了衣服上床睡下。"小姐,你明天怎么也不能出门了。你累极了,非得好好的养几天。"阿宝看了小姐恍惚的样子心里也明白,着实替她难受。"唷阿宝,"她又从被里坐起身说,"你把我首饰匣子里老太太给我那串珍珠项圈拿给我看看。"

十八年二月三日完

集外小说集

吹胰子泡

　　小粲粉嫩的脸上，流着两道沟，走来对他娘说："所有的好东西全没有了，全破了。我方才同大哥一起吹胰子泡。他吹一个小的我也吹一个小的，他吹一个大的，我也吹一个大的，有的飞了上去，有的闪下地去，有的吹得太大了，涨破了。大哥说他们是白天的萤火虫，一会儿见，一会儿不见。我说他们是仙人球，上面有仙女在那里画花，你看，红的，绿的，青的，白的，多么好看，但是仙女的命多是很短，所以一会儿就不见了。后来我们想吹一个顶大的，顶大顶圆顶好看的球，上面要有许多画花的仙女，十个，二十个，还不够，吹成功了，慢慢地放上天去，（那时候天上刚有一大块好看的红云，那便是仙女的家，）岂不是好？我们，我同大哥，就慢慢地吹，慢慢地换气，手也顶小心的，拿着麦管子一动也不敢动，我几乎笑了，大哥也快笑了，球也慢慢地大了，像圆的鸽蛋，像圆的鸡蛋，像圆的鸭蛋，像圆的鹅蛋，（妈，鹅蛋不是比鸭蛋大吗？）像妹妹的那个大皮球；球大了，花也慢慢多了，仙女到得也多了，那球老是轻轻地动着，像发抖，我想一定是那些仙女看了我们进着气，板着脸，鼓着腮帮子，太可笑的样子，在那里笑话我们，像妹妹一样地傻笑，可没有声音。后来奶奶在旁边说好了，再吹就破了，我们就轻轻的把嘴唇移开了麦管口，手发抖，脚也不敢动，好容易把那麦管口挂着的好宝贝举起来——真是宝贝，我们乐极了，我们就轻轻的把那满是仙女的球往空中一掷，赶快仰起一双嘴，尽吹，可是妈呀，你不能张着口吹，直吹球就破，你得把你那口圆成一个小圆洞儿再吹，那就不破了。大哥吹得比我更好。他吹，我也吹，他又吹，吹得那盏五彩的灯儿摇摇摆摆的，上上下下的，尽在空中飞着，像个大花蝶。我呀，又着急，又乐，又要笑,又不敢笑开口,开口一吹球儿就破。奶妈看得也笑了。妹子奶妈抱着,也乐疯了,尽伸着一双小手想去抓那球——她老爱抓花蝶——可没有抓到。竹子也笑了,笑得摇头弯腰的。

"球飞到了竹子旁边险得很,差一点让扎破了。那在太阳光里溜着,真美,真好看。那些仙女画好了,都在那里拉着手儿跳舞,跳的是仙女舞,真好看。我们正吹得浑身都痛,想把他吹上天去,哪儿知道出乱子了,我们的花厅前面不是有个燕子窝,他们不是早晚尽闹,那只尾巴又细又白的,真不知趣,早不飞,晚不飞,谁都不愿意飞,他倒飞了出来,一飞呀就捣乱,他开着口,一面叫,一面飞,他那张贫嘴,刚好撞着快飞上天的球儿,一撞呀,什么球呀,蛋呀,蝴蝶呀,画呀,仙女呀,笑呀,全没有了,全不见了,全让那白燕的贫嘴吞了下去,连仙女都吞了!妈呀,你看可气不可气,我就哭了!"

童话一则

四爷刚吃完了饭，擦擦嘴，自个儿站在阶沿边儿看花，让风沙乱得怪寒的玫瑰花，啪，啪，啪的一阵脚步声，背后来了宝宝，喘着气嚷道：
"四爷，来来，我有好东西让你瞧，真好东西！"
四爷侧着一双小眼，望着他满面通红的姊姊呆呆的不说话。
"来呀，四爷，我不冤你，在前厅哪，快来吧！"四爷还是不动。宝宝急了：
"好，你不来就不来，四爷不来，我就不会找三爷？"说着转身就想跑。
四爷把脸放一放宽，小眼睛亮一亮，脸上转起一对小圆涡儿——他笑了——就跟着他姊姊走，宝宝看了他那样儿，也忍不住笑了，说："来吧，真淘气！"

宝宝轻轻的把前厅的玻璃门拉开一道缝儿，做个手势，让四爷先扁着身子捱了进去，自己也偷偷地进来了，顺手又把门带上。

四爷有些儿不耐烦，开口了：
"叫我来看什么呀，一间空房子，几张空桌子，几张空椅子，你老冤我！"宝宝也不理会他，只是仰着头东张西望，口里说："哪儿去了呢，怕是跑了不成？"

四爷心里想没出息的宝宝准是在找耗子洞哩！

忽然吱的一声叫，东屋角子里插豁的一响，一头小雀儿冲了出来，直当着宝宝四爷的头上斜掠过去……四爷的右腿一阵子发硬，他让吓了一跳，宝宝可乐了。她就讲她的。

"我呀吃了饭没有事做，想一个人到前厅来玩玩，我刚一开门儿，他（手点雀儿）像是在外面候久了似的，比我还着急，砰的一声就进了门儿。

我倒不信,也进来试试,门儿自己关上了。

"他呀,不进门儿着急,一进门儿更着急;只听得他豁拉豁拉的飞个不停,一会儿往东,一会往西,一会儿往南,一会儿往北,我忙的尽转着身,瞧着他飞,转得我头都晕了,他可不怕头晕,飞,飞,飞,飞个不停。口里还呦的呦的唱着,真是怪,让人关在屋子里,他还乐哪——不乐怎么会唱,对不对四爷?回头他真急了:原先他是平飞的像穿梭似的——织布的梭子,我们教科书上有的不是?他爱贴着天花板飞,直飞,斜飞,画圆卷儿飞,捱着边儿一顿一顿地飞,回头飞累了,翅膀也没有劲儿了,他就不一定搭架子高飞,低飞他也干,窗沿上爬爬,桌子上也爬爬;他还跳哪,像草虫子;有时他拐着头不动,像想什么心事似的,对了,他准是听了窗外树上他的也不知是表姊妹,也不知是好朋友,在那儿'奇怪,奇怪'的找他,可他也说不出话,要是我,我就大声的哭叫,说'快来救我呀,我让人家关在屋子里出不来哩!快来救我呀!'

"他还是着急,想飞出去——我说他既然要出去,当初又何必进来,他自个儿进来,才让人关住,他又不愿意,可不是活该;可又是,他哪儿拿得了主意,人都拿不了主意——可怜哪,他见光亮就想盲冲。暴蓬暴蓬的,只听得他在玻璃窗上碰头,准碰得脑袋疼,有几次他险点儿碰昏了,差一点闪了下来,我看得可怜,想开了门儿放他走,可是我又觉得好玩,他一飞出门儿就不理我,他也不会道谢。他倦了,蹲在梁上发呆,像你那样发呆,四爷,我心又软了,我随口编了一个歌儿,对他唱了好几遍,他像懂得,又像不懂得,真呕气,那歌儿我唱你听听,四爷,好不好?"

四爷听了她一长篇演说,瞪着眼老不开口,他可爱宝宝唱歌儿,宝宝唱得比谁的都好听,四爷顶爱,所以他把头点了两下。宝宝就唱:

"雀儿,雀儿,
你进我的门儿,
你又想出我的门儿,
呀,呀,
玻璃老碰你的头儿;"

四爷笑了，宝宝接着唱：
"屋子里阴凉
院子里有太阳
屋子里就有我——你不爱；
院子里有得是
你的姊姊妹妹好朋友；
我张开一双手儿，
叫一声雀儿雀儿，
我愿意做你的妈，
你做我乖乖的儿，
每天吃茶的时候，
我喂你碎饼干儿，
回头我们俩睡一床。
一同到甜甜的梦里去，
唱一个新鲜的歌儿。"

宝宝歌还没有唱完，那小雀儿又在乱冲乱飞；四爷张开了两只小臂，口里吁吁的，想去捉他，雀儿愈着急，四爷愈乐。宝宝说："四爷你别追他，他怪可怜的，我替他难受……"宝宝声音都哑了，她真快哭了。四爷一面追，一面说："我不疼他，雀儿我不爱，他们也没有好心眼儿，可不是，他们把我心爱的鲜红玫瑰花儿，全吃烂了，我要抓住他来问问……"宝宝说："你们男孩子究竟心硬；你也不成，前天不是你睡了觉，妈领了我们出去了，回头你一醒不见了我们，你就哭，哭得奶妈打电话！你说你小，雀儿不比你更小吗？你让人放在家里就不愿意，小雀儿让我们关在屋子里就愿意吗？

四爷站定了，发了一阵呆，小黑眼珠儿又亮了几亮，对宝宝瞪了一眼，一张小嘴抿得紧紧的，走过去把门打个大开，恭恭敬敬地说一声"请"。

波的一声，小雀儿飞了……

六月十日

小赌婆儿的大话

方才天上有块云，白灰色的，停在那盒子形的山峰的顶上，像是睡熟了，他的影子盖住了那山上一大片的草坪，像是架空的一个大天篷，不让和暖的太阳下来。一只灰胸膛的小鸟，他是崇拜太阳的，正在提起他的嗓子重复的唱他新编的赞美诗，他忽然起了疑心。再看他身旁青草上的几颗露水，原来在阳光里像是透明的珍珠，现在变成暗暗的。像是忧愁似的。他仰头看天时，他更加心慌了，因为青天已经躲好了，只剩白肤肤的一片不晓得是什么。他停止了他的唱，侧着他的小头，想了一会儿，还是满心的疑惑，于是他就从站着的地方，那是一颗美丽的金银草，跳了出来，他的身子是很轻，所以最娇嫩的花草们都爱他的小脚在他们的头顶上或腰身里跳舞着，每当他过路的时候，他们只点着头儿摆着腰儿的笑。因为他们不觉得痛，只觉得好玩，并且他又是最愿意唱歌儿给他们听的。现在他跳不上几步，就望见他的一个朋友，他是一只夜蝶，浑身搽着粉的，伏在一株不曾开花的耐冬上。他就叫着他的名字，那是小玲珑，问他为什么天上有了这样大变动，又暖又亮的太阳光为什么不见了。但那小玲珑，有他自个儿的心事，他昨晚上出去寻他的恋爱，那是灯光，在深深的黑暗里飞了半夜，碰了好几回钉子，翅膀上的金粉，那是他最心疼的，也掉了不少，灯亮，他的恋爱还是不曾寻着。他在路上只见一对萤火虫，那是他本来看不起的，在草堆里有可疑的行为，此外他的近视眼望得见的就是那颗可恼的大星，还是在那里一闪一闪地引诱着他。可怜他那不到三分阔的翅膀如何能飞到几万万里的路程：虽则那星如其要他的性命，他是一定不迟疑地奉献。所以他忙了一夜，一点成绩都没有，后来在一块生荆刺的石头上睡了一会儿，直到天亮才飞回来的。现在他贴紧在一株快开白花儿的耐冬身上，回想他一晚上的冤屈，抱怨他自己的理想，像做梦似的出了神，他的朋友招呼他，他也不曾理会，一半是疲倦，一半是不愿意，所以他只装是睡熟了没有答应他。那灰胸膛的小雀子是很知趣的，他想不便打扰人家的好梦，他一弯腰又跳了开去。这时候山顶上那块云还是没有让路，他的影子落在青草上更加显得浓厚了。所以他更是着急地往前跳，直到他又碰见了一个老朋友，那是一只尖尾巴青肚皮的跳虫，他歇在一棵苦根草的草瓣上，翘着他那一对奇长的后腿，捧着他的尖尾巴像在搔痒似的"喂，小赌婆儿！"（那是他的浑号，他的名字叫作土蠓！）我们的小雀儿对他喊着，"你的聪明是有名的，现在我要请教你一件事：方才我们的青天，我们的太阳光，不是好好儿的吗？现在你看，为什么这暗沉沉怪怕人的，青天不见了，阳光也没了，这是什么缘故？""缘故？"那虫儿说，"那是兆头，也是不好的兆头哩；我告诉你说，我的小哥儿！"（我们要记得，那尖尾巴青肚皮长腿子的跳虫不是顶老实的虫子，他会说话，更会撒谎，人家称他聪明，夸他有学问，其实那都是靠不住的，他靠得住的就是他那嘴。）"这又是什么兆头呢？"我们的小雀儿更着急的逼着问。那虫子说："常言说的小儿快活必有灾难，今天原来不是上好的天时，偏是你爱唱那小调儿，唱了又唱，唱了又唱，唱得天也恼了，太阳也怒了，不瞒你说我也听厌烦了。你知道为什么天上忽然变黑了？那是一个大妖怪，他把他那大翅膀盖住了天，所以青天也不见，太阳也没了。那妖怪是顶可怕的，他有的是一根大尾巴，顶大顶大的大尾巴，他那尾巴一扫的时候，我们就全得遭殃。你不记得上回的大乱子吗？我们那棵大个儿的麻栗树刮断了好几根青条，好几百颗大龙爪花也全让扎一个稀烂不是？两个新出巢儿的吴知了儿正倒运，小翅儿也刮糊了，什么了儿也知不了了。你说这不可怕吗？现在又是那兆头来了，你快想法子躲起来吧，回头遭灾可不是玩儿。你又是有家的，不比我那身子又轻又松，腿子又长又快的。再会吧，我这就去了。"

小赌婆儿说完了话，就拱起了他的腿弯子，捺下他的尖肚子，仰起了他的小青嘴儿，扑地一跳，就是三五尺路，拐一个弯又一跳，又一跳，就瞧不见了。我们老实的小雀儿听了他那一番大话，一句句他都相信是真的，他抬头看一看蓝蔚蔚的天，他心里害怕，真的像是那大妖精快要作怪似的；他是顶胆小的，况且小赌婆说的不错，他是有家的，那更不是玩儿，他做家长的总得负责任不是？他站着翘着他的小尾又出了一会神。这会他胆气有了，他就拉开他的翅膀，那是蓝毛镶白边顶美的翼子，嘴里打起了口号，他就飞飞飞了。那口号是找他的太太与他们的小孩子的，（他有一个小身材的太太，三个小孩儿都像他，就是毛儿没有长全。）这回他有了心事，再不说闲话了，虽则在路上他又碰到好多朋友：那绰号叫小蛮子的螳螂，浑身穿着盔甲的黑板虫，爱出风头的一对红蜻蜓姊妹，草叶子上那怕人的大黑毛虫，还有好几个游手好闲的长脚蚊虫，他都没有打招呼，要寻着他的妻子要紧。

他飞不到一会，他就听见水响，那他知道是那条山涧，整天整夜哗啦哗啦唱着跳着的小涧儿，夹着那水响他又听着一阵小孩子打哈哈，那声音他听得顶熟，他跳上一块三角棱的石头上往下看时，哈哈，可不是他的全家全在这水边儿作乐哪？那是小黄，那是小小黄，那是络儿，他们都站在浅水里，像一群小鸭儿似的。一会儿把他们那小嘴到水底石子里去溜几下，扭过头来向他们的胳肢下狠劲地拧，拧完了挣开了一对小翼子，像是两片破伞，豁剌剌地摇，摇得水点儿乱飞，接着他们哥儿仨就打哈哈，他们那样子顶乐的。还有贴近那野蔷薇的草堆的一块大石头蹲着的，可不是那一样会淘气的小灵儿，她比她的孩子也大不了多少，她今天是领了那群孩子上这儿洗澡来了，她自己蹲着看他们在水里闹，看得真乐；小黄打哈哈，小小黄打哈哈，都不要紧，就是那小络儿顶好玩，他那一打哈哈，妈妈也撑不住打哈哈了。

这时候他们一抬头见了他们的爸，他们爽性乐疯了直嚷，小小黄儿差一点掉下了水，因为他的小腿子还不大站得稳。但是我们的好小雀儿可不能跟他们一般见识，因为我们要记得他是那三个小小雀儿的老子，那小灵儿的丈夫。做家长的最讲究体统，在小孩儿面前不能随便地打哈哈，我们的小雀儿也懂得。所以虽则自己也顶爱在水里打滚闹着玩，他常常背着他们自个出来寻快活，但是当着他们的面他就有他做老头子的嘴脸了。尤其这时候他有的是心事，他怕那大妖魔，吃了青天与太阳的妖魔就快作怪，他十二分的相信那小赌婆儿的大话。所以不等他们笑完，他就大声的说了一大篇的话，意思是大祸快临头了你们还在这里顽皮，他也怪他妻子不懂事，也不看看天时，随便的带了一群孩子出来胡闹，说完了话，他就逼着他们赶快一起回家去躲起来。这一下可真是煞风景,小灵儿、小黄、小小黄、小络儿,全吓慌了,他们哈哈也不打了,澡也不洗了,战战兢兢地张开了破伞似的翼子,跟着他们懂事的老子往回飞,可怜那小络儿小小黄儿真不济事,路上也不知道栽了好几回筋斗,幸亏有他们的爸妈看着没有闪坏,又好在他们的家也不远,一会儿就到了。小孩子们一见了家,好不快活,他们一个个抢着到窝里去躲好了,挨得紧紧的,一点声响也没有,他们的小心儿里又觉得害怕,又觉得好玩,不知怎么好似的。我们那小雀儿领了他们回到了家,也就放心得多,他这时候站在家门,斜着眼看小灵儿呆呆的蹲着,一半是怪她;一半是爱她,后来他忍不住就忽地一响跳过来,挨紧了她,把他那小嘴往她的头毛里窝着,算是亲爱的意思。小灵儿也懂事,知道她丈夫爱她也就紧紧地挨着他,浑身觉得暖和顶畅快的。这时候我们的小雀儿心里在想:"现在好了,那小淘气的也回了家,我的蜜甜的小灵儿也挨着我,管他妖魔作怪不作怪,我再也不怕了。"

  再过了不多时,在山顶上睡着的那块灰色的云也慢慢地动了,像是睡醒了,要不了一会儿他飞跑了,露出青青的山峰,还是像早上一样,在太阳光里亮着,头顶上也再没有一丝一斑的云气,只有一个青青的青天,望不见底的青天。这时候我们的小雀儿又在唱他的歌儿了,这会唱得更起颈,更好听,他又在赞美他崇拜的太阳与青天,他也笑他自己方才的着忙,他也好笑那小赌婆儿的说大话,他也记得那爱睡的小玲珑儿,也许这时候还是伏在那快开小白花儿的耐冬上做他的好梦……

香　水

　　有一家有一个三四岁的小姑娘，名字叫阿英，她长得顶好玩，像一个"洋囡囡"；她爱香水，她也爱听故事；这段香水故事是为她编的。

志摩识

　　我有一个小女儿，生在英国的，名字叫阿英，这位新诗人徐志摩住在我的家里，天天同我的五个小孩儿一块儿玩。他们虽然小，也知道崇拜信仰一个崭新的诗人，知道他肚里有许多叽叽咕咕的文章，虽则不懂，也知道是好；他们要这位徐先生做一个故事，讲给他们听。过了几天，这位徐先生，居然做了这篇香水故事，念给他们听，他们也有懂得的，也有不懂得的，但是听完了大家都说好；可是徐先生说还没有完，小孩说就去登报吧。我接过来在后面写上这几字，送晨报副刊登去，表明我的小孩儿也知道喜欢新文学哪！

子美识

　　阿英，你爱香水不是？好，女孩子天生的爱好，你爱的是好玩儿的洋娃娃，两只大眼睛一开一闭的洋娃娃。你要是在她小肚子上使劲地按一下，她还会得叽的一声吓你一跳哪。你又爱花朵儿，鲜花儿红的白的，纸花儿绿的黄的，你全爱我都知道。你又爱香水，好把你的娃娃洒得香喷喷的讨人欢喜；真好孩子，你爱花我疼你哪——你可比不得男孩子们那样粗气，他们就不懂得爱——连小猫他们都不爱，一来就拉她怪可怜的小尾巴，拉得她直叫——他们真不懂得爱。他们就知道硬要，他们要刀，要枪，要猴儿耍的棍子。前天阿松不是还拧着妈要一根大水枪儿，妈不答应他就直哭，哭得直响，大妈好好的吃了饭睡着也让他哭醒了，他们真粗气不是？

阿英乖，你看了也呕气不是？

阿英，我知道你爱听故事，好，你爱香水，我就讲一个香水故事给你听听。好，是不是，那你就好好地坐着听我讲，坐着那小凳子，乖乖地静听，把你的小手搁在你那衣兜底下，回头着了凉又不合式。故事听完了，要是好的，你就得乖乖地过来让我亲三个甜嘴，我要讲得不好听，我也认罚再给你一瓶香水，现在你听着。

你先得知道香水是怎样做的。香水是花做的。春天暖和的时候花园里全是花。他们做香水的先就采花，要顶香的花，一篮一篮的采回家去。他们用一只大玻璃缸，盛着现采来的鲜花，盛得满满的，然后叫人拿一个琉璃槌子，慢慢地研着槌着捣着，舂着，像前天妈妈讲给你听月亮里那个白兔儿捣玄霜似的顶耐心地捣着，要把那花朵儿全捣烂了，这花酿再过滤了一道或是两道——你不懂得过滤是不是？你不见奶妈煎成了你的药，她拿一块布蒙着碗下倒药，药水全漏进了碗里去，药滓子就全在布上了，他们做香水也就单要花的水，要把他滤得一点滓子也没有才算完事。这水就是顶好的香水，方才妈给你那一小瓶子，阿英，就怕要有几千朵香喷喷的鲜花儿才做得，所以你得爱惜那怪可怜的小香水儿，不要一会儿就使完了。

你明白了没有，香水是花做的？现在就真要讲故事了。你可别睡着了，你那一双大眼珠水冷冷的不很靠得住。我讲得起劲你睡觉可不是道理，那我要生气。好，你说不睡，好极了，那我就讲。

有一个地方有一个妖怪……啊，真灵！一提着妖怪你就再也不敢睡了不是？那妖怪住在一个山洞里面顶大顶深的山洞，他长得顶高顶可怕，谁也说不定他是什么变的；有人说他是猪精，因为他腿上长黑毛，他一睡着就打呼，呼噜呼噜的顶像一只猪；也有人说他是一只黄牛精，因为他虽则是妖精他可不大吃荤，他就爱吃素菜，豆子、波菜、菜心、小萝卜，都是他常吃的。他的力气顶大，脾气可又顶慢，顶像一只牛；也有人说他有点大象味儿，因为他的腿膀子粗得可怕，他的鼻子顶长顶软，真像是橡皮做的。

可是那妖精样子虽则长得凶，他的心眼不一定坏。常言说的强盗发善心，妖精也是有善心的。那妖精的名字叫作"碧豹儿匡匡"，记住了阿英，碧豹儿匡匡。伴他住在山洞里的有一个小女孩子，她才十四岁，长得像一朵白玫瑰花，一个香喷喷的美女孩子。她可不是妖精，她是一个真的人，她原还是一个国王的公主哪。她小时候在她的花园里玩，叫我们的碧豹儿匡匡从云端里飞过时一眼瞧见了。他见她长得那样的玲珑剔透他就舍不得，好在有的是妖法，他弄起了一阵风，就把那公主带回了他的山洞。公主这一不见，她的爹她的妈急得什么似的，哭得眼皮像大核似的肿，四处派了人寻访她的下落，过了好几个年头还是没有找着。

那女孩子究竟年轻，到了山里什么都是新鲜好玩。她跳跳蹦蹦的过于好几个年头，连她的爸爸妈妈都全忘了。阿英，你要是叫妖精碧豹儿匡匡带了跑，你也不会再记得爸爸妈妈了。那山里的风景真好，什么都好，天堂都没有那样好，还有那妖精待她也好，顶疼她的；晚上她睡在她的小床上，妖精就来替她盖被窝，到了半夜里还爬起来看她打出了被窝没有，小心她着凉。白天又给她顶好的东西吃，哄着她玩，随她自个儿满山去乱跑。你看那妖精多好，阿英，比奶妈待你还好哪！他也替公主取了一个名字，就叫香水儿，为什么叫香水呢？因为那公主顶爱花，山里多的是花，各式各样的花，到了春天那山谷就是一只大花篮儿，阿英你要看见了准叫你乐得什么似的。所以碧豹儿匡匡就教给她做香水，我开头不是讲过香水是怎么做吗？

她就爱做香水，一年四季忙采着花做香水，简直像一个小疯子，一作香水什么都不要了，饭都忘了吃，小皮球也不拍了，所以她自个儿的名字就叫做香水儿，阿英记住了啊，她叫作小香水儿。她做成了香水，她就用小琉璃缸盛起来，有鲜红的，有粉红的，有湖色的，有青莲的，有黄的，有绿的，有像苹果红的，有像葡萄紫的，有像胡落儿上冰糖的颜色，有像妈那翡翠镯子的颜色，什么颜色都有，还有盛不完的她就随便的使，她自个儿的脸上，嘴上，头发上，衣上，鞋上，她的床上，她的柜子里，都洒了；还不够她那小白猫——她有一个顶好看的小白猫，浑身像雪片似的——也上了香水，连碧豹儿匡匡的大胡子上他睡着的时候也偷偷的给洒上了！

王当女士

    王当女士在前房已扣好了大衣,揿上了手提包,预备出门到车站,忽然又跑回亭子间去,一边解着衣扣,从床上抱起啼得不住声的两个月孩子,急匆匆地把他向胸口喂。孩子含上了自己母亲的奶就不哭,摇着一只紫姜似的小手,仿佛表示快活。但这样不到一分钟她又听到前房有脚步声,她知道是黑来了。她想往外跑,但孩子那一张小口使劲地噙住了娘的奶头,除非她也使很大的劲就摆脱不了这可爱又可怜的累赘。黑准有消息,听他那急促的脚步声就知道。他不说他再想法到崔那里去探问口气吗?要是有希望倒是最简捷,目前也省得出远门撞木钟去。但如果这一边没有转机,她这回去,正怕是黑说的,尽我们的本分,希冀是绝无仅有的了。她觉得太阳心里又来了一阵剧烈的抽痛,她一双手机械地想往上伸,这一松劲几乎把怀抱着的孩子掉下了地。她趁势缩退了胸口,把孩子又放在床上,一转身跑回了前房去。

    黑站在火早已完了仅剩一些热气的壁炉前低着头,她走进房也没有注意。王当女士先见到他的一只往下无力的挂着的手,分明冻得连舒展都不能自由了的,又见到他的侧脸,紫灰的颜色,像是死;她觉得眼前一暗,一颗心又虚虚地吊了下去。她再没有能力开口,手脚都是瘫软了的。她在房门口停着,一手按着一个不曾扣上的衣纽。

    还是黑的身子先动,他转过脸望着她,她觉得他的笑容,也是死灰的——死灰的微笑散布在死灰的脸上,像是一阵阴凉的风吹过冻滞的云空。惨极了!我懂得那笑容,我懂,她心头在急转,你意思是不论消息多么坏,不论我们到什么绝境,你不要怕,你至少还有我一个朋友,你不要愁,即使临到一切的死与一切的绝,我还能笑,我要你从我这惨淡的笑得到安慰,鼓起勇气。

勇气果然回来了一些。她走近了一步。"你冷了吧，黑？"

"外面雪下得有棉花样大，我走了三条街，觅不到一辆车。我脖子里都是雪花水。"

他又笑了。这回他笑得有些暖气。因为他说的时候想起做孩子时的恶作剧，把雪块塞进人家的衣领，看他浑身的扭劲发笑。

"你也饿了吧？"

"一天水都没有喝一口，但不是你说起我想都想不着。"

"现在你该想着了。后房有点心，我去拿给你。"但她转不到半个身子，脚又停住了，有一句话在她的嗓子里冲着要出来。她没有走进房那句话已经梗她的咽喉。"怎么样了？"怎么样了？她觉得不仅她口里含着这句话要吐，就她那通身筋肉的紧张，心脏的急跳，仿佛都是在要进出那一句话。怎么样了？这一晌是她忍着话，还是话忍着她，她不知道。实情是她想能躲姑且躲。她不问了他冷吗？她不问了他饿吗？她现在不是要回后房取点心去吗？黑为了朋友，为了一点义气，为了她们母子，在这大冷天不顾一切整夜的到处跑，她能不问他的饥寒吗？也许他身上又是一个子儿都没了。他本来就在病，如果一病倒，那她唯一的一只膀臂都不能支使了，叫她怎么办？他的饥寒是不能不管的。但同时她自己明白她实在是在躲。因为一看他的脸就知道他带来消息的形状是哪一路的。就像是你非得接见一个你极不愿见面的人，而多挨一忽儿不见也是好的。不，也不定是怕。她打从最早就准备大不了也不过怎么样。大不了也不过怎么样！比方说前天黑一跑进来就是事情的尽头；如果他低着声音说"他已经没了"，那倒也是完事一宗，以后她的思想，她的一切，可以从一个新的基础出发，她可以知道她的责任，可以按步的做她应该做的事，痛苦又艰难，当然，但怎么也比这一切都还悬挂在半空里的光景好些，爽快些。可怜胸口那一颗热跳的心，一下子往上升，一下子往下吊，再不然就像是一个皮球在水面上不自主的飘着浮着，那难受竟许比死都更促狭。再加那孩子……

但她这一踌躇，黑似乎已经猜到她心里的纠纷，因为她听他说：

"肚子饿倒不忙，我们先——"

但她不等他往下说急转过身问:"还用着我出门不?"

"你说赶火车?"

"是的。"

"暂时不用去,我想,因为我看问题还在这边。"他说。

她知道希望还没有绝。一个黑,一个她,还得绷紧了来,做他们的事。奶孩子终究是个累赘。黑前天不说某家要领孩子吗?简直给了他们不好吗?繁即使回来也不会怪我。他不常说我的怀孕是一个极大的错吗?他不早主张社会养育孩童吗?很多母亲把不能养育的骨肉送到育婴场所或是甚至遗落在路旁。那些母子们到分别时也无非是母的眼泪泡着孩子的脸,再有最后一次的喂奶!方才那一张小口紧含着乳头微微生痛的感觉又在她的前胸可爱的逗着,同时鼻子里有一阵酸——喔,我的苦孩子——

但她不能不听黑的消息。

"怎么样了呢?"她问。

话是说出了口,但她再不能支持全身的虚软,好在近边一张椅子上坐下了。

她听他的报告,她用心的听,但因为连日失眠以及种种的忧烦,她的耳鼓里总浮动着一种摇晃不去的烦响,听话有些不清明。黑的话虽则说得低而且常有断续,论理她应得每个字都听得分明。但她听着的话至多只是抓总的一点意思,至于单独的字她等于一个都不曾听着。这一半也因为提到了崔,她的黑黝黝的记忆的流波里浮起不少早经沉淀了的碎屑,不成形的当然,但一样有力量妨碍她注意的集中。她从不曾看起过崔,虽则那年他为她颠倒的时候她也曾经感到一些微弱的怜意。他,是她打开始就看透了的。论品,先就不高,意志的不坚定正如他的感情的轻浮。同时她也从他偶尔为小事发怒的凶恶的目光中看出他内蕴的狠毒与残暴。繁有好些地方不如崔;他从不为自己打算,不能丝毫隐藏或矫柔他的喜怒;不会对付人。他是乡下人说的一条"直头老虎"。但她正从他的固执里看出他本性的正直与精神的真挚,看出他是一个可以交到底的朋友。这三四年来虽则因为嫁给了繁遭受到无穷的艰苦,她不曾知道过一整天的安宁;虽则他们结婚的生活本身也不能说是满意,她却从不曾有一时间反悔过她的步骤。在思想上,在意见上,在性情上，她想不起有和鼕完全能一致的地方，但她对他总存着一些敬意，觉得为这样的人受苦牺牲决不是无意义的。她看到崔那样无耻地卖身，卖灵魂，最后卖朋友，虽然得到了权，发到了财，她只是格外夸奖她当初准确的眼力。不曾被他半造作的热情所诱惑。每回她独自啃着铁硬的面包，她还是觉得她满口含着合理的高傲。可怜的黑，他也不知倒了哪辈子的霉，为了朋友不得不卑微的去伺候崔那样一个人。她想象他踞坐在一张虎皮上，手里拿着生杀无辜的威权，眼里和口边露着他那报复的凶恶与骄傲，接着见于手指僵成紫姜嗓音干得发沙的黑。黑有一句话他有十句话。而且他的没有一字不是冠冕，没有一句不是堂皇。铁铮铮的理满是他的。但更呕人的是他那假惺惺！说什么他未尝不想回护老朋友，谁不知道我崔某是讲交情的，但鼕的事情实在是太严重了，他的责任和良心都告知他只能顾义不顾亲，有什么法子？除非鼕肯立刻自首，把他的伙伴全给说出来，自己从此回头，拿那一边的秘密献作进身的礼物——果然他肯那么来的话，他做朋友的一来为公家收罗人才，二来借此帮忙朋友，或许可以拼一个重大的肩仔，向上峰去为他求情，说不定有几分希望。好，他自己卖了朋友就以为人人都会得他那样的无耻！他认错了人了，恶鬼！果然鼕可以转到那一路的念头，那还像个人吗？还值得她的情爱，还值得朋友们为他费事吗？简直是放屁！喔，他那得意的神气！但这还不管他。他的官话本是在意料中；最可恼的是他末了的几句话，那是说到她的。什么同情，什么哀怜，他整个的是在狠毒的报复哪！说什么他早就看到她走上那条绝路，他这几年没有一天不可惜她的刚愎，现在果然出了乱子，她追悔也已太迟不是，但——这句话王当女士是听分明了的，很分明——但"王当女士何妨她自己请过来谈谈呢？"还有一句："我这里有的是清静的房间！"这是他瞄准了她的高傲发了最劲的一支箭！王当女士觉得身子一阵发软，像要晕。够高明的，这报复的手段！

　　王当女士独自在黄昏的街边上走着。雪下得正密，风也刮得紧，花朵在半空里狂舞，满眼白茫茫的，街边的事物都认不清楚。街上没有车，也没有人。她只听得她自己的橡皮鞋在半泥泞的雪地里吱咯的声响。她的左手护着一件薄呢大衣的领口（那件有皮领的已到了押店里去），右手拿着一瓶牛奶。奶汁在纸盖的不泯缝处往外点点地溢出，流过手背往下滴，风吹上来像是细绳子缚紧了似的隐隐生痛，手指是早已冻木了的。孩子昨晚上整整的哭闹了一夜，因为她的奶也不知道怎么的忽然的干了，孩子的小口再使劲也不中用，孩子一恼就咬，恨不得把这干枯的奶头给咬去，同时小手脚四散地乱动，再就放开口急声地哭，小脸小脖子全胀红了的。因为疼孩子就顾不得自己痛，她还得把一个已咬肿了的奶头去哄它含着，希望他哭累了可以睡，因此她今晚又冒大雪出来多添一瓶奶。

她一个人在晦暝到了极度的市街上走着。雪花飘落在她的发上，打上她的脸，糊着她的眼眉。顶着一阵阵吼动的劲风她向前挪，一颗心在单薄的衣衫里火杂地跳。这是一个什么世界，冷破骨的冷，昏沉，泥泞，压得人倒的风雪！她一张口呼出一团白云似的热气，冲进雪的氛围，打一个转，一阵风来卷跑了。冷气顿时像毒心的枪入她的咽喉，向着心窝里直划，像一把锋利的刀。她眼前有三个影子，三道微弱的光芒在无边的昏瞀中闪动。一个是她的孩子，花朵似的一张小脸在绿叶堆里向着她笑。仿佛在说："妈妈你来！"但一转眼它又变了不满两月的一块肉在虚空的屋子里急声地哭。她自己的眼里也涌起了两大颗热泪。又一个是綮。在黑暗的深处，在一条长极了的甬通的底里他站着，头是蓬的，脚是光的，眼里烧着火，他还是在叫喊，虽则声音已经细弱得像游丝，他还是在斗争，虽则毒蛇似的缭练已经盘绕上他的肢体……"王当，你怎么还不来？"她听他说。那两颗热泪笔直地淌了下来。再有一个是黑。她望着他的瘦小的身子在黑刺刺的荆棘丛里猛闯，满脸满手都扎得血酽酽的，但他还是向前胡钻，仿佛拿定了主意非得拿血肉去拼出一条路来！再一掣眼他已经转身来站在她的跟前，一个血人，堆着一脸的笑，他那独有的微弱的悱恻的笑，对她说："綮，真的我一点也不累！"

王当女士打了一个寒噤，像是从梦魇里挣醒了回来，一辆汽车咆哮了过去，泥水直溅到她的身上，眼前只见昏暗。她一手还是抓紧着那冰冷的奶瓶。两条腿则还在移动，但早已僵得不留一些知觉。她一只手护紧她的胸口，护住她的急跳着的心。这时候只要她一放松她自己，她立即可以落在路边，像一捆货物，像一团土，飞出了最后的一星意识，达到了极乐的世界。但是她不，她猛一摇晃，手臂向上一抬，像是一只鸟豁动它的翅膀，抬起了头，加紧了步，向着黑暗与风雪冲去——一个新的决心照亮了她的灵府，她不愁没有路走，不怕没有归宿。最后的更高的酬报是在黑暗与风雪的那一边候着，她不停顿地走着。她不停顿地走着。

风越刮得紧，雪越下得密，她觉得她内心的一团火烧得更旺，多量的热气散布到四肢白骸，直到毫发的顶尖。"你们尽来好了，"一个声音在叫响。一种异常的精神的激昂占住了她的全身。你们尽来好了，可爱的风，可爱的雪，可爱的寒冷，可爱的一切的灾难与苦痛，我知道你们都是为了我才有的；我不怕；我有我的泼旺的火，可以克制你们一切的伎俩。你们不要妄想可以吓得我倒，压得我倒！我是不怕的，我告诉你们：她觉得胸堂里汹汹的嗓子里毛毛的有一股粗壮的笑要往外冲，要带了她的身子望高空里提。这笑就可以叫一切的鬼魅抖战，她想，心头一闪一闪地亮。

她将近走到寓所时，忽然瞥见乌黑一堆在家门口雪泥揉泞的石级上寓着。她心里一动，但脚步已经迈过。"不要是人吧？"她飞快地转念。更不犹豫，她缩回三两步转向那一堆黑黑的留神的察看，可不是人吗？一块青布蒙脑袋，一身的褴褛刺猬似地寓着，雪片斜里飞来，不经意的在点染这无名的一堆。"喂！你怎么了？"她俯身问。从梦里惊醒似的，一个破烂的头面在那块青布底下探了出来。她看出是一个妇人。"坐在这儿你不要冻死吗？"她又问。那妇人还是闷不做声，在冥茫中王当女士咬紧了牙辨认那苦人的没人样的脸。喔，她那一双眼！可怜她简直不能相信在这样天时除了凶狠的巡捕以外还有人会来关心她的生死。她那眼里有恐惧，有极度的饿寒，有一切都已绝望了的一种惨淡的空虚。王当女士一口牙咬得更紧了。"你还能说话吗？"她问。那苦人点点头，眼里爆出粗大的水。她手臂一松开，露出她怀抱里——王当女士再也不曾意料到的——一个小孩。稀小的一个脸，口眼都闭着的。"孩子？——睡着了吗？"她小声问，心里觉得别样的柔软与悲酸。忽然张大了眼，那女人——脸上说不清是哭是笑——"好小姐，他死了。"

……

一阵恶心，王当女士觉得浑身都在发噤，再也支撑不住，心跳得像发疯。她急忙回过脸。把口袋所有的洋钱毛钱铜子一起掏了出来，丢在那苦人坐着的身旁，匆匆地一挥手，咬紧了牙急步地向前走她自己的路。

"人生，人生，这是人生？"她反复的心里说着。但她走不到十多步忽然感到一种惊慌；那口眼紧闭着像一块黄蜡似的死孩的脸已经占住她的浮乱的意识，激起一瞬间迷离的幻想。她自己的孩子呢？没有死吧？那苦女人抱着的小尸体不就是她自己一块肉吗？她急得更加紧了脚步，仿佛再迟一点她就要见不到她那宝贝孩子似的。又一转念间，她的孩子似乎不但是已死，并且已经埋到了不留影踪的去处，她再也想不起他，她得到了解放。还有鸷也死了，一颗子弹穿透他的胸脯打死了，也埋了，她再也想不起他，他得到了更大的解放。还有黑——

但她已经走到了她寓处的门口，她本能地停住了。她先不打门，身子靠着墙角，定一定神，然后无力地举起一只手在门上啄了两下。"黑也许在家，"她想。她想见他出来开门，低声带笑地向她说，"孩子还没有醒。"谁也没有像他那样会疼孩子。大些的更不说，三两个月大的他都有耐心看管。他真会哄。黑是真可爱，义气有黄金一样重，性情又是那样的柔和。他是一个天生的好兄弟。但王当女士第二次举手打门的时候——已经开始觉得兴奋过度的反响，手脚全没了力，脑筋里的抽痛又在那里发动。黑要足够做一个哥哥兼弟弟，那才是理想的朋友。天为什么不让他长得更高大些，她在哀痛或极倦时可以把脑袋靠着他的肩膀，享受一种只有小孩与女人享受得到的舒适。他现在长得不比她高。她只能把他看作一个弟弟，不是哥哥，虽则一样是极亲爱的。

但出来开门不是黑。是房东家的人。王当女士急步走上楼。隐隐的有些失望。孩子倒是睡得好好的，捏紧了两个小拳头在深深地做他的小梦。她放下了买来的奶瓶，望着堆绣着冰花的玻璃，站在床前呆了一阵子。"黑怎么还不来？"她正在想，一眼看见了桌上一个字条，她急急的拿起看，上面铅笔纵横地写着：——

来你不在。孩子睡得美，不惊他。跑了一整天，想得到的朋友处都去过。有的怕事，有的敷衍，有的只能给不主重的帮助，崔是无可动摇，传来的话只能叫你生气，他是那样的无礼。我这班车去××，希望能见到更伟大的上峰，看机会说个情讲个理，或许比小鬼们的脸面好看些也说不定，你耐心看着孩子，不必无谓躁急，只坏精神，无补益。我明晚许能赶回。黑。

她在床前的一张椅上坐下了，心头空洞的也不知在忖些什么。穷人怀抱中那死孩的脸赶不去的在她的眼前晃着。她机械地伸手向台上移过水瓶来倒了一口水喝。她又拿起黑的字条。从头看了又看。直到每一个字都看成极生疏的面目，再看竟成了些怕人的尸体，有暴着眼的，有耸着枯骨的肩架的，有开着血口的，在这群鬼相的中间，方才那死孩的脸在那里穿梭似的飞快地泅着。同时金铁击撞和无数男女笑喊的繁响在她的耳内忽然开始了沸腾。

她觉得她的前额滋生着惊悸的汗点，但她向上举起的手摸着的只是鬓发上雪花化了水的一搭阴凉。她叹了一口气，摇了摇头："我这是疯了，还是傻了？"她大声地说。"就说现在还没有，"她想，"照这样子下去要不了三五天我准得炸。"这是一个什么世界，哪儿都是死的胜利？听到的是死的欢呼，见到的是死的狂舞，一切都指向死，一切都引向死。什么时代的推移，什么维新，什么革命，只是愚蠢的人类在那里用自己骨肉堆造纪念死的胜利的高塔，这塔，高顶着云天，它那全身飞满的不是金，不是银，是人类自己的血，尤其是无辜的鲜艳的碧血！时间是一条不可丈量的无厌的毒蟒，它就是爱哺啜人类的血肉。

这世界，这年头，谁有头脑谁遭殃，谁有心肠谁遭殃。就说繁吧，他倒是犯了什么法，做了什么恶，就该叫人直拉横扯的只当猪羊看待？还不是因为他有一副比较活动的头脑，一副比较热烈的心肠？他因为能思想所以多思想，却不料思想是一种干犯人条的罪案。他因为有感情所以多情感，却不知这又是一种可以成立罪案的不道。自从那年爱开张了他的生命的眼，他就开始发动了一种在别的地方或别的时间做作救世的婆心。见到穷，见到苦，他就自己难受；见到不平，见到冤屈，他就愤恨。这不是最平常的一点人情吗？他因为年轻，不懂世故，不甘心用金玉的文章来张扬虚伪，又不能按住他的热心，躲在家里安守他的"本分"，他愈见到穷的苦的，他对于穷的苦的愈感到同情与趣味，他在城市里就非得接近城市的穷苦部分，在乡间也如此，他一个人伏在没有光亮四壁发霉的小屋里不住地写，写他眼里见到的，心里感到的，写到更深，写到天光，眼泪和着墨。文字和着心肠一致地热跳，直写到身体成病，肺叶上长窟窿，口里吐血，他还不断地写——他为什么了？他见到种种的不平，他要追究出一些造成这不平世界的主因，追究着了又想尽他一个人的力量来设法消除，同时他对于他认为这主因的造成者或助长者不能忍禁他的义愤，他白眼看着他们如他们是他私己的仇敌——这也许是因为他的心太热血太旺了的缘故，但他确是一个年轻人，而且心地是那样的不卑琐，动机又是那样的不杂，你能怪着他吗？好，可是这样的人这世界就不能容忍：就因为他在思想上不能做奴隶，在感情上不能强制，在言论上不作为一己的检点，又因为他甘愿在穷苦无告的人群中去体验人生，外加结识少数与他在思想与感情上有相当融洽的朋友，他就遭了忌讳，轻易荣膺了一个十恶不赦的头衔，叫人整个的无从申辩，张不到一个正当的告诉的门缝儿，这样送了命也是白来，如同一个蚂蚁被人在地上踏死，有谁来问信——哼！这倒是一个什么世界！

王当女士一头想，在悲苦与恚愤中出了神，手里的那个字条已经被挤捻成细小的末屑散落在身上都没有觉得。"当然"，她又继续想，"当然，各人有各人的见解：鏊的过错是他的迳直，思想是直的，感情，行为，全是直的，他沿着逻辑的围墙走路，再也不顾这里头去是什么方向，有没有危险。但我说他'直'是因为我是深知他的，在有的人断章取义的看也许要说他固执，说他激烈，说他愚笨。也许这些案语都是相当对的，现在果然有飞来横祸惹上了身，要是没有救，惋惜他的人自然有，同时也尽有从苟全性命的观点来引以为戒的。且不说别人，就我也何尝在某一件事上曾经和他完全一致过？也许一半因为我是女性，凡事容易趋向温和，又没有坚强的理智能运用铁一般的逻辑律法取定一个对待人生的态度，也是铁一般坚实。记得我每回和他辩论，失败的总是我，承认了他的前提就不能推翻他的结论，虽则在我的心里我从没有被他折服过。他见到穷苦，比方说，我也见到穷苦，但彼此的感想可就不同。我承认穷人的苦恼，但我不能说人不穷苦恼就会没有。种类不同吧，在我看来苦恼是与生俱来不论贫富都有份儿的；方才那抱着死孩的穷人当然苦恼，但谁敢说在风车里咆哮过去的男女们就能完全脱离苦恼；再有物质上的苦恼固然不容否认，精神上的苦恼也一样是实在。我所以只感到生的不幸，自认是一个弱者，我只有一个恻隐的心；自己没有什么救世的方案，我也不肯轻易接受他人的。我把我自己口袋里的钱尽数给了我眼见的穷苦，哪怕自己也穷得连一口饭都发生问题，我自分也算尽了一个有同情心的生物的心，再有我只能在思索体念这些人们的无告，更深一层认识人生的面目，也就完了。他可不然：第，一他把人生的物质的条件认是有无上的重要，所谓精神的现象十九是根据物质生活的；第二，他把贫富的界限划得极度的严；第三，他有那份辩才可以把人间百分之九十九的不幸与蹉跌堆放到财富支配不得均匀与不合公道的一个现象上去。他多见一份穷苦，他愈同情于穷苦；你愈同情于穷苦，他愈恨穷苦，愈要铲除穷苦；跟着穷苦的铲除，他以为人类就可以升到幸福的山腰，即便还不到山顶。这来他的刀口就瞄准了方向。我不服他的理解，但我知道他的心是热的。我不信他的福音，但我确信他的动机是纯洁的。如今他为了他的一份热心，为了他的思想的勇往，在遭受了不白的冤枉！

　　我心里真害怕，这预兆不好。可怜的黑，为朋友害折了腿怕也是白费。最可恨是崔，他这回的威福我怕是作定的了。他还饶不过我。竟想借此同时收拾我。哼，你做梦，恶鬼！我总有那一天睁大了眼看你也乖乖地栽跟斗，栽你自己都不相信！縈，我几乎愿意你死，愿意你牺牲，愿意你做一只洁白的羔羊，把你全身一滴滴无辜的血液灌入淫恶的饕餮的时间的口！……

　　王当女士这样想着觉得身飘飘的仿佛在蔓草路上缓步地走着，一身的黑纱在风中沙沙地吹响。还有一个人和她相并地走着，那是黑。手抱一束憔悴的野花——他们是走向縈的埋葬处。她眼前显出一块墓碑，上面有一行漆色未干的红字："这里埋着一只被牺牲的羔羊。"她在草堆向那碑石和身伏了下去，眼泪像是夏雨似的狂泻，全身顿时激成了一堆不留棱缝的坚冰。

　　她全身顿时激成了一堆不留棱缝的坚冰，眼泪像是夏雨似的狂泻；一阵痛彻心脾的悲伤使她陷入了迷恍。她直挺在坐椅上有好一响，耳内听得远处有羔羊的稚嫩的急促的啼声……啼的是床上睡醒了要奶吃的两个月的孩子。等到她从迷恍中惊起匆匆解开了胸衣去喂的时候。那孩子已经哭得紫涨了一张小脸声音都抽噎了。

　　……

　　这一晚王当女士做了一个梦。

她坐在一个类似运动场的围圈的高座上，乌珚珚的挤满了看客。场子中间是一片荒土，有不少累累的小丘，有长着黄草，有长着青草的。风吹动着草根发出一种幽响，如同细乐。这样过了一晌，她望见高台的那一边发动了热闹。一长串穿着艳色短服的人在台影中鱼贯地走出，沿着围栏复步地过来。她看出这些人肩头扛着一根肥大的铁锄。縈是这中间的一个，这发现并不使她讶异，她仿佛本是专来看他表演的；但使她奇怪的是黑也在里面，一个瘦弱的肩胛被笨重的铁锄压成了倾斜——她奇怪因为她分明黑是和她不仅同来并且同在看座上坐着的。这行列绕这围场走成了一个圆圈，然后在不知哪一边发出的吆喝声中他们都止了步，然后各自向场中心走去。再过一晌，这一些人自站定了一个地位，擎起了锄头，在又一声吆喝的喊响中，各自在身前的一块土上用力地垦，同时齐声开始了一种异样的歌唱，音调是悲壮如同战场上的金鼓，初起还是低缓，像是很远的涛声，再来是渐次高翻的激昂，排山倒海似的，和着铁锄斗着坚土的铮铮，把整个的空间震成了不分涯溪的澎湃。锄头的起落也是渐次的袖舞成了耀眼的一片。初起縈和黑的身影，还可勉强的辨认，随后逐渐地模糊直到再也分不清楚，她望得眼珠发酸都是无用。这样绵延了不知有多少时间，忽然一切声响和动作都一齐止息了，场中间每人的跟前都裂着一个乌黑的坑口，每人身上的衣服全都变了黑色。这时侯全场上静极了，只听得风轻轻地掠过无数新掘的土坑，发出怡神的细乐，在半空里回旋，这时候她正想转身问她同看的人这耍的算是什么玩艺，猛然又听得一声震耳的吆喝，在这异响的激震中，围场中各个人都把锄头向空一撒手，舲的一声叫响，各自纵身向各自垦开的坑口里跳了下去，同时整个的天也黑压压地扑盖了下来……（未完）。

书信集

> 致陆小曼信六十五通
> 1925年3月3日——1931年10月29日

致陆小曼（1925年3月3日）

　　这实在是太惨了，怎叫我爱你的不难受？假如你这番深沉的冤屈，有人写成了小说故事，一定可使千百个同情的读者滴泪，何况今天我处在这最尴尬最难堪的地位，怎禁得不咬牙切齿的恨，肝肠迸裂的痛心呢？真的太惨了。我的乖！你前生作的是什么孽，今生要你来受这样惨酷的报应。无论折断一枝花，尚且是残忍的行为，何况这生生的糟蹋一个最美最纯洁最可爱的灵魂。真是太难了，你的四周全是细精铁壁你便有翅膀也难飞。咳，眼看着一只洁白美丽的稚羊，让好满面横肉的屠夫擎着利刀向着它刀刀见血的蹂躏谋杀——旁边站着不少的看客。那羊主人也许在内，不但不动怜惜反而称赞屠夫的手段，好像他们都挂着馋涎想分尝美味的羊羔哪。咳！这简直的不能想。实有的与想象的悲惨的故事我亦闻见过不少。但我爱，你现在所身受的却是谁都不曾想到过，更有谁有胆量来写？我劝你早些看哈代那本"Jude the obscure"吧。那书里的女子 sue 你一定很同情她。哈代写的结果叫人不忍卒读。但你得明白作者的意思。将来有机会我对你细讲。咳！我真不知道你申冤的日子在哪一天！实在是没有一个人能明白你，不明白也算了，一班人还来绝对的冤你。阿呸！狗屁的礼教，狗屁的家庭，狗屁的社会，去你们的，青天里白白的出太阳；这群两脚，血管的水全是冰凉的！我现在可以放怀的对你说，我腔子里一天还有热血，你就一天有我的同情与帮助。我大胆的承受你的爱，珍重你的爱，永保你的爱。我如其凭爱的恩惠，还能从性灵里放射出一丝一缕的光亮，这光亮全是你的。你尽量用吧！假如你能在我的人格思想里发现有些许的滋养与温暖，这也全是你的，你尽量使吧！最初我听见人家诬蔑你的时候，我就热烈的对他们宣言，我说：你们听着，先前我不认识她，我没有权利替她说话；现在我认识了她，我绝对的替她辩护。我敢说如其女人的心曾经有过纯洁的好的，就是口一个。Her heart is as pure and unsoiled as any women's heart can be; and her soul as noble。

现在更进一层了，你听着这分别。先前我自己仿佛站得高些，我的眼是往下望的。那时我怜你惜你疼你的感情是斜着下来到你身上的。渐渐的我觉得我的看法不对，我不应得站得比你高些，我只能平看着你。我站在你的正对面，我的泪上的光芒与你的泪上的光芒针对着，交换着。你的灵性渐渐的化入了我的，我也与你一样的觉悟了，一个新来的影响在我的人格中四布的贯彻——现在我连平视都不敢了。我从你的苦恼与悲惨的情感里憬悟了你的高洁的灵魂的真际。这是上帝神光的反映，我自己不由得低降了下去。现在我只能仰着头献给你我有限的真情与真爱，声明我的惊讶与赞美。不错，勇敢，胆量，怕什么？前途当然是有光明的，没有也得叫他有一个。灵魂有时可以到发黑暗的地狱里去游行，但一点神灵的光亮却永远在灵魂本身的中心点着——况且你不是确信你已经找着了你的真归宿。真想望，实现了你的梦，来让这伟大的灵魂的结合毁灭一切的阻碍，创造一切的价值，往前走吧！再也不必迟疑。

你要告诉我什么。尽量的告诉我，像一条河流似的，尽量把他的积源交给天边的大海。像一朵高爽的葵花，对着和暖的阳光，一瓣瓣的展露她的秘密。你要我的安慰，你当然有我的安慰，只要我有，我能给你，要什么有什么。我只要你做到你自己说的一句话——"fight on"——即使运命叫你在得到最后胜利之前碰着了不可躲避的死，我的爱。那时你就死。因为死就是成功，就是胜利。一切有我在，一切有爱在。同时你努力的方向得自己认清，再不容丝毫的含糊，让步牺牲是有的，但什么事都有个限度，有个止境。你这样一朵稀有的奇葩，决不是为一对不庸俗的父母，一个庸懦兼残忍的丈夫牺牲来的。你对上帝负有责任；你对自己负有责任；尤其你对你新发现的爱负有责任。你已往的牺牲已经是够了，你再不能轻易糟蹋一分半分的黄金光阴。人间的关系是相对的，应职也有个道理。灵魂是要救度的，肉体也不能永久让人家侮辱蹂躏。因为就是肉体也是含有灵性的。总之一句话：时候已经到了，你得——Assert your owhpevsonality。你的心肠太软，这是你一辈子吃亏的原因。但以后可再不能过分的含糊了。因为灵与肉实在是不能绝对分家的。要不然 Nora 何必一定得抛弃她的家，永别她的儿女，重新投入渺茫的世界里去？她为的就是她自己的人格与性灵的尊严。侮辱与蹂躏是不应得容许的。且不忙；慢慢的来。不必悲观，不必厌世，只要你抱定主意往前走，决不会走过头，前面有人等着你。

以后的信，你得好好的收藏起，将来或许有用——在你申冤出气时的将来，但暂时切不可泄漏。切切！

三月三日

致陆小曼（1925 年 3 月 4 日）

小龙：

　　你知道我这次想出去也不是十二分心愿的。假定老翁的信早六个星期来时，我一定绝无顾恋的想法走了完事。但我的胸坎间不幸也有一个心，这个脆弱的心又不幸容易受伤，这回的伤不瞒你说，又是受定的了，所以我走也不免咬一咬牙齿忍着些心痛的。这还是关于我自己的话；你一方面我委实有些不放心；不是别的，单怕你有限的勇气敌不过环境的压迫力，结果你竟许多少不免明知故犯，该走一百里路也只能走满三四十里，这是可虑的。龙呀！你不知道我怎样深刻的期望你勇猛的上进，怎样的相信你确有能力发展潜在的天赋，怎样的私下祷祝有那一天叫这浅薄的恶俗势利的"一般人"开着眼惊讶，也是我的荣耀哩！聪明的小曼，千万争这口气才是！我常在身旁，固然多少于你有些帮助，但暂时分别也有绝大的好处。我人去了，我的思想还是在着，只要你能容受我的思想。我这回去是补足我自己的教育，我一定加倍的努力吸收可能的滋养；我可以答应你，我决不枉费我的光阴与金钱。同时我当然也期望你加倍的勤奋，认清应走的方向，做一番认真的工夫试试。我们总要隔了半年再见时，彼此无愧才好！你的情形固然不同，但你如其真有深澈的觉悟时，你的生活习惯自然会得改变的，我信 F 也能多少帮助你。

　　我并不愿意做你的专制皇帝，落后叫你害怕讨厌，但我真想相当的"督饬"着你，如其你过分顽皮时，我是要打的吓！有一件事不知你能否做到，如能，倒是件有益而且有趣的事，我想要你写信给我，不是平常的写法，我要你当作日记写。不仅记你的起居等等，并且记你的思想情感——能寄给我当然最好，就是不寄也好，留着等我回来时一总看，先生再批分数。你如其能做到我这点意思，那我就高兴而且放心了。同时我当然有信给你，不能怎样的密，因为我在旅行时怕不能多写，但我答应选我一路感到的一部分真纯思想给你，总叫你得到了我的消息，至少暂时可以不感觉寂寞。好不好，曼？关于游历方面我已经答应做现代评论的特约通讯员，大概我是到眼的事物多少总有报告，使我这里的朋友都能分沾我经验的利益。

  顶要紧是你得拉紧你自己，别让不健康的引诱摇动你，别让消极的意念过分压迫你。你要知道我们一辈子果然能一个人的真相知真了解，我们的牺牲。苦恼与努力也就不算是枉费的了！

摩　三月四日

致陆小曼（1925年3月10日）

龙龙：

我的肝肠寸寸的断了。今晚再不好好的给你一封信，再不把我的心给你看，我就不配爱你，就不配受你的爱。我的小龙呀，这实在是太难受了，我现在不愿别的，只愿我伴着你一同吃苦——你方才心头一阵阵地绞痛，我在旁边只是咬紧牙关闭着眼替你熬着。龙呀，让你血液里的讨命鬼来找着我吧，叫我眼看你这样生生的受罪，我什么意念都变了灰了！你吃现鲜鲜的苦是真的，叫我怨谁去？离别当然是你今晚纵酒的大原因，我先前只怪我自己不留意，害你吃成这样。但转想你的苦分明不全是酒醉的苦，假如今晚你不喝酒，我到了相当的时刻，得硬着头皮对你说再会，那时你就会舒服了吗？再回头受逼迫的时候就会比醉酒的病苦强吗？咳！你自己说得对，顶好是醉死了完事，不死也得醉，醉了多少可以自由发泄，不比死闷在心窝里好吗？所以我一想到你横竖是吃苦，我的心就硬了。我只恨你不该留这许多人在一起喝，这人一多就糟；要是单是你与我对喝，那时要醉就同醉，要死也死在我们热热烈情焰上；醉也是一体，死也是一体；要哭让眼泪和成一起；要心跳让你我的胸膛贴紧在一起；这不是在极苦里实现了我们想望的极乐，从醉的大门走进了大解脱的境界；只要我们灵魂合成了一体这不就满足了我们最高的想望吗？啊我的龙，这时候你睡熟了没有？你的呼吸调匀了没有？你的灵魂暂时平安了没有？你知不知道你的爱正在含着两眼热泪，在这深夜里和你说话，想你，疼你，安慰你，爱你？我好恨呀，这一层层的隔膜；真的全是隔膜；这仿佛是你淹在水里挣扎着要命，他们却掷下瓦片石块来，算是救渡你！我好恨呀，这酒的力量还不够大，方才我站在旁边，我是完全准备了的，我知道我的龙儿的心坎儿只嚷着："我冷呀，我要他的热胸膛偎着我；我痛呀，我要我的他搂着我；我倦呀，我要在他的手臂内得到我最想望的安息与舒服！"——但是实际上我只能在旁边站着看，我稍微的一帮助，就受人干涉，意思说："不劳费心，这不关你的事，请你早去休息吧，她不用你管。"哼，你不用我管！我这难受，你大约也有些觉着吧。方才你接连了叫着："我不是醉，我只是难受，只是心里苦。"你那话一出，像是钢铁锥子刺着我的心：愤、慨、恨、急的各种情绪就像潮水似的涌上了胸头。那时我就觉得什么都不怕，勇气像天一般的高，只要你一句话出口，什么事我都干！为你，我抛弃了一切只是本分；为你我还顾得什么性命与名誉？——真的假如你方才说出了一半句着边际着颜色的话，此刻你我的命运早已变定了方向都难说哩！你多美呀，我醉后的小龙！你那惨白的颜色与静定的眉目使我想像起你最后解脱时的形容，使我觉着一种逼迫赞美崇拜的激震，使我觉着一种美满的和谐。——龙，我的至爱，将来你永诀尘俗的俄顷，不能没有我在你的最近的边旁；你最后的呼吸一定得明白报告这世间你的心是谁的，你的爱是谁的，你的灵魂是谁的。龙呀，你应当知道我是怎样的爱你；你占有我的爱，我的灵，我的肉，我的"整个儿"永远在我爱的身旁旋转着，永久地缠绕着。真的，龙龙！你已经激动了我的痴情，我说出来你不要怕，我有时真想拉你一同死去，去到绝对的死的寂灭里去实现完全的爱，去到普遍的黑暗里去寻求惟一的光明。——咳！今晚要是你有一杯毒药在近旁，此时你我竟许早已在极乐世界了。说也怪，我真的不沾恋这形式的生命；我只求一个同伴，有了同伴我就情愿欣欣的瞑目。龙龙，你不是已经答应做我永久的同伴了吗？我再不能放松你；你是我的，你是我这一辈子惟一的成就，你是我的生命，我的诗；你完全是我的，一个个细胞都是我的。——你要说半个不字叫天雷打死我完事！

　　我在十几个钟头内就要走了，丢开你走了，你怨我忍心不是？我也自认我这回不得不硬一硬心肠，你也明白我这回去是我精神的与知识的"散拿吐瑾"，我受益就是你受益。我此去得加倍的用心，你在这时期内也得加倍的奋斗。我信你的勇气，这回就是你试验，实证你勇气的机会。我人虽走，我的心不离开你；要知道在我与你的中间有的是无形的精神线，彼此的悲欢喜怒此后是会相通的,你信不信?(身无彩凤双飞翼,心有灵犀一点通。)我再也不必嘱咐,你已经有了努力的方向,我预知你一定成功。你这回冲锋上去,死了也是成功,有我在这里,阿龙,放大胆子上前去吧!彼此不要辜负了,再会!

三月十日早三时

我不愿意替你规定生活,但我要你注意缰子一次拉紧了是松不得的,你得咬紧牙齿暂时对一切的游戏娱乐应酬说一声再会,你干脆的得谢绝一切的朋友。你得彻底的刻苦,你不能纵容你的 whims,再不能管闲事,管闲事空惹一身骚;也再不能发脾气。记住,只要你耐得住半年,只要你决意等我,回来时一定使你满意欢喜,这都是可能的;天下没有不可能的事——只要你有信心,有勇气,腔子里有热血,灵魂里有真爱。龙呀!我的孤注就押在你的身上了!

再如失望,我的生机也该灭绝了,

最后一句话,只有 S 是惟一有益的真朋友。

三月十日早

致陆小曼（1925 年 3 月 11 日）

　　方才无数美丽的雅致的信笺都叫你们抢了去，害我一片纸都找不着，此刻过西北时写一个字条给丁在君是撕下一张报纸角来写的，你看这多窘；幸亏这位先生是丁老夫子的同事，说来也是熟人，承他作成，翻了满箱子替我寻出这几张纸来，要不然我到奉天前只好搁笔，笔倒有，左边小口袋内就是一排三支。

　　方才那百子放得恼人，害得我这铁心汉也觉着又有些心酸。

　　你们送客的有掉眼泪的没有？（啊啊臭美！）小曼，我只见你双手掩着耳朵，满面的惊慌，惊了就不悲，所以我推想你也没掉眼泪。但在满月夜分别，咳！我孤孤单单的一挥手，你们全站着看我走，也不伸手来拉一拉，样儿也不装装，真可气。我想送我的里面，至少有一半是巴不得我走的，还有一半是"你走也好，走吧。"车出了站，我独自的晃着脑袋看天看夜，稍微有些难受，小停也就好了。

　　我倒想起去年五月间那晚我离京向西时的情景，那时更凄怆些，简直的悲，我站在车尾巴上，大半个黄澄澄的月亮在东南角上升起，车轮咯噔咯噔的响着，W 还大声的叫"徐志摩哭了"（不确）；但我那时虽则不曾失声，眼泪可是有的。怪不得我，你知道我那时怎样的心理，仿佛一个在俄国吃了大败仗往后退的拿破仑，天茫茫，地茫茫，心更茫茫，叫我不掉眼泪怎么着？但今夜可不同，上次是向西，向西是追落日，你碰破了脑袋都追不着，今晚是向东，向东是迎朝日，只要你认定方向，伸着手臂迎上去，迟早一轮旭红的朝日会得涌入你的怀中的。这一有希望，心头就痛快，暂时的小悱恻也就上口有味。半酸不甜的。生滋滋的像是啃大鲜果，有味！

娘那里真得替我磕脑袋道歉，我不但存心去恭恭敬敬的辞行，我还预备了一番话要对她说哪，谁知道下午六神无主的把她忘了，难怪令尊大人相信我是荒唐，这还不够荒唐吗？你替我告罪去，我真不应该，你有什么神通，小曼，可以替我"包荒"？

天津已经过了，（以上是昨晚写的，写至此，倦不可支，闭目就睡，睡醒便坐着发呆的想，再隔一两点钟就过奉天了。）韩所长现在车上，真巧，这一路有他同行，不怕了。方才我想打电话，我的确打了，你没有接着吗？往窗外望，左边黄澄澄的土直到天边，右边黄澄澄的地直到天边；这半天，天色也不清明，叫人看着生闷。方才遥望锦州城那座塔，有些像西湖上那座雷峰，像那倒坍了的雷峰，这又增添了我无限的惆怅。但我这独自的吁嗟，有谁听着来？

你今天上我的屋子里去过没有？希望沈先生已经把我的东西收拾起来，一切零星小件可以塞在那两个手提箱里，没有钥匙，贴上张封条也好，存在社里楼上我想够妥当了。还有我的书顶好也想法子点一点。你知道我怎样的爱书，我最恨叫人随便拖散，除了一两个我准许随便拿的（你自己一个）之外，一概不许借出，这你得告诉沈先生。至少得过一个多月才能盼望看你的信。这还不是刑罚？你快写了寄吧，别忘 ViaSiberia，要不是一信就得走两个月。

志摩　星二奉天

致陆小曼（1925 年 3 月 12 日）

叫我写什么呢？咳！今天一早到哈，上半天忙着换钱，一个人坐着，吃过两块糖，口里怪腻烦的，心里——不很好过；国境不曾出，已经是举目无亲的了，再下去益发凄惨。赶快写信吧！干闷着也不是道理。但是写什么呢？写感情是写不完的，还是写事情的好。日记大纲：

星一　松树胡同七号分赃。车站送行，百子响，小曼掩耳朵。

星二　睡至十二时正。饭车里碰见老韩。夜十二时到奉天。住日本旅馆。

星三　早上大雪缤纷，独坐洋车，进城闲逛。三时与韩同行去长春车上赌纸牌。输钱，头痛。看两边雪景，一轮红日。

夜十时换俄国车。吃美味柠檬茶。睡。着小凉，出涕。

星四　早到哈，韩待从甚盛。去懋业银行。予（？）犹太鬼换钱。买糖，吃饭，写信。

韩事未了，须迟一星期，我先走。今晚独去满洲里，后日即入西伯利亚了。这次是命定，不得同伴也好，可以省喘液，少谈天。多想多写。多读。真倦，才在沙发上入梦，白天又沉西，距车行还有六个钟头，叫我干什么去？

说话一不通，原来机灵人，也变成了木松松。我本来就机灵，这来去俄国真像呆徒了。今早撞进一家糖果铺去，一位卖糖的姑娘，黄头发，白围裙，来得标致。我晓风里进来本有些冻嘴，见了她爽性愣住了。愣了半天，不得要领，她都笑了。

不长胡子真吃亏，问我哪儿来的，我说北京大学，谁都拿我当学生看。

今天早上在一家钱铺子里一群犹太人围着我问话，当然只当我是个小孩，后来一见我护照上填着"大学教授"他们一齐吃惊，改容相待，你说不有趣吗？我爱！这儿尖屁股的小马车，顶好要一个戴大皮帽的大俄鬼子赶，这满街乱跳，什么时候都可以翻车，看了真有意思，坐着更好玩。中午我闯进一家俄国饭店去，一大群涂脂抹粉的俄国女人全抬起头看我；吓得我直往外退，出门逃走了；我从来不看女人的鞋帽，今天居然看了半天，有一顶红的真俏皮。寻书铺不着，我只好寄一本糖书去，糖可真坏，留着那本书吧。这信迟四天可以到京，此后就远了。好好的自己保重吧！小曼，我的心神摇摇的仿佛不曾离京，今晚可以见你们似的，再会吧！

摩　十二日

致陆小曼（1925年3月14日）

小曼：

昨夜过满洲里，有冯定一招呼，他也认识你的。难关总算过了，但一路来还是小心翼翼的只怕"红先生"们打进门来麻烦，多谢天，到现在为止，一切平安顺利。今天下午三时到赤塔，也有朋友来招呼，这国际通车真不坏，我运气格外好，独自一间大屋子，舒服极了。我闭着眼想，假如我有一天与"她"度蜜月，就这西伯利亚也不坏；天冷算什么？心窝里热就够了！路上饮食可有些麻烦，昨夜到今天下午简直没有东西吃，我这茶桶没有茶灌顶难过，昨夜真饿，翻箱子也翻不出吃的来，就只陈博生送我的那罐福建肉松伺候着我，但那干束束的，也没法子吃。想起倒有些怨你青果也不曾给我买几个；上床睡时没得睡衣换，又得怨你那几天你出了神，一点也不中用了。但是我决不怪你，你知道，我随便这么说就是了。

同车有一个意大利人极有趣，很谈得上。他的胡子比你头发多得多，他吃烟的时候我老怕他着火，德国人有好几个，蠢的多，中国人有两个（学生）不相干。英美法人一个都没有。再过六天，就到莫斯科，我还想到彼得堡去玩哪！这回真可惜了，早知道西伯利亚这样容易走，我理清一个提包，把小曼装在里面带走不好吗？不说笑话，我走了以后你这几天的生活怎样的过法？我时刻都惦记着你，你赶快写信寄英国吧，要是我人到英国没有你的信，那我可真要怨了。你几时搬回家去，既然决定搬，早搬为是，房子收拾整齐些，好定心读书做事。这几天身体怎样？散拿吐瑾一定得不间断的吃，记着我的话！心跳还来否？什么细小事情都愿意你告诉我，能定心的写几篇小说，不管好坏，我一定有奖。你见着的是哪几个人，戏看否？早上什么时候起来，都得告诉我。我想给晨报写通信，老是提心不起，火车里写东西真不容易，家信也懒得写，可否恳你的情，常常为我转告我的客中情形。写信寄浙江硖石徐申如先生。说起我临行忘了一本金冬心梅花册，他的梅花真美，不信我画几朵你看。

摩　三月十四日

致陆小曼（1925年3月18日）

小曼：

好几天没信寄你，但我这几天真是想家的厉害；每晚（白天也是的）一闭上眼就回北京，什么奇怪的花样都会在梦里变出来。曼，这西伯利亚的充军真有些儿苦，我又晕车，看书不舒服，写东西更烦，车上空气又坏，东西也难吃，这真是何苦来！同车的人不是带着家眷走，便是回家去的。他们在车上多过一天便离家近一天，就我这傻瓜甘心抛却暖和热闹的北京，到这荒凉境界里来叫苦。再隔一个星期到柏林，又得对付张幼仪，我口虽硬，心头可是不免发腻。小曼你懂得不是？这一来，柏林又变了一个无趣味的难关；所以总要到意大利等着老头以后，我才能鼓起游兴来玩；但这单身的玩兴趣终是有限的。我要是一年前出来，我的心里就不同；那时倒是破釜沉舟的决绝，不比这一次身心两处，梦魂都不得安稳。

但是曼，你们放心，我决不颓丧，更不追悔；这次欧游的教育是不可少的。稍微吃点子苦算什么？那还不是应该的。你知道我并没有多么不可动摇的大天才，我这两年的文字生活差不多是逼出来的。要不是私下里吃苦，命途上颠仆，谁知道我灵魂里有没有音乐？安乐是害人的，像我最近在北京的生活是不可以为常的；假如我在新月社的生活继续下去，要不了两年，徐志摩不堕落也堕落了，我的笔尖上再也没有光芒，我的心上再没有新鲜的跳动，那我就完了——"泯然众人类"！到那时候我一定自惭形秽，再也不敢谬托谁的知己，竟许在政治场中鬼混，涂上满面的窑煤。——咳！那才叫作出丑哩！要知道堕落也得有天才，许多人连堕落都不够资格，我自信我够，所以更危险，因此我力自振拔，这回出来清一清头脑，补足了我自己的教育再说。——爱我的期望我成才的都好像是我的恩主,又是债主,我真的又感激又怕他们!小曼,你也得尽你的力量帮助我望清明的天空上腾,谨防我一滑足陷入泥混的深潭,从此不得救度。小曼,你知道我绝对不慕荣华,不羡名利——我只求对得起我自己。将来我回国后的生活,的确是问题,照我自己理想,简直想丢开北京。你不知道我多么爱山林的清静?前年我在家乡山中,去年在庐山时,我的性灵是天天新鲜,天天活动的。创作是一种无上的快乐,何况这自然而然像山溪似的流着——我只要一天出产一首短诗,我就满意;所以我想望欧洲回去后,到西湖山里(离家近些)去住几时;但须有一个条件:至少得有一个人陪着我。在山林清幽处与一如意友人共处——是我理想的幸福,也是培养,保全一个诗人性灵的必要生活。你说是否?小曼!朋友像子美他们,固然他们也很爱我器重我,但他们却不了解我——他们期望我做一点事业,譬如要我办报等等。但他们哪能知道我灵魂的想望,我真的志愿,他们永远端详不到的。男朋友里真望我的,怕只有张鼓春一个,女友里叔华是我一个同志,但我现在只想望"她"能做我的伴侣,给我安慰,给我快乐;除了"她"这茫茫大地上叫我更问谁要去?

这类话暂且不提,我来讲些车上的情形给你听听——我上一封信上不是说在这国际车上我独占一大间卧室,舒服极了不是?好,乐极生悲,昨晚就来了报应!昨夜到一个大站,那地名不知有多长,我怎样也念不上来。未到以前就有人来警告我说:前站有两个客人上前,你的独占得满期了。我就起了恐慌,去问那和善的老车役,他张着口对我笑笑说:"不错,有两个客人要到你房里,而且是两位老太太!"(此地是男女同房的,不管是谁!)我说你不要开玩笑,他说:"那你看着,要是老太太还算是你的幸气,在这样荒凉的地方哪里有好客人来。"过了一程,车到了站。我下去散步回来,果然!房间里有了新来的行李,一只帆布提箱,两个铺盖,一只篾篮装食物的。我看这情形不对,就问间壁房里人来了些什么客人。间壁住了肥美的德国太太回答我:"来人不是好对付的,徐先生这回怕要受苦了!"不像是好对付的,唉?来了两位,一矮,一高;矮的青脸,高的黑脸;青的穿黑,黑的穿青,一个像老母鸭,一个像猫头鹰;衣襟上都带着列宁小照的徽章,分明是红党里的将军!我马上赔笑脸凑上去说话,不成;高的那位只会三句英语,青脸的那位一字不提。说了半天,不得要领。再过一歇,他们在饭厅里,我回房,老车役进来铺床;他就笑着问我:"那两位老太太好不好!"我恨恨的说:"别趣了!我真着急不知来人是什么路道!"正说时,他掀起一个垫子,露出两柄明晃晃上足子弹的手枪,他就拿在手里一样笑着说:

"你看,他们就是这个路道!"

今天早上醒来,恭喜,我的头还是好好的在我的脖子上安着!小曼,你要看了他们两位好汉的尊容准吓得你心跳,浑身抖擞!

俄国的东西贵死了,可恨!车里饭坏的不成话,贵的更不成话,一杯可可五毫钱像泥水,还得看崽者大爷们的嘴脸!地方是真冷,决不是人住的!一路风景可真美,我想专写一封晨报通信,讲西伯利亚。

小曼,现在我这里下午六时。北京约在八时半,你许正在吃饭。同谁,讲些什么?为什么我听不见?咳!我恨不得——不写了。一心只想到狄更生那里看信去!

志摩 三月十八日 Omsk 西

致陆小曼（1925 年 3 月 26 日）

小曼：

柏林第一晚，一时半。方才送 C 女士回去，可怜不幸的母亲，三岁的小孩子只剩了一撮冷灰，一周前死的。她今天挂着两行眼泪等我，好不凄惨；只要早一周到，还可见着可爱的小脸儿，一面也不得见，这是哪里说起？他人缘倒有，前天有八十人送他的殡，说也奇怪，凡是见过他的，不论是中国人德国人，都爱极了他，他死了街坊都出眼泪，没一个不说的不曾见过那样聪明可爱的孩子。曼，你也没福，否则你也一定乐意看见这样一个孩儿的——他的相片明后天寄去，你为我珍藏着吧。真可怜，为他病也不知有几十晚不会阖眼，瘦得什么似的，她到这时还不能相信，昏昏的只似在梦中过活。小孩儿的保姆比她悲伤切。她是一个四十左右的老姑娘，先前爱上了一个人，不得回音，足足的痴等这六七年，好容易得着了宝贝，容受他母性的爱；她整天的在他身上用心尽力，每晚每早为他祷告，如今两手空空的，两眼汪汪的，连祷告都无从开口，因为上帝待她太惨酷了。我今天赶来哭他，半是伤心，半是惨目，也算是天罚我了。

唉！家里有电报去，堂上知道了更不知怎样的悲惨，急切又没有相当人去安慰他们，真是可怜！曼！你为我写封信去吧，好么？听说泰戈尔也在南方病着，我赶快得去，回头老人又有什么长短，我这回到欧洲来，岂不是老小两空！而且我深怕这兆头不好呢。

C 可是一个有志气有胆量的女子，她这两年来进步不少，独立的步子已经站得稳，思想确有通道，这是朋友的好处，老 K 的力量最大，不亚于我自己的。她现在真是"什么都不怕"，将来准备丢几个炸弹，惊惊中国鼠胆的社会，你们看着吧！

柏林还是旧柏林，但贵贱差得太远了，先前花四毛现在得花六元八元，你信不信？

小曼，对你不起，收到这样一封悲惨乏味的信，但是我知道你一定生气我补这句话，因为你是最柔情不过的，我掉眼泪的地方你也免不了掉，我闷气的时候你也不免闷气，是不是？

今晚与 C 看茶花女的乐剧解闷，闷却并不解，明儿有好戏看，那是萧伯纳的 Joan Dare，柏林的咖啡（叫 Macca）真好，Peach melba 也不坏，就是太贵。

今年江南的春梅都看不到，你多多寄些给我才是！

志摩　三月二六日

致陆小曼（1925年4月10日）

小曼：

我一个人在伦敦瞎逛，现在在"探花楼"一个人喝乌龙茶，等吃饭，再隔一点钟，去看 John Banyuon 的"Hamleot"。这次到英国来就为看戏，你要一时不得我的信，我怕你有些着急，我也不知怎的总是懒得动笔；虽则我没有一天不想把那天的经验整个儿告诉你。说也奇怪，我还是每晚做梦回北京，十次里有九次见着你，每次的情景总不同。难道真的像张幼仪挖苦我说，我只到欧洲来了一双腿，"心"不别用的还说，肠胃都不曾带来，（因为我胃口不好）！你们那里有谁做梦，会见我的魂没有？我也愿意知道。我到现在还不曾接到中国来的半个字；狄更生不在康桥，他那里不知有我的信没有，单怕掉了，我真着急。我想别人也许没有信，小曼你总该有。可是到哪一天才能得到你的信，我自己都不知道！我这次来，一路上坟送葬，惘惘极了。我有一天想立刻买船到印度去，还了愿心完事；又想立刻回头赶回中国，也许有机会与我的爱一同到小林深处过夏去，强如在欧洲做流氓。其实到今天为止，我也是没有想定规，流到哪里去。感情是我的指南，冲动是我的风。

还是"今日不知明日事"的办法。可是印度我总得去，老头在不在我都得去，这比菩萨面前许下的心愿还要紧。照我现在的主意是至迟六月初动身到印度，八九月间可回国，那就快爽了不是？

我前晚到伦敦的，这里大半朋友全不在，春假旅行去了。只见着那美术家 Roger Frys，翻中国诗的 Arthu Waly。昨晚我住在他那里，今晚又得做流氓了。今天看完了戏，明早就回巴黎，张女士等着要跟我上意大利玩去。我们打算先玩威尼斯，再去佛路伦斯与罗马；她只有两星期就得回柏林去上学，我一个人还得往南，想到 Sicily 去洗澡，再回头来。我这一时，一点心的平安都没有，烦极了。通信一封也不曾着笔，诗半行也没有。——如其有什么可提的成绩，也许就只晚上的梦；那倒不少，并且多的是花样；要是有法子记下来时，早已成书了！这回旅行太糟了，本来的打算多如意，多美，泰戈尔一跑，我就没了落儿；我倒不怨他，我怨的是他的书记那恩厚之小鬼，一面催我出来，一面让老头回去也不给我个消息，害我白跑一趟。同时他倒舒服；你知道他本来是个不名一文的光棍，现在可大抖了。他做了 Mrs Willard Straight 的老爷。她是全世界最富女人的一个，在美国顶有名的；这小鬼不是平地一声雷，脑袋上都装了金了！我有电报给他，已经三四天，也不得回电；想是在蜜月里蜜昏了，哪晓得我在这儿空宕！

小曼，你近来怎样？身体怎样？你的心跳病我最怕，你知道你每日一发病，我的心好像也掉了下去似的。近来发不发，我盼望不再来了。你的心绪怎样？这话其实不必问，不问我也猜着。真是要命，这距离不是假的，一封信来回至少得四十天。我问话也没有用，还不如到梦里去问吧！说起现在无线电的应用，真是可惊，我在伦敦可以听到北京饭店礼拜天下午的音乐，或是旧金山市政所里的演说，你说奇不奇？现在德国差不多每家都装了听音机，就是限制（每天有报什么时候听什么）有且自己不能发电。将来，不久无线电话有了普遍的设备，距离与空间就不成问题了，比如我在伦敦就可以要北京电话与你直接谈天你说多 wonderful！！

在曼殊斐儿坟前写的那张信片，到了没有？我想另作一首诗。

但是你可知道她的丈夫已经再娶了，也是一个有钱的女人。那虽则没有什么，曼殊斐儿也不会见怪，但我总觉得有些尴尬，我的东道都输了！你那篇 Something Childish 改好没有？近来做些什么事？英国寒伧得很，没有东西寄给你，到了意大利再寄好玩儿的给你，你乖乖的等着吧！

摩　四月十日伦敦

致陆小曼（1925年5月26日）

小曼：

　　适之的回电来后，又是四五天了；我早晚忧巴巴的只是盼着信，偏偏信影子都不见，难道你从四月十三写信以后，就没有力量提笔？适之的信是二十三日，正是你进协和的第二天，他说等"明天"医生报告病情再给我写信，只要他或你自己上月寄出信，此时也该到了，真闷煞人！回电当然是个安慰，否则我这几天哪有安静日子过？电文只说："一切平安"，至少你没有危险了是可以断定的。但你的病情究竟怎样，进院后医治见效否，此时已否出院，已能照常行动否？我都急得要知道，但急切偏不得知道，这多别扭！

　　小曼，这回苦了你，我知道我想你病中一定格外的想念我，你哭了没有？我想一定有的；因为我在这里只要上床去，一时睡不着，就叫曼；曼不答应我，就有些心酸；何况你在病中呢？早知你有这场病，我就不应离京；我老是怕你病倒，但是总希望你可以逃过；谁知你还是一样吃苦，为什么你不等着我在你身边的时候生病？

　　这话问得没理我知道；我也不一定会得侍候病人，但是我真想倘如有机会伴着你养病就是乐趣。你枕头歪了，我可以替你理正；你要水喝，我可以拿给你；她不厌烦我念书给你听；你睡着了，我轻轻的掩上了门；有人送花来我给你装进瓶子去；现在我没福享受这种想象中的逸趣。将来或许我病倒了，你来伴我也是一样的。你此番病中有谁侍候着你？娘总常常在你身边，但她也得管家，朋友中适之大约总常来的，歆海也不会缺席的。慰慈不在，梦绿来否？翊唐呢？叔华两月来没有信，不知何故，她来看你否？你病中感念一定很多，但不写下来也就忘了。近来不说功课，不说日记，连信都没有，可见你病得真乏了。你最后倚病勉强写的那两封信，字迹潦草，看出你腕劲一些也没有，真可怜；曼呀，我那时真着急，简直怕你死！你可不能死，你答应为我活着；你现在又多了一个仇敌——病，那也得你用意志力量来奋斗的。你究竟年轻，你的伤损容易养得过来的，千万不要过于伤感。病中面色是总不好看的，那也没法，你就少照镜子，等精神回来的时候再自己看自己也不迟。你现在虽则瘦，还是可以回复你的丰腴的，只要你生活根本的改样。我月初连着寄的长信应该连续的到了。但你的回信不知要到什么时候才来，想着真急。适之说，娘疑心我的信激成你的病的，所以常在那里查问。我的信不会丢漏的吗？我一时急，所以才给适之电，请他告诉，特别关照，我盼望寄你的信只有你看见再没有第二人看；不是看不得，是不愿意叫人家随便讲闲话，是真的。但你这回可真得坚决了，我上封信要你跟适之来欧，你仔细想过没有？这是你一生的一个大关键俗语说的快刀斩乱丝，再痛快不过的。我不愿意你再有踌躇，上帝帮助能自助的人，只要你站起来就有人在你前面领路。适之真是"解人"，要不是他，岂不是我你在两地干着急，叫天天不应的多苦！现在有他做你的"红娘"，你也够放心，放心烧你的夜香吧！我真盼望你们俩一同到欧洲来，我一定请你们喝香槟接风，有好消息时，最好打电报来就可以。慰慈尚在瑞士，月初或到斐冷翠来，我们许同游欧洲，再报告你。盼望你早已健全，我永远在你的身边，我的曼！

　　适之替我问候不另

摩　五月二十六日

致陆小曼（1925年6月25日）

我惟一的爱龙：

你真得救我了！我这几天的日子也不知怎样过的，一半是痴子，一半是疯子，整天昏昏的，惘惘的，只想着我爱你，你知道吗？早上梦醒来，套上眼镜，衣服也不换就到楼下去看信——照例是失望，那就好比几百斤的石子压上了心去，一阵子悲痛，赶快回头躲进了被窝，抱住了枕头叫着我爱的名字，心头火热的浑身冰冷的，眼泪就冒了出来，这一天的希冀又没了。说不出的难受，恨不得睡着从此不醒，做梦倒可以自由些。龙呀，你好吗？为什么我这心惊肉跳的一息也忘不了你，总觉得有什么事不曾做妥当或是你那里有什么事似的。龙呀，我想死你了，你再不救我，谁来救我？为什么你信寄得这样稀，笔这样懒？我知道你在家忙不过来，家里人烦着你，朋友们烦着你，等得清静的时候，你自己也倦了；但是你要知道你那里日子过得容易，我这孤鬼在这里，把一个心悬在那里收不回来，平均一个月盼不到一封信，你说能不能怪我抱怨？龙呀，时候到了，这是我们，你与我，自己顾全自己的时候，再没有工夫去敷衍人了。现在时候到了，你我应当再也不怕得罪人——哼，别说得罪人，到必要时天地都得捣烂他哪！

龙呀，你好吗，为什么我心里老是这怔怔的？我想你亲自给我一个电报，也不曾想着——我倒知道你又做了好几身时式的裙子！你不能忘我，爱，你忘了我，我的天地都昏黑了。你一定骂我不该这样说话，我也知道，但你得原谅我，因为我其实是急慌了。（昨晚写的墨水干了所以停的。）

Z走后我简直是"行尸走肉"，有时到赛因河边去看水，有时到清凉的墓园里默想。这里的中国人，除了老K都不是我的朋友，偏偏老K整天做工，夜里又得早睡，因此也不易见着他。昨晚去听了一个 Opera 叫 Tristan adnIsold。音乐，唱都好，我听着浑身只发冷劲，第三幕 Tristan 快死的时候，Iso 从海湾里转出来拼了命来找她的情人，穿一身浅蓝带长袖的罗衫——我只当是我自己的小龙，赶着我不曾脱气的时候，来搂抱我的躯壳与灵魂——那一阵子寒冰刺骨似的冷，我真的变了戏里的 Tristan 了！

那本戏是最出名的"情死"剧 Love Death，Tristan 与 Isolde 因为不能在这世界上实现爱，他们就死，到死里去实现更绝对的爱，伟大极了，猖狂极了，真是"惊天动地"的概念，"惊心动魄"的音乐。龙，下回你来，我一定伴你专看这戏，现在先寄给你本子，不长，你可以先看一遍。你看懂这戏的意义，你就懂得恋爱最高，最超脱，最神圣的境界；几时我再与你细谈。

龙儿，你究竟认真看了我的信没有？为什么回信还不来？你要是懂得我，信我，那你决不能再让你自己多过一半天糊涂的日子；我并不敢逼迫你做这样，做那样，但如果你我间的恋情是真的，那它一定有力量，有力量打破一切的阻碍；即使得渡过死的海，你我的灵魂也得结合在一起——爱给我们勇，能勇就是成功，要大抛弃才有大收成，大牺牲的决心是进爱境唯一的通道。我们有时候不能因循，不能躲懒，不能姑息，不能纵容"妇人之仁"。现在时候到了，龙呀，我如果往虎穴里走（为你），你能不跟着来吗？

我心思杂乱极了，笔头上也说不清，反正你懂就好了，话本来是多余的。

你决定的日子就是我们理想成功的日子——我等着你的信号，你给 W 看了我给你的信没有？我想从后为是，尤是这最后的几封信，我们当然不能少他的帮忙，但也得谨慎，他们的态度你何不讲给我听听。

照我的预算在三个月内（至多）你应该与我一起在巴黎！

你的心他　六月二五日

致陆小曼（1925年6月26日）

居然被我急出了你的一封信来，我最甜的龙儿！再要不来，我的心跳病也快成功了。让我先来数一数你的信：（1）四月十九，你发病那天一张附着随后来的；（2）五月五号（邮章）；（3）五月十九至二十一（今天才到，你又忘了西伯利亚）；（4）五月二十五英文的。

我发的信只恨我没有计数，论封数比你来的多好几倍。在翡冷翠四月上半月至少有十封多是寄中街的；以后，适之来信以后，就由他邮局住址转信，到如今全是的。到巴黎后，至少已寄五六封，盼望都按期寄到。

昨天才寄信的，但今天一看了你的来信，胸中又涌起了一海的思感，一时哪说得清。第一，我怨我上几封信不该怨你少写信，说的话难免有些怨气，我知道你不会怪我的。但我一想起我的曼已是满身的病，满心的病，我这不尽责的溜在海外，不分你的病，不分你的痛，倒反来怨你笔懒。——咳，我这一想起你，我惟一的宝贝，我满身的骨肉就全化成了水一般的柔情，向着你那里流去。我真恨不得剖开我的胸膛，把我爱放在我心头热血最暖处窝着，再不让你遭受些微风霜的侵暴，再不让你受些微尘埃的沾染。曼呀，我抱着你，亲着你，你觉得吗？

我在翡伦翠知道你病，我急得什么似的；幸亏适之来了回电，才稍为放心了些。但你的病情的底细直到今天看了你五月十九至二十一日的信才知道清楚。真苦了你，我的乖！真苦了你。但是你放心，我这次虽然不曾尽我的心，因为不在你的身旁，眼看那特权叫旁人享受了去；但是你放心，我爱！我将来有法子补我缺憾。你与我生命合成了一体以后，日子还长着哩，你可以相信我一定充分酬报你的。不得你信我急，看你信又不由我不心痛。可怜你心跳着，手抖着，眼泪咽着，还得给我写信；哪一个字里，哪一句里，我不看出我曼曼的影子。你的爱，隔着万里路的灵犀一点，简直是我的命水，全世界所有的宝贝买不到这一点子不朽的精诚。——我今天要是死了，我是要把你爱我的爱带了坟里去。做鬼也以自傲了！你用不着再来叮嘱，我信你完全的爱，我信你比如我信我的父母，信我自己，信天上的太阳；岂止，你早已成我灵魂的一部分，我的影子里有你的影子，我的声音里有你的声音，我的心里有你的心；鱼不能没有水，人不能没有氧；我不能没有你的爱。

曼，你连着要我回去。你知道我不在你的身旁，我简直是如坐针毡，那有什么乐趣？你知道我一天要咬几回牙，顿几回脚，恨不蹂破了地皮，滚入了你的交抱；但我还不走，有我踌躇的理由。

曼，我上几封信已经说得很亲切，现在不妨再说过明白。你来信最使我难受的是你多少不免绝望的口气。你身在那鬼世界的中心，也难怪你偶尔的气馁。我也不妨告诉你，这时候我想起你还是与他同住，同床共枕，我这心痛，心血都迸了出来似的！

曼，这在无形中是一把杀我的刀，你忍心吗？你说老太太的"面子"。咳！老太太的面子——我不知道要杀灭多少性灵，流多少的人血，为要保全她的面子！不，不！我不能再忍。曼你得替我——你的爱，与你自己，我的爱——想一想哪！不，不；这是什么时代，我们再不能让社会拿我们血肉去祭迷信！Oh! come, love! assert your passion, let our love conquer; we can't suffer any longer such degradation and humiliation 退步让步，也得有个止境；来！我的爱，我们手里有刀，斩断了这把乱丝才说话。——要不然，我们怎对得起给我们灵魂的上帝！是的，曼，我已经决定了，跳入油锅，上火焰山，我也得把我爱你的洁净的灵魂与洁净的身子拉出来。我不敢说，我有力量救你，救你就是救我自己，力量是在爱里，再不容迟疑，爱，动手吧！

我在这几天内决定我的行期，我本想等你来电后再走，现在看事情急不及待，我许就来了。但同时我们得谨慎，万分的谨慎，我们再不能替鬼脸的社会造笑话。有勇还得有智，我的计划已经有了。

致陆小曼（1926年2月6日）

眉眉！

接续报告，车又误点，二时半近三时才到老站。苦了王麻子直等了两个钟头，下车即运行李上船。舱间没你的床位大，得挤四个人，气味当然不佳。这三天想不得舒服，但亦无法。船明早十时开，今晚未有住处。文伯家有客住满，在君不在家，家中仅其夫人，不便投宿。也许住南开，稍远些就是。也许去国民饭店，好好的洗一个澡，睡一觉，明天上路。那还可以打电话给你，盼望你在家；不在，骂你。

奇士林吃饭，买了一大盒好吃糖，就叫他们寄了，想至迟明晚可到。现在在南开中学张伯苓处，问他要纸笔写信，他问写给谁，我说不相干的，仲述在旁解释一句："顶相干的。"方才看见电话机，就想打，但有些不好意思。回头说吧，如住客栈一定打。这半天不见，你觉得怎样？好像今晚还是照样见你似的，眉眉，好好养息吧！我要你听一句话，你爱我，就该听话。晚上早睡，早上至迟十时得起身。好在扰乱的摩走了，你要早睡还不容易？初起一两夜许觉不便，但扭了过来就顺了。还有更要紧的一句话，你得照做。每天太阳好，到公园去，叫 Lilia 伴你，至少至少每两天一次！

记住太阳光是健康惟一的来源，比什么药都好。

我愈想愈觉得生活有改样的必要。这一时还是糊涂，非努力想法改革不可。眉眉，你一定得听我话；你不听，我不乐！

今晚范静生先生请正昌吃饭。晚上有余叔岩，我可不看了。文伯的新车子漂亮极了，在北方我所见的顶有 taste 的一辆，内外都是暗蓝色，里面是顶厚的蓝绒，窗靠是真柚木，你一定欢喜。只可惜摩不是银行家，眉眉没有福享。但眉眉也有别人享不到的福气对不对？也许是摩的臭美？

眉，我临行不曾给你去看，你可以问 Lilia 老金，要书七号拿去。且看你，你连 Maugham 的"Rain"都没有看哪。

你日记写不写？盼望你写，算是你给我的礼，不厌其详，随时涂什么都好。我写了一忽儿，就得去吃饭。此信明日下午四五时可到，那时我已经在大海中了。告诉叔华他们准备灯节热闹。别等到临时。眉眉，给你一把顶香顶醉人的梅花。

你的亲摩　二月六日下午二时

致陆小曼（1926年2月7日）

眉眉：

上船了，挤得不堪；站的地方都没有，别说坐。这时候写字也得拿纸贴着板壁写，真要命！票价临时飞涨，上了船，还得敲了十二块钱的竹杠去。上边大菜间也早满了，这回买到票，还算是运气，比我早买的都没有买到。

文伯昨晚伴我谈天，谈他这几年的经过。这人真有心计，真厉害，我们朋友中谁都比不上他。我也对他讲些我的事，他懂我很深；别看这麻脸。到塘沽了，吃过饭，睡过觉，讲些细情给你听了。同房有两位：（一个订位没有来）一是清华学生，新从美国回的；一是姓杨，躺着尽抽大烟，一天抽"两把膏子"的一个鸦片老生。徐志摩大名可不小，他一请教大名，连说："真是三生有幸。"我的床位靠窗，圆圆的一块，望得见外面风景；但没法坐，只能躺，看看书，冥想想而已。写字苦极了，这样贴着壁写，手酸不堪。吃饭像是喂马，一长条的算是桌子，活像你们家的马槽，用具的龌龊就不用提了；饭菜除了白菜，绝对放不下筷去。饭米倒还好，白净得很。昨天吃奇斯林、正昌，今天这样吃法，分别可不小！这其实真不能算苦。我看看海，心胸就宽。何况心头永远有眉眉我爱甜蜜的影子，什么苦我吃不下去？别说这小不方便！

船家多宁波佬，妙极了。

得寄信了，不写了，到烟台再写。

向爹娘请安。

你的摩摩　二月七日

致陆小曼（1926 年 2 月 17 日）

眉爱：

我又在上海了。本与适之约定，今天他由杭州来同车。谁知他又失约，料想是有事绊住了，走不脱，我也懂得。只是我一人凄凄凉凉的在栈房里闷着。遥想我眉此时亦在怀念远人，怎不怅触！南方天时真坏，雪后又雨，屋内又无炉火。我是只不惯冷的猫，这一时只冻得手足常冰。见报北京得雪，我们那快雪同志会，我不在，想也鼓不起兴来。户外雪重，室内衾寒，眉眉我的，你不想念摩摩否？

昨天整天只寄了封没字梅花信给你，你爱不爱那碧玉香囊？寄到时，想多少还有余甘。前晚在杭州，正当雪天奇冷，旅馆屋内又不生火。下午风雪猛厉，只得困守。晚快喝了几杯酒，暖是暖些，情景却是百无聊赖，真闷得凶。游灵峰时坐轿，脚冻如冰，手指也直了。下午与适之去肺病院看郁达夫，不见。我一个人去买了点东西，坐车回硖。过年初四，你的第二封信等着我。爸说有信在窗上我好不欢喜。但在此等候张女士，偏偏她又不来，已发两电，亦未得复。咳！"这日子叫我如何过？"我爸前天不舒服，发寒热、咳嗽，今天还不曾全好。他与妈许后天来沪。新年大家多少有些兴致，只我这孤零零心魂不定，眠食也失了常度，还说什么快活？爸妈看我神情，也觉着关切。其实这也不是一天的事。除了张眼见我眉眉的妙颜，我的愁容就没有开展的希望。眉，你一定等急了，我怎不知道？但急也只能耐心等着。现在爸妈要［似有脱页］我，到京后自当与我亲亲好好的欢聚。就我自己说，还不想变一只长小毛翅的小鸟，波的飞向最亲爱的妆。谭宜孙诗人那首燕儿歌，爱，你念过没有？你的脆弱的身体没一刻不在我的念中。你来信说还好，我就放心些。照你上函，又像是不很爽快的样子。爱爱，千万保重要紧！为你摩摩。适之明天回沪，我想与他同车走。爸妈一半天也去，再容通报。动身前有电报去，弗念。前到电谅收悉。要赶快车寄出，此时不多写了。堂上大人安健，为我叩叩。

汝摩 年初五

致陆小曼（1926 年 2 月 18 日）

　　我等北京人来谈过，才许走；这事情又是少不了的关键。我怎敢迷拗呢？眉眉，你耐着些吧，别太心烦了。有好戏就伴爹娘去看看，听听锣鼓响暂时总可忘忧。说实话，我也不要你老在火炉生得太热的屋子里窝着，这其实只有害处，少有好处；而况你的身体就要阳光与鲜空气的滋补，那比什么神仙药都强。我只收了你两回的信，你近来起居情形怎样，我恨不立刻飞来拥着你，一起翻看你的日记。那我想你总是为在远的摩摩不断的记着。陆医的药你虽怕吃，娘大约是不肯放松你的。据适之说，他的补方倒是吃不坏的。我始终以为你的病只要养得好就可以复元的；绝妙的养法是离开北京到山里去嗅草香吸清鲜空气，要不了三个月，保你变一只小活老虎。你生性本来活泼，我也看出你爱好天然景色，只是你的习惯是城市与暖屋养成的；无怪缺乏了滋养的泉源。你这一时听了摩摩的话否？早上能比先前早起些，晚上能比先前早睡些否？读书写东西，我一点也不期望你；我只想你在日记本上多留下一点你心上的感想。你信来常说有梦，梦有时怪有意思的；你何不闲着没事，描了一些你的梦痕来给你摩摩把玩？

　　但是我知道我们都是太私心了，你来信只问我这样那样，我去信也只提眉短眉长，你那边二老的起居我也常在念中。娘过年想必格外辛苦，不过劳否？爸爸呢，他近来怎样，兴致好些否？糖还有否？我深恐他们也是深深的关念我远行人，我想起他们这几月来待我的恩情，便不禁泫然欲涕！眉你我真得知感些，像这样慈爱无所不至的爹娘，真是难得又难得，我这来自己尝着了味道，才明白娘真是了不得，了不得！到我们恋爱成功日，还不该对她磕一万个响头道谢吗？我说："恋爱成功"，这话不免有语病；因为这好像说现在还不曾成功似的。但是亲亲的眉,要知道爱是做不尽的,每天可以登峰,明天还一样可以造极,这不是缝衣,针线有造完工的一天。在事实上呢,当然俗话说的"洞房花烛夜"是一个分明的段落;但你我的爱,眉眉,我期望到海枯石烂日,依旧是与今天一样的风光、鲜艳、热烈。眉眉,我们真得争一口气,努力来为爱做人;也好叫这样疼惜我们的亲人,到晚年落一个心欢的笑容!

我这里事情总算是有结果的。成见的力量真是不小,但我总想凭至情至性的力量去打开他,哪怕他铁山般的牢硬。今午与我妈谈,极有进步,现在得等北京人到后,方有明白结束,暂时只得忍耐。老金与人(?)想常在你那里,为我道候,恕不另,梅花香柬到否?

摩祝眉喜　年初六

致陆小曼（1926 年 2 月 19 日）

眉眉我亲亲：

今天我无聊极了，上海这多的朋友，谁都不愿见，独自躲在栈房里耐闷。下午几个内地朋友拉住了打牌，直到此刻，已经更深，人也不舒服，老是要呕心的。心想着只看看的一个倩影，慰我孤独；此外都只是烦心事。唐有壬本已替我定好初十的日本船，十二就可到津，那多快！不是不到一星期就可重在眉眉的左右，同过元宵，是多么一件快心事？但为北京来人杳无消息，我为亲命又不能不等，只得把定住回了，真恨人！适之今天才来，方才到栈房里来，两眼红红的，不知是哭了还是少睡，也许两样全有！他为英国赔款委员快到，急得又不能走。本说与我同行，这来怕又不成。其实他压根儿就不热心回京着不比我。我觉得不好受，想上床了，明天再接着写吧！

致陆小曼（1926年2月20日）

眉眉：

你猜我替你买了些什么衣料？就不说新娘穿的，至少也得定亲之类用才合式才配，你看了准喜欢，只是小宝贝，你把摩摩的口袋都掏空了，怎么好！

昨天没有寄信，今天又到此时晚上才写。我希望这次发信后，就可以决定行期，至多再写一次上船就走。方才我们一家老小，爸妈小欢都来了。老金有电报说幼仪二十以前动身，那至早后天可到。她一到我就可以走，所以我现在只眼巴巴的盼她来，这闷得死人，这样的日子。今天我去与张君劢谈了一上半天连着吃饭。下午又在栈里无聊，人来邀我看戏什么都回绝。方之老高忽然进我房来，穿一身军服，大皮帽子，好不神气。他说南边住了五个月，主人给了一百块钱，在战期内跑来跑去吃了不少的苦。心里真想回去，又说不出口。他说老太太叫他有什么写信去，但又说不上什么所以也没写。受，又回无锡去了。新近才算把那买军火上当的一场官司了结。还算好，没有赔钱。差事名目换了，本来是顾问，现在改了谘议，薪水还是照旧三百。按老高的口气，是算不得意的。他后天从无锡回来，我倒想去看他一次，你说好否？钱昌照我在火车里碰着，他穿了一身衣服，修饰得像新郎官似的，依旧是那满面笑容。我问起他最近的"计划"，他说他决意再读书，孙传芳请他他不去，他决意再拜老师念老书。现在瞒了家里在上海江湾租了一个花园，预备"闭户三年"，不能算没有志气，这孩子！但我每回见他总觉得有些好笑，你觉不觉得？不知不觉尽说了旁人的事情。妈坐在我对面，似乎要与我说话的样子。我得赶快把信寄出，动身前至少还有一两次信。眉眉，你等着我吧，相见不远了，不该欢慰吗？

摩摩　年初八

致陆小曼（1926年2月21日）

眉爱：

今天该是你我欢喜的日子了，我的亲亲的眉眉！方才已经发电给适之，爸爸也写了信给他。现在我把事情的大致讲一讲：我们的家产差不多已经算分了，我们与大伯一家一半。但为家产都系营业，管理仍须统一。所谓分者即每年进出各归各就是了，来源大都还是共同的。例如酱业、银号、以及别种行业。然后在爸爸名下再作为三份开：老辈（爸妈）自己留开一份，幼仪及欢儿一份，我们得一份：这是产业的暂时支配法。

第二是幼仪与欢儿问题。幼仪仍居干女儿名，在未出嫁前担负欢儿教养责任，如终身不嫁，欢的一份家产即归她管；如嫁则仅能划取一份奁资，欢及余产仍归徐家，尔时即与徐家完全脱离关系。嫁资成数多少，请她自定，这得等到上海时再说定。她不住我家，将来她亦自寻职业，或亦不在南方；但偶尔亦可往来，阿欢两边跑。

第三：离婚由张公权设法公布；你们方面亦请设法于最近期内登报声明。

这几条都是消极方面，但都是重要的，我认为可以同意。只要幼仪同意即可算数。关于我们的婚事，爸爸说这时候其实太热，总得等暑后才能去京。我说但我想夏天同你避暑去，不结婚不方便。爸说，未婚妻还不一样可以同行。我说，但我们婚都没有订。爸说："那你这回回去就订好了。"我说那好，媒人请谁呢？他说当然适之是一个，幼伟来一个也好。我说那爸爸就写个信给适之吧。爸爸说好吧。订婚手续他主张从简，我说这回适伯叔华是怎样的，他说照办好了。

眉，所以你我的好事，到今天才算磨出了头，我好不快活。今天与昨天心绪大大的不同了。我恨不得立即回京向你求婚，你说多有趣。闲话少说，上面的情形你说给娘跟爸爸听。我想办法比较的很合理，他们应当可以满意。

但今年夏天的行止怎样呢？爸爸一定去庐山，我想先回京赶速订婚，随后拉了娘一同走京汉下去，也到庐山去住几时。我十分感到暑天上山的必要，与你身体也有关系，你得好好运动及早预备！多快活，什么理想都达到了！我还说北京顶好备一所房子，爸说北京危险，也许还有大遭的一天。我说那不见得吧！我就说陶太太说起的那所房子，爸似乎有兴趣，他说可以去看看。但这从缓，好在不急。我们婚后即得回南，京寓布置尽来得及也。我急想回京，但爸还想留住我。你赶快叫适之来电要我赶他动身前去津见面，那爸许放我早走。有事情，再谈吧！

你的欢畅了的摩摩

致陆小曼（1926年2月23日）

眉：

我在适之这里，他新近照了一张相，荒谬！简直是个小白脸儿哪！他有一张送你的，等我带给你。我昨晚独自在硖石过夜（爸妈都在上海）。十二时睡下去，醒过来以为是天亮，冷得不堪，头也冻，脚也冻，谁知正打三更。听着窗外风声响，再也不能睡熟想爬起来给你写信。其实冷不过，没有钻出被头勇气。但怎样也睡不着，又想你；蜷着身子想梦，梦又不来。从三更听到四更，从四更听尽五更，才又闭了一回眼。早车又回上海来了。北京来人还是杳无消息。你处也没信，真闷。栈房里人多，连写信都不便，所以我特地到适之这里来，随便写一点给你。眉眉，有安慰给你，事情有些眉目了。昨晚与娘舅舅寄父谈，成绩很好。他们完全谅解，今天许有信给我爸。但愿下去顺手，你我就登天堂了。妈昨天笑着说我："福气太好了，做爷娘的是孝子孝到底的了。"但是眉眉，这回我真的过了不少为难的时刻。也该的，"为我们的恋爱"可不是？昨天随口想诌几行诗，开头是：

我心头平添了一块肉，
这辈子算有了归宿！
看白云在天际飞，
听雀儿在枝上啼。
忍不住感恩的热泪，
我喊一声天，我从此知足！
再不想望更高远的天国！

眉眉，这怎好？我有你什么都不要了。文章、事业、荣誉，我都不要了。诗、美术、哲学、我都想丢了。有你我什么都有了，抱住你，就比抱住整个的宇宙，还有什么缺陷，还有什么想望的余地？你说这是有志气还是没志气？你我不知道，娘听了，一定骂。别告诉她，要不然她许不要这没出息的女婿了。你一定在盼着我回去，我也何尝不时刻想往眉眉胸怀里飞。但这情形真怕一时还走不了。怎好？爸爸与娘近来好吗？我没有直接信，你得常常替我致意。他们待我真太好了，我自家爹娘，也不过如此，适之在下面叫了，我们要到高梦旦家吃饭去，明天再写。

摩摩祝眉眉福　正月十一日

致陆小曼（1926年2月24日）

小龙我爱：

真烦死人，至少还得一星期才能成行！明早有船到，满望幼仪来，见过就算完事一宗，转身就走。谁知她乘的是新丰船，十六日方能到此，她到后至少得费我两三天才了事。故预期本月二十前才能走，至少得十天后才能见你，怎不闷死了我？同时你那里天天盼着我，又不来信，我独自在此连信札的安慰都得不到，真太苦了！你也不算算，怎的年内写了两封就不再写，就算寄不到，打往回，又有什么要紧。你摩摩在这里急，你知道不？明天我想给你一个电报，叫你立刻写信或是来电，多少也给我点安慰。眉眉，这日子没有你，比白过都不如。什么我都不要，就要你。我几次想丢了这里。牟〔以下似有脱页〕妻运虽则不好，但我此后艳福是天生的。我的太太不仅绝美，而且绝慧，说得活现，竟像对准了我只美又慧的小眉娘说的。你说多怪！又说：就我有以〔?〕白头到老，十分的美满，没有缺陷，也不会出乱子。我听了，不能不谢谢金口！眉眉，真的，我妈说得对，她说我太享福了！眉，我有福消受你吗？

近来《晨报》不知道怎样，你看不看？江绍原盼望我有东西往回寄，但我如何有心思写？不但现在，就算这回事情办妥当了，回北京见了你，我哪还舍得一刻丢开你。能否提起心来写文章与否，很是问题，这怎好？而且这来，无谓的捱了至少一星期十天工夫。回京时编辑教书的任务，又逼着来，想起真烦。我真恨不得一把拖了你往山里一躲，什么人事都不问，单只你我俩细细的消受蜜甜的时刻！娘又该骂我了，明天再写。

摩问眉好　正月十二日

致陆小曼（1926年2月25日）

至亲爱的小眉：

昨晚发信后，正在踌躇，怎样给你去电。今早上你的电从硖石转了来，我怎不知道你急？我的眉眉！盼望我的复电可以给你些安慰。我的信想都寄到，"蓝信"英文的十封，中文的一封，此外非蓝信不编号的不知有多少封。除了有一天没写，总算天天给我眉作报告的。白天的事情其实是太平常。一无足写。夜里睡不着的时候多，梦不很有，有也记不清，将来还是看你的吧。我得到消息，更觉得愁了，张女士坐新丰轮来，要二月二十七日才从天津开，真把我肚子都气瘪。这来她至少三月一二才能到，我得呆着在这里等，你说多冤！方才我又对爸爸提了，我说眉急得凶，我想走了。他说，他知道，但是没办法，总得等她到后，结束了才能走，否则你自己一样不安心不是；北京那里你常有信去，想也不至过分急。所以我只得耐心等，这是一个不快消息，第二件事叫我操心的，是报上说李景林打了胜仗，又逼天津了。这可不是玩，万一京津路再像上回似的停顿起来，那怎么好？我们只能祷告天帮忙着我们：一，我们大家圆满解决；二，我们及早可以重聚，不至再有麻烦。眉你怎不来信？你说我在上海过最干枯的日子，连你的信都见不着，怎过得去？

眉眉，我们尝受过的阻难也不少了，让我们希望此后永远是平安。我倒也不是完全为我们自己着想，为两边的高堂是真的。明明走了，前两天唐有壬、欧阳予倩走，我眼看他们一个个的往回走。就只我落在背后，还有满肚子的心事，真是无从叫苦，英国的赔款委员全到了，开会在天津，我一定拉适之同走。回头再接写！

摩问眉　正月十三日

致陆小曼（1926年2月26日）

久之今天走，我托他带走一网篮，但是里面你的东西一样也没有，偏熬熬你，抵拼将来受你的！我不能就走，真急，但我去定船了，至迟三月四一定动身。这来我的牺牲已经不小不小！

现在房里有不少人，写信不便，我叫久之过来面见你，对你说我的近况，叫你放心等着，只要路上不发生乱子，我十天内总有希望见眉眉了，这信托久之面交，你有话问他。下午另函再写。

堂上问候

摩摩　正月十四日

致陆小曼（1926年2月26日）

眉眉乖乖：

今天托沈久之带京网篮一只，内有火腿茶菊，以及家用托买的两包。你一双鞋也带去，看适用否，缎鞋年前已卖完，这双尺寸恰好，但不怎么好。茶菊你替我留下一点，我要送别人，今天我又替你买了一双我自以为极得意的鞋，你一定喜欢，北京一定买不出，是外国做来的，价钱可不小。你的大衣料顶麻烦，我看过，也问过，但始终没有买，也许不买，到北京再说。你说要厚呢夹大衣，那还不是冬天用的，薄的倒有好看，怕又买不合式。天台橘子倒有，临走时再买，早买要坏。火腿恐不十分好，包头裹的好，我还想去买些，自己带。

适之真可恶，他又不走了！赔款委员会仍在上海开，他得在此接洽，他不久搬去沧州别墅。

昨晚有人请我妈听戏，我也陪了去，听的你说是什么？就是上次你想听没听着的《新玉堂春》。尚小云唱的真不坏，下回再有，一定请眉眉听去。

朱素云也配得好，昨晚戏园里挤得简直是水泄不通。戏情虽则简单，却是情形有趣，三堂会审后，穿蓝的官与王金龙作对。他知道王三一定去监牢里会苏三，故意守他们正在监牢里绸缪的时候，带了衙役去查监，吓得王三涂了满面窑煤，装疯混了出去。后来穿红的官做好人，调和了他们，审清了案子，苏三挂红出狱。苏三到客店里去梳妆一节，小云做得极好，结局拜天地团圆，成全了一对恩爱夫妻。这戏不坏。但我看时也只想着眉眉，她说不定几时候怎样坐立不安的等着我哩！眉眉，我真的心烦，什么事也做不成，今天想写一点给副刊，提了笔直发愣，什么也没有写成。大约我在见眉之前，什么事都不用想了，这几十天就算是白活的，真坑人！思想也乱得很，一时高飞，一时沉低，像在梦里似的，与人谈话也是心不在焉的慌。眉眉，不知道你怎样？我没有你简直不能做人过日子。什么繁华，什么声色，都是甘蔗渣，前天有人很热心的要介绍电影明星，我一点也没兴趣，一概婉辞谢绝。上海可不了，这班所谓明星，简直是"火腿"的变相，哪里还是干净的职业，眉眉，你想上银幕的意思趁早打消了吧！我看你还是往文学美术方面，耐心的做去。不要贪快，以你的聪明，只要耐心，什么事不成，你真的争口气，羞羞这势利世界也好！你近来身体怎样，没有信来真急人。昨天有船到，今天还是没有信，大概你压根儿就没有写。我本该明天赶到京和我的爱眉宝贝同过元宵的，谁知我们还得磨折，天罚我们冷清清的一个在南，一个在北，冷眼看人家热闹，自己伤心！新月社一定什么举动也没有，风景煞尽了！你今晚一定特别的难过，满望摩摩元宵回京，谁知有还是这形单影只的！你也只能自己譬解譬解，将来我们温柔的福分厚着，蜜甜的日子多着；名分定了，谁还抢得了？我今晚仍伴妈睡，爸在杭未回。昨晚在第一台见一女，长得真美，妈都看呆了，那一双大眼真惊人，少有得见的。见时再详说。

摩摩问候　元宵前夜

致陆小曼（1926年2月27日）

眉我的乖：

昨晚写了信，托沈久之带走，他又得后天才走，我恨不能打长电给你；将来无线电实行后，那就便了。本来你知道一百五十年前寄信，不但在中国是麻烦不堪的事，俗话说的一纸家书值万金，就在外国也是十二分的不方便。在英国邮政是分区域的，越远越贵，从伦敦寄信到苏格兰要花不少的钱。后来有一个叫威廉什么的，他住在伦敦，他的爱人在苏格兰，通信又慢又贵。他气极了，就想了一个办法，就是现在邮政的制度。寄信不论远近，在国内收费一律。他在议会上了一个条陈，叫作"便士信"，意思是一便士可以寄一封信。这条陈提出议会时，大家哄堂大笑，有一个有名的政治家宣言，他一辈子从不曾听见过这样荒谬透顶的主张，说这个人一定是疯的，怎么一便士可以寄信到苏格兰，不是太匪夷所思了！但后来这位情急先生的主张竟然普遍实行了。现在我们邮政有这样利便，追溯原委，也还全亏了"恋爱的灵感"，你说有趣不？不但这一打仗，什么都停顿了。手边又没有青鸟，这灵犀耿耿，向何处慰情去？从前欧洲大战时，邦交断绝时，邮政不通，有隔了五年才寄到的信！现在我们中间，只差了二三千里路，但为政治捣乱，害得我们信都不得如意的通。将来飞机邮政一定得实行，那就不碍事了，眉眉你也一定有同样的感想。方才派人去买船票了，至迟三日四日不能不动身。再要走不成，我一定得疯了！这来已经是够危险，李景林已取马厂，第三军无能，天津旦夕可下。假如在我赶到之前，京津要是又断了，那真怎么好！我立定主意冒险也得赶进京。眉，天保佑，你等着吧。今天与徐振飞谈得极投机，他也懂得我，银行界中就他与王文伯有趣，此外市侩居多，例如子美。怎好，今天还不是元宵？你我中秋不曾过成，新年没有同乐，元宵又毁了。眉爱，你怎样想我，我是"心头如火"！振铎邀我去吃饭，有几个文学家要会我，我得喝几杯，眉眉，我祝福你！元宵

你的顶亲亲的摩摩

致陆小曼（1926年7月9日）

眉爱：

只有十分钟写信，迟了今晚就寄不出。我现在在硖石了，与爸爸一同回来的，妈还留在上海，住在何家。今晚我与爸去山上住，大约正式的"谈天"该在今晚吧！我伯父日前中了"半肢疯"，身体半边不能活动，方才去看他，谈了一回，所以连写信的时间都没有了。

眉，我还只是满心的不愉快，身体也不好，没有胃口，人瘦的凶，很多人说不认识了，你说多怪。但这是暂时的，心定了就好，你不必替我着急。今天说起回北京，我说二十遍，爸爸说不成，还得到庐山去哪！我真急，不明白他意思究竟是怎么样！快写信吧！

今晚明天再写！祝你好，盼你信。（还没有！孙延杲的倒来了。）

摩摩吻你　七月九日

致陆小曼（1926年7月17日）

小眉芳睬：

昨宿西山，三人谑浪笑傲，别饶风趣。七搔首弄姿，竟像煞有介事。海梦呓连篇，不堪不堪！今日更热，屋内升九十三度，坐立不安，头昏犹未尽去。今晚决赶杭，西湖或有凉风相邀待也。

新屋更须月许方可落成，已决安置冷热水管。楼上下房共二十余间，有浴室二。我等已派定东屋，背连浴室，甚符理想。新屋共安电灯八十六，电料我自去选定，尚不太坏，但系暗线，又已装妥，将来添置不知便否？眉眉爱光，新床左右，尤不可无点缀也。此屋尚费商量，因旧屋前进正挡前门，今想一律拆去，门前五开间，一律作为草地，杂种花木，方可像样。惜我爱卿不在，否则即可相偕着手布置矣，岂不美妙。楼后有屋顶露台，远瞰东西山景，颇亦不恶。不料辗转结果，我父乃为我眉营此香巢，无此固无以寓此娇燕，言念不禁莞尔。我等今夜去杭，后日（十九）乃去天目，看来二十三快车万赶不及。因到沪尚须看好家俱陈设，煞费商量也，如此至早须月底到京，与眉聚首虽近，然别来无日不忐忑若失。眉无摩不自得，摩无眉更手足不知所措也。

昨回硖，乃得适之复电，云电码半不能读，嘱重电知。但期已过促，今日计程已在天津，电报又因水患不通，竟无从复电。然去函亦该赶到，但愿冯六处已有接洽，此是父亲意，最好能请到，想六爷自必乐为玉成也。

眉眉，日来香体何似？早起之约尚能做到否？闻北方亦奇热，遥念爱眉，独处困守，神驰心塞，如何可言？闻慰慈将来沪，帮丁在君办事，确否？京中友辈已少，慰慈万不能秋前让走；希转致此意，即此默吻眉肌颂儿安好。

摩　七月十七日

致陆小曼（1926 年 7 月 18 日）

眉眉！

简直的热死了，昨夜还在西山上住。又病了，这次的病妙得很，完全是我眉给我的。昨天两顿饭也没有吃，只吃了一盆蒸馄饨当点心，水果和水倒吃了不少，结果糟透了。不到半夜就发作；也和你一样，直到天亮还睡不安稳。上面尽打格嗝儿，胃气直往上冒，下面一样的连珠。我才知道你屡次病的苦。简直与你一模一样，肚子胀，胃气发，你说怪不怪？今天吃了一顿素餐，肚又胀了。天其实热不过，躲在屋子里汗直流。这样看来，你病时不肯听话，也并不是你特别倔强；我何尝不知道吃食应该十分小心，但知道自知道，小心自不小心，有什么办法？今晚我们玩西湖去，明早六时坐长途汽车去天目山，约正午可到。这回去本不是我的心愿，但既然去了，我倒盼望有一两天清凉日子过，多少也叫我动身北归以前喘一喘气。想起津浦的铁篷车其实有些可怕。天目的景致别函再详。适之回爸爸的信到了，我倒不曾想到冯六有这层推托。文伯也好，他倒是我的好友。但适之何以托蒋梦麟代表，我以为他一定托慰慈的。梦麟已得行动自由吗？昨天上海邮政罢工，你许有信来，我收不到。这恐怕又得等好几天，天目回头，才能见到我爱的信，此又一闷。我到上海，要办几桩事。一是购置我们新屋的新家具。你说买什么的好？北京朱太太家那套藤的我倒看的对，但卧房似乎不适宜，床我想买 Twin 的，别致些。你说哪样好？赶快写回信，许还来得及。我还得管书房的布置，这两件事完结，再办我们的订婚礼品。我想就照我们的原议，买一只宝石戒，另配衣料。眉乖！你不知道，我每天每晚怎样急的要回京，也不全为私。晨报老这托人也不是事，不是？但老爷看得满不在乎，只要拉着我伴他。其实呢，也何尝不应该，独生儿子在假期中，难得随侍几天。无奈我的神魂一刻不得眉在左右，便一刻不安。你那里也何尝不然？老太爷若然体谅，正应得立即放我走哩。按现在情形看来，我们的婚期至早得在八月初。因为南方不过七月半，不会天凉。像这样天时，老太爷就是愿意走，我都要劝阻他的，并且家祠屋子没有造起，杂事正多着哩！

乖囡！你耐一点好吧。迟不到月底，摩摩总可以回到"眉轩"来温存我的惟一的乖儿，这回可不比上次，眉眉，你得好好替我接风才是。老金他们见否？前天见余寿昌，大骂他，骂他没有脑筋。堂上都好否？替我叩安。写不过二纸，满身汗已如油，真受不了。这天时即便亲吻也嫌太热也？但摩摩深吻眉眉不释。

七月十八日

致陆小曼（1926年7月21日）

眉儿：

在深山中与世隔绝，无从通问，最令茫茫。三日来由杭而临安，行数百里，纤道登山。旅中颇不少可纪事，皆愿为眉一一言之；恨邮传不达，只得暂纪于此，归时再当畅述也。

前日发函后，即与旅伴（歆海、老七及李藻孙）出游湖，以为晚凉有可乐者；岂意湖水尚热如汤，风来烘人，益增烦瘗。舟过锦华桥，便访春润庐，适值蔡鹤卿先生驻踪焉。因遂谒谈有倾。蔡氏容貌甚瘦，然肤色如棕如铜，若经糅然，意态故蔼婉恂恂，所谓"婴儿"者非欤？谈京中学业，甚愤慨，言下甚坚绝，决不合作："既然要死就应该让他死一个透；这样时局，如何可以混在一起？适之倒是乐观，我很感念他；但事情还是没有办法的，我无论如何不去。"

平湖秋月已设酒肆，稍近即闻汗臭。晚间更有猥歌声，湖上风流更不可问矣。移棹向楼外楼，满拟一棹幽静，稍远尘嚣，惹此楼亦经改作，三层楼房，金漆辉煌，有屋顶，有电扇，昔日闲逸风趣竟不可复得。因即楼下便餐，菜亦视前劣甚。柳梢头明月依然，仰对能毋愧煞！

仁圃蟠桃味甘乃无伦，新莲亦冽香激齿。眉此时想亦在莲瓢中讨生活也。

夜间旅客房中有一趣闻：一土妓伴客即宿矣，忽遁迹不见。遍觅无有，而前后门固早扃。迨日向晨。始于楼上便室中发现，殊可噱。

十九日早六时起，六时二十分汽车开行，约八时到临安，修道甚佳，一路风色尤媚绝，此后更不虞路难矣。临安登轿，父亲体重，舆夫三名不任，增至四；四犹不胜，增至六。上山时簇拥邪许而前，态至狼狈。十时半抵螺丝岭（?），新筑有屋，住僧为备饭。十二时又前行，及四时乃抵山麓。小憩龙泉寺，啖粥点心。乃盘道上山，幸云阻日光，山风稍动，不过热。轿夫皆称老爷福量大。登山一里一凉亭，及第五亭乃见瀑，猥泻石罅间，殊不庄严。近人为筑亭，颜天琴，坐此听瀑，远瞰群冈，亦一小休。到此东天目钟声霹空而来，山林震荡，意致非常。

今寓保福楼，窗前山色林香，别有天地。左一峦顶，松竹丛中，钟楼在焉。昨晚月色朦胧，忽复明爽；约藻孙与七步行入林，坐石上听泉，有顷乃归，所思邈矣。夜凉甚重，厚衾裹卧，犹有寒意。

二十日早上山，去昭明太子分经台，欲上寻龙潭，不成，悻悻折回。登山不到顶，此第一次也。又去寺右侧洗眼池。山中风色描写不易。杉佳，竹佳，钟声佳；外此则远眺群山，最使怡旷。

二十一日早下山。十时到西天目。地当山麓，寺在胜间，胜地也。

致陆小曼（1927年11月27日）

眉：

昨刘太太亦同行，剪发烫发，又戴上霞飞路十八元毡帽，长统丝袜，绣花手套，居然亭亭艳艳，非复"吴下阿蒙"，甚矣，巴黎之感化之深也。午快车等于慢车，每站都停；到南京已九时有余。一路幸有同伴，尚不难过。忆上次到南京，正值龙潭之役。昨夜月下经过，犹想见血肉横飞之惨。在此山后数十里，我当时坐洋车绕道避难，此时都成陈迹矣。

歆海家一小洋房，平屋甚整洁。湘玫理家看小孩，兼在大学教书，甚勤。因我来特为制新被褥借得帆布床，睡客堂中，暖和舒服不比家中；昨夜畅睡一宵，今晨日高始起。即刻奚若端升光临了。你昨夜能熬住不看戏否？至盼能多养息。我事毕即归，弗念。阿哥已到否？为我问候。

此间天气甚好，十月小阳春也。

父母前叩安湘玫附候

摩摩 十一月二十七日

致陆小曼（1928年5月9日）

眉爱：

这可真急死我了，我不说托汤尔和给设法坐小张的福特机吗？好容易五号的晚上，尔和来信说，七号顾少川走，可以附乘。我得意极了。东西我知道是不能多带的我就单买了十几个沙营、胡沈的一大篓子，专为孝敬你的。谁知六号晚上来电说：七号不走，改八号；八号又不走，改九号；明天（十号）本来去了，凭空天津一响炮小顾又不能走。方才尔和通电，竟连后天走得成否都不说了。你说我该多么着急？我本想学一个飞将军从天而降，给你一个意外的惊喜，所以不曾写信。同时你的信来，说又病的话，我看愣了简直的。咳！我真不知怎么说，怎么想才是。乖！你也太不小心了。如果真是小产，这盘账怎么算？我为此呆了这两天，又急于你的身体，满想一脚跨到。飞机六小时即可到南京，要快晚十一点即可到沪，又不化本，那是多痛快的事！谁想又被小鬼的炮声给耽误了，真可恨！

你想，否则即使今天起，我此时也已经到家了。孩子！现在只好等着，他不走，我更无法，如何是好？但也许说不定他后天走，那我也许和这信同时到也难说。反正我日内总得回，你耐心候着吧。孩子！

请告瑞午，大雨的地是本年二月押给营业公司一万二千两。他急于要出脱。务请赶早进行。他要俄国羊皮帽，那是天津盛锡福的，北京没有。我不去天津，且同样货有否不可必，有的贵到一二百元的，我暂时没有法子买。天津还不知闹得怎样了，北京今天谣言蜂起，吓得死人。我也许迁到叔华家住几天，因她家无男子，仅她与老母幼子；她又胆小。但我看北京不致出什么大乱子，你不必为我担忧。我此行专为看你，生意能成固好，否则我也顾不得。且走颇不易，因北大同人都相约表示精神，故即成行亦须于三五日内赶回，恐你失望，故先说及。

　　文伯信多谢。我因不知他地址，他亦未来信，以致失候，负罪之至。但非敢疏慢也。临走时趣话早已过去忘却，但传闻麻兄演成妙语，真可谓点金妙手。麻兄毕竟可爱！一笑。但我实在着急你的身体，这样下去怎么得了。我真恨日本人，否则今晚即可欢然聚话矣。相见不远，诸自珍重！

摩摩吻上　九日

致陆小曼（1928年6月17日）

亲爱的：

离开了你又是整一天过去了。我来报告你船上的日子是怎么过的。我好久没有甜甜的睡了，这一时尤其是累，昨天起可有了休息了；所以我想以后生活觉得太倦了的时候，只要坐船，就可以养过来。长江船实在是好，我回国后至少我得同你去来回汉口坐一次。你是城里长大的孩子，不知道乡居水居的风味，更不知道海上河上的风光，这样的生活实在是太窄了，你身体坏一半也是离天然健康的生活太远的原故。你坐船或许怕晕，但走长江乃至走太平洋决不至于。因为这样的海程其实说不上是航海，尤其在房间里，要不是海水和机轮的声响，你简直可以疑心这船是停着的。昨晚给你写了信，就洗澡上床睡，一睡就着，因为太倦了，一直睡到今早上十点钟才起来。早饭已吃不着，只喝一杯牛奶，穿衣服最是一个问题，昨晚上吃饭，我穿新做那件米色华丝纱，外罩春舫式的坎肩；照照镜子，还不至于难看。文伯也穿了一件艳绿色的绸衫子，两个人联袂而行，趾高气扬的进餐堂去。我倒懊恼中国衣带太少了，尤其那件新做蓝的夹衫，我想你给我寄纽约去。只消挂号寄，不会遗失的；也许有张单子得填，你就给我寄吧，用得着的。还有人和里我看中了一种料子，只要去信给田先生，他知道给染什么颜色。染得了，让拿出来叫云裳按新做那件尺寸做，安一个嫩黄色的极薄绸里子最好；因为我那件旧的黄夹衫已经褪色，宴会时不能穿了。你给我去信给爸爸，或是他还在上海。让老高去通知关照人和要那料子。我想你可以替我办吧。还有衬里的绸裤褂（扎脚管的）最好也给做一套，料子也可以到人和要去，只是你得说明白材料及颜色。你每回寄信的时候不妨加上"Via Vancouver"，也许可以快些。

今天早上我换了洋服，白哔叽裤，灰法兰绒褂子，费了我好多时候，才给打扮上了，真费事，最糟是我的脖子确先从十四寸半长到了十五，而我的衣领等等都还是十四寸半结果是受罪，尤其是瑞午送我那件特别 Shirt，领子特别小，正怕不能穿，那真可惜。穿洋服是真不舒服，脖子、腰、脚全上了镣铐，行动都感到拘束，哪有我们的服装合理，西洋就是这件事情欠通，晚上还是中装。

饭食也还要得，我胃口也有渐次增加的趋向。最好一样东西是桔子，真正的金山桔子，那个儿的大，味道之好，同上海卖的是没有比的。吃了中饭到甲板上散步，走七转合一哩，我们是宽袍大袖，走路斯文得很。有两个牙齿雪白的英国女人走得快极了，我们走小半转，她们走一转。船上是静极了的，因为这是英国船，客人都是些老头儿，文伯管他们叫作 Retired burglars，因为他们全是在东方赚饱了钱回家去的。年轻女人虽则也有几个，但都看不上眼，倒是一位似乎福建人的中国女人长得还不坏。可惜她身边永远有两个年轻人拥护着，说的话也是我们没法懂的所以也只能看看。到现在为止，我们跟谁都没有交谈过，除了房间里的 Boy，看情形我们在船上结识朋友的机会是少得很，英国人本来是难得开口，我们也不一定要认识他们。船上的设备和布置真是不坏；今天下午我们各处去走了一圈，最上层的甲板是叫 Sun deck 可以太阳浴。那三个烟囱之粗，晚上看见真吓人。一个游泳池真不坏，碧清的水逗人得很，我可惜不会游水，否则天热了，一天浸在里面都可以。健身房也不坏，小孩子另有陈设玩具的屋子，图书室也好，只有是书少而不好。音乐也还要得，晚上可以跳舞，但没人跳。电影也有，没有映过。我们也到三等烟舱里去参观了，那真叫我骇住了，简直是一个 Chian town 的变相，都是赤膊赤脚的，横七竖八的躺着，此外摆有十几只长方的桌子，每桌上都有一两人坐着，许多人围着。我先不懂，文伯说了，我才知道是"摊"，赌是用一大把棋子合在碗下，你可以放注，庄家手拿一根竹条，四颗四颗的拨着数，到最后剩下的几颗定输赢。看情形进出也不小，因为每家跟前都是有一厚叠的钞票，这真是非凡，赌风之盛，一至于此！还有一件奇事，你随便什么时候可以叫广东女人来陪，呜呼！中华的文明。

下午望见有名的岛山，但海上看不见飞鸟。方才望见一列的灯火，那是长崎，我们经过不停。明日可到神户，有济远来接我们，文伯或许不上岸。我大概去东京，再到横滨，可以给你寄些小玩意儿，只是得买日本货，不爱国了，不碍吗？

　　我方才随笔写了一短篇《卞昆冈》的小跋，寄给你，看过交给上沅付印，你可以改动，你自己有话的时候不妨另写一段或是附在后面都可以。只是得快些，因为正文早已印齐，等我们的序跋和小鹣的图案了，这你也得马上逼着他动手，再迟不行了！再伯生他们如果真演，来请你参观批评的话，你非得去，标准也不可太高了，现在先求有人演，那才看出戏的可能性，将来我回来，自然还得演过。不要忘了我的话。同时这夏天我真想你能写一两个短戏试试，有什么结构想到的就写信给我，我可以帮你想想。我对于话剧是有无穷愿望的，你非得大大的帮我的忙，乖囡！

　　你身体怎样，昨天早起了不太累吗？冷东西千万少吃，多多保重，省得我在外提心吊胆的！

　　妈那里你去信了没有？如未，马上就写。她一个人在也是怪可怜的。爸爸娘大概是得等竞武信，再定搬不搬。你一人在家各事都得警醒留神，晚上早睡，白天早起，各事也有个接洽，否则你迟睡，淑秀也不早起，一家子就没有管事的人了，那可不好。

　　文伯方才说美国汉玉不容易卖，因为他们不承认汉玉，且看怎样。明儿再写了，亲爱的，哥哥亲吻你一百次，祝你健安。

摩摩　十七日夜

致陆小曼（1928年6月18日）

亲爱的：

我现在一个人在火车里往东京去，车子震荡得很凶，但这是我和你写信的时光，让我在睡前和你谈谈这一天的经过。济远隔两天就可以见你，此信到，一定远在他后，你可以从他知道我到日时的气色等等。他带回去一束手绢，是我替你匆匆买得的，不一定别致；到东京时有机会再去看看，如有好的，另寄给你。这真是难解决，一面是为爱国，我们决不能买日货，但到了此地看各样东西制作之玲巧，又不能不爱。济远说，你若来，一定得装几箱回去才过瘾。说起我让他过长崎时买一筐日本大樱桃给你，不知他能记得否。日本的枇杷大极了，但不好吃。白樱桃亦美观，但不知可口不？我们的船从昨晚起即转入——岛国的内海，九州各岛灯火辉煌，于海波澎湃夜色苍茫中，各具风趣。今晨起看内海风景，美极了，水是绿的，岛屿是青的，天是蓝的；最相映成趣的是那些小渔船一个个扬着各色的渔帆，黄的、蓝的、白的、灰的，在轻波间浮游。我照了几张，但因背日光，怕不见好。饭后船停在神户口外，日本人上船来检验护照。我上函说起那比较看得的中国的女子，大约是避绑票一类，全家到日本上岸。我和文伯说这样好，一船上男的全是蠢，女的全是丑，此去十八日如何受得了，我就想象如果乖你同来的话，我们可以多么堂皇的并肩而行，叫一船人尽都侧目！大风头非得到外国出，明年咱们一定得去西洋——单是为呼吸海上清新的空气也是值得的。

船到四时才靠岸，我上午发无线电给济远的，他所以约了鲍振青来接，另外同来一两个新闻记者，问这样问那样的，被我几句滑话给敷衍过去了，但相是得照一个的，明天的神户报上可见我们的尊容了。上岸以后，就坐汽车乱跑，街上新式的雪佛洛来跑车最多，买了一点东西，就去山里看雌雄泷瀑布，当年叔华的兄姊淹死或闪死的地方。我喜欢神户的山，一进去就扑鼻的清香，一般凉爽气侵袭你的肘腋，妙得很。一路上去有卖零星手艺及玩具的小铺子，我和文伯买了两根刻花的手杖，我们到雌雄泷池边去坐谈了一阵，暝色从林木的青翠里浓浓的沁出，飞泉的声响充满了薄暮的空山，这是东方山水独到的妙处，下山到济远寓里小憩；说起洗澡，济远说现在不仅通伯敢于和别的女人一起洗，就是叔华都不怕和别的男性共浴，这是可咂舌的一种文明！

我们要了大葱面点饥，是葱而不臭，颇入味，鲍君为我发电报，只有平安两字，但怕你们还得请教小鹅，因为用日文发要比英文便宜几倍的价钱。出来又吃鳗饭，又为鲍君照相（此摄影大约可见时报），赶上车，我在船上买的一等票，但此趟急行车只有睡车二等而无一等，睡车又无空位，怕只得坐这一宵了。明早九时才到东京，通伯想必来接。后日去横滨上船，想去日光或箱根一玩，不知有时候否，曼，你想我不？你身体见好不？你无时不在我切念中，你千万保重，处处加爱，你已写信否？过了后天，你得过一个月才得我信，但我一定每天给你写，只怕你现在精神不好，信过长了使你心烦。我知道你不喜欢我说哲理话，但你知道你哥哥爱是深入骨髓的。我亲吻你一千次。

摩摩　十八日

致陆小曼（1928年6月24日）

眉眉：

我说些笑话给你听：这一个礼拜每晚上，我都躲懒，穿上中国大褂不穿礼服，一样可以过去。昨晚上文伯说，这是星期六，咱们试试礼服吧。他早一个钟头就动手穿，我直躺着不动，以为要穿就穿，哪用着多少时候。但等到动手的时候，第一个难关就碰到了领子；我买的几个硬领尺寸都太小了些，这罪可就受大了，而且是笑话百出。因为你费了多大劲把它放进了一半，一不小心，它又 Out 了！简直弄得手也酸了，胃也快翻了，领子还是扣不进去。没法想，只得还是穿了中国衣服出去。今天赶一个半钟点前就动手，左难右难，哭不是，笑不是的麻烦了足足一个时辰，才把它扣上了。现在已经吃过饭，居然还不闹乱子，还没有 Out！这文明的麻烦真有些受不了。到美国我真想常穿中国衣，但又只有一件新做的可穿，我上次信要你替我去做，不知行不？

海行冷极了，我把全副行头都给套上，还觉得凉。天也阴凄凄的不放晴；在中国这几天正当黄梅，我们自从离开日本以来简直没有见过阳光，早晚都是这晦气脸的海和晦气脸的天。甲板上的风又受不了，只得常常躲在房间里。惟一的消遣是和文伯谈天。这有味！我们连着谈了几天了，谈不完的天。今天一开眼就——喔，不错，我一早做一个怪梦，什么 Freddy 叫陶太太拿一把棍子闹着玩儿给打死了——一开眼就捡到了 Society Ladies 的题目瞎谈，从唐瑛讲到温大龙（One dollar），从郑毓秀讲到小黑牛。这讲完了，又讲有名的姑娘，什么爱之花、潘奴、雅秋、亚仙的胡扯了半天。这讲了，又谈当代的政客，又讲银行家、大少爷、学者，学者们的太太们，什么都谈到了。曼！天冷了，出外的人格外思家。昨天我想你极了，但提笔写可又写不上多少话；今天我也真想你，难过得很，许是你也想我了。这黄梅时节阴凄的天气谁不想念他的亲爱的？

你千万自己处处格外当心——为我。

文伯带来一箱女衣，你说是谁的？陈洁如你知道吗？蒋介石的太太，她和张静仁的三小姐在纽约，我打开她箱子来看了，什么尺呀，粉线袋，百代公司唱词本儿、香水、衣服，什么都有。等到纽约见了她，再作详细报告。

摩摩的亲吻　六月二十四日

致陆小曼（1928 年 6 月 25 日）

六月二十五：明天我们船过子午线，得多一天。今天是二十五，明天本应二十六，但还是二十五；所以我们在船上的多一个礼拜一，要多活一天。不幸我们是要回来的，这捡来的一天还是要丢掉的。这道理你懂不懂？小孩子！我们船是向东北走的，所以愈来愈冷。这几天太太小姐们简直皮小氅都穿出来了。但过了明天，我们又转向东南，天气就一天暖似一天。到了 Victoria 就与上海相差不远了。美国东部纽约以南一定已经很热，穿这断命的外国衣服，我真有点怕，但怕也得挨。

船上吃饱睡足，精神养得好多，脸色也渐渐是样儿了。不比在上海时，人人都带些晦气色。身体好了，心神也宁静了。要不然我昨晚的信如何写得出？那你一看就觉得到这是两样了。上海的生活想想真是糟。陷在里面时，愈陷愈深；自己也觉不到这最危险，但你一跳出时，就知道生活是不应得这样的。

这两天船上稍为有点生气，前今两晚举行一种变相的赌博：赌的是船走的里数，信上说是说不明白的。但是 Auction sweep 一种拍卖倒是有点趣味——赌博的趣味当然。我们输了几块钱。今天下午，我们赛马，有句老话是：船顶上跑马，意思是走投无路。但我们却真的在船上举行赛马了。我说给你听：地上铺一条划成六行二十格的毯子，拿六只马——木马当然，放在出发的一头，然后拿三个大色子掷在地上；如其掷出来是一二三，那第一第二第三个马就各自跑上一格；如其接着掷三个一点，那第一只马就跳上了三步。这样谁先跑完二十格，就得香槟。买票每票是半元，随你买几票。票价所得的总数全归香槟，按票数分得，每票得若干。比如六马共卖一百张票，那就是五十元。香槟马假如是第一马，买的有十票，那每票就派着十元。今天一共举行三赛，两次普通，一次"跳浜"我们赢得了两块钱，也算是好玩。

　　第二个六月二十五：今天可纪念的是晚上吃了一餐中国饭，一碗汤是鲍鱼鸡片，颇可口，另有广东咸鱼草菇球等四盆菜。我吃了一碗半饭，半瓶白酒，同船另有一对中国人：男姓李，女姓宋，订了婚的，是广东李济深的秘书；今晚一起吃饭，饭后又打两圈麻将。我因为多喝了酒，多吃了烟，颇不好受；头有些晕，赶快逃回房来睡下了。

　　今天我把古董给文伯看：他说这不行，外国人最讲考据，你非得把古董的历史原原本本地说明不可。他又说，三代铜器是不含金质的，字体也太整齐，不见得怎样古；这究是几时出土，经过谁的手，经过谁评定，这都得有。凡是有名的铜器在考古书上都可以查的。这克炉是什么时代，什么铸的，为什么叫"克"？我走得匆促，不曾详细问明，请瑞午给我从详（而且须有根据，要靠得住）即速来一个信，信面添上——"Via Seattle"，可以快一个礼拜。还有那瓶子是明朝什么年代，怎样的来历，也要知道。汉玉我今天才打开看，怎么爸爸只给我些普通的。我上次见过一些药铲什么好些的，一样都没有，颇有些失望，但我当然去尽力试卖。文伯说此事颇不易做，因为你第一得走门路，第二近来美国人做冤大头也已经做出了头。近来很精明了。中国什么路货色什么行市，他们都知道。第二即使有了买主，介绍人的佣金一定不小，比如济远说在日本卖画，卖价五千，卖主真拿到手的不过三千，因为八大那张画他也没有敢卖，而且还有我们身份的关系，万一他们找出证据来说东西靠不住，我们要说大话，那很难为情。不过他倒是有这一路的熟人，且碰碰运气去看。竞武他们到了上海没有？我很挂念他们。要是来了，你可以不感寂寞，家里也有人照应了；如未到来信如何说法，我不另写信了；他们早晚到，你让他们看信就得。

　　我和文伯谈话，得益很多。他倒是在暗里最关切我们的一个朋友。他会出主意，你是知道的。但他这几年来单身人在银行界最近在政界怎样的做事，我也才完全知道，以后再讲给你听。他现在背着一身债为要买一个清白，出去做事才立足得住。在一般人看来，他是一个大傻子；因为他放过明明不少可以发财的机会不要，这是他的品格，也显出他志不在小，也就是他够得上做我们朋友的地方。他倒很佩服娘，说她不但有能干而有思想，将来或许可以出来做做事。在船上是个极好反省的机会。我愈想愈觉得我俩有赶快 Wake up 的必要。上海这种疏松生活实在是要不得，我非得把你身体先治好，然后再定出一个规模来，另辟一个世界，做些旁人做不到的事业，也叫爸娘吐气。

我也到年纪了，再不能做大少爷，马虎过日。近来感受种种的烦恼，这都是生活不上正轨的缘故。曼，你果然爱我，你得想想我的一生，想想我俩共同的幸福；先求养好身体，再来做积极的事，一无事做是危险的，饱食暖衣无所用心，决不是好事。你这几个月身体如能见好，至少得赶紧认真学画和读些正书。要来就得认真，不能自哄自，我切实的希望你能听摩的话。你起居如何？早上何时起来？这第一要紧——生活革命的初步也。

摩亲吻你

致陆小曼（1928年7月2日）

曼：

不知怎的车老不走了，有人说前面碰了车；这可不是玩，在车上不比在船上，拘束得很，什么都不合式，虽则这车已是再好没有的了。我们单独占一个房间，另花七十美金，你说多贵！

前昨的经过始终不曾说给你听，现在补说吧！

Victoria 这是有钱人休息的一个海岛，人口有六七万；天气最好，至热不过八十度，到冷不逾四十，草帽、白鞋是看不见的。住家的房子有很好玩的，各种的颜色玲巧得很，花木哪儿都是，简直找不到一家无花草的人家。这一季尤其各色的绣球花，红白的月季，还有长条的黄花，紫的香草，连绵不断的全是花。空气本来就清，再加花香，妙不可言。街道的干净也不必说。我们坐车游玩时正九时，家家的主妇正铺了床，把被单到廊下来晒太阳。送牛奶的赶着空车过去，街上静得很；偶尔有一两个小孩在街心里玩。但最好的地方当然是海滨，近望海里，群岛罗列，白鸟飞翔，已是一种极闲适之景致；远望更佳，夏令配克高峰都是戴着雪帽的，在朝阳里煊耀，这使人尘俗之念，一时解化。我是个崇拜自然者，见此如何不倾倒！游罢去皇后旅馆小憩；这旅馆也大极了，花园尤佳，竟是个繁花世界，草地之可爱，更是中国所不可得见。

中午有本地广东人邀请吃面，到一北京楼；面食不见佳，却有一特点；女堂倌是也。她那神情你若见了，一定要笑，我说你听。

姑娘是琼州生长的女娃！

生来粗眉大眼刮刮叫的英雄相，

打扮得像一朵荷花透水鲜,

黑绸裙,白丝袜,粉红的绸衫,

再配上一小方围腰;

她走道儿是玲丁当,

她开口时是有些儿风骚;

一双手倒是十指尖;

她跟你斟上酒又倒上茶……

据说这些打扮得娇艳的女堂倌,颇得洋人的喜欢。因为中国菜馆的生意不坏,她们又是走码头的,在加拿大西美名城子轮流做招待的。她们也会几只山歌,但不是大老板,她们是不赏脸的。下午四时上船,从维多利亚到西雅图,这船虽小,却甚有趣。客人多得很,女人尤多。在船上,我们不说女人没有好看的吗?现在好了,越向内地走,女人好看的似乎越多;这船上就有不少看得过的。但我倦极了,一上船就睡着了。这船上有好玩的,一组女人的音乐队,大约不是俄国便是波兰人吧!打扮得也有些妖形怪气的,胡乱吹打了半天,但听的人实在不如看的人多!船上的风景也好,我也无心看,因为到岸就得检验行李过难关。八时半到西雅图,还好,大约是金问泗的电报,领馆里派人来接,也多亏了他;出了些小费。行李居然安然过去。现在无妨了,只求得到主儿卖得掉,否则原货带回,也够扫兴的不是?当晚为护照行李足足弄了两小时,累得很;一到客栈,吃了饭,就上床睡。不到半夜又醒了,总是似梦非梦的见着你,怎么也睡不着。临睡前额角在一块玻璃角上撞了一个窟窿,腿上也磕出了血,大约是小晦气,不要紧的,你们放心。昨天早上起来去车站买票,弄行李,离开车尚有一小时,雇一辆汽车去玩西雅图城,这是一个山城,街道不是上,就是下,有的峻险极了,看了都害怕。山顶就一只长八十里的大湖叫 Lake Washington,可惜天阴,望不清。但山里住家可太舒服了。十一时上车。车头是电气的,在万山中间开行,说不尽的好玩。但今朝又过好风景,我还睡着错过了!可惜,后天是美国共和纪念日,我们正在芝加哥。我要睡了,再会!妹妹

摩 七月二日

致陆小曼（1928年7月5日）

亲爱的：

整两天没有给你写信，因为火车上实在震动得太厉害，人又为失眠难过，所以索性耐着，到了纽约再写。你看这信笺就可以知道我们已经安到我们的目的地——纽约。方才浑身都洗过，颇觉爽快。这是一个比较小的旅馆，但房金每天合中国钱每人就得十元，房间小得很虽则有澡室等等，设备还要得。出街不几步，就是世界有名的 Fifth Ave. 这道上只有汽车，那多就不用提了。我们还没有到 K. C. H. 那里去过，虽则到岸时已有电给他，请代收信件。今天这三两天怕还不能得信，除非太平洋一边的邮信是用飞船送的，那看来不见得。说一星期吧，眉你的第一封信总该来了吧，再要不来，我眼睛都要望穿了。眉，你身体该好些了吧？如其还要得，我盼望你不仅常给我写信，并且要你写得使我宛然能觉得我的乖眉小猫儿似的常在我的左右！我给你说说这几天的经过情形，最苦是连着三四晚失眠。前晚最坏了，简直是彻夜无眠，也不知道什么原因。一路火旺得很，一半许是水土，上岸头几天又没有得水果吃，所以烧得连口唇皮都焦黑了。现在好容易到了纽约，只是还得忙：第一得寻一个适当的 Apartment。夏天人家出外避暑，许有好的出租。第二得想法出脱带来的宝贝。说起昨天过芝加哥，我们去 Museum of Natural History 走来了。那边有一个玉器专家叫 Lanfer，他曾来中国收集古董，印一本讲玉器的书，要卖三十五元美金。昨天因为是美国国庆纪念他不在馆，没有见他。可是文伯开玩笑，给出一个主意，他让我把带来的汉玉给他看，如他说好，我就说这是不算数，只是我太太 Madama Lu Siaoman 的小玩意儿 Collection。她老太爷才真是好哪。他要同意的话。就拿这一些玉全借给他，陈列在他的博物馆里，请本城或是别处的阔人买了捐给院里。文伯又说我们如果吹得法的话不妨提议让他们请爸爸做他们驻华收集玉器代表。这当然不过是这么想，但如果成的话，岂不佳哉？我先寄此，晚上再写。

摩　一九二八年七月五日

致陆小曼（1928年10月24日）

爱眉：

久久不写中国字，写来反而觉得不顺手。我有一个怪癖，总不喜欢用外国笔墨写中国字，说不出的一种别扭，其实还不是一样的。昨天是十月三号按阳历是我俩的大喜纪念日，但我想不用它，还是从旧历以八月二十七孔老先生生日那天作为我们纪念的好；因为我们当初挑的本来是孔诞日而不是十月三日，那你有什么意味？昨晚与老李喝了一杯Cocktail，再吃饭倒觉得脸烘热了一两个钟头。同船一班英国鬼子都是粗俗到万分，每晚不是赌钱赛马，就是跳舞闹，酒间里当然永远是满座的。这班人无一可谈，真是怪，一出国的英国鬼子都是这样的粗伧可鄙。那群舞女（Baword Company）不必说，都是那一套，成天光着大腿子，打着红脸红嘴赶男鬼胡闹，淫骚粗丑的应有尽有。此外的女人大半都是到印度或缅甸去传教的一群干瘪老太婆，年纪轻些的，比如那牛津姑娘（要算她还有几分清气），说也真妙，大都是送上门去结婚的，我最初只发现那位牛津姑娘（她名字叫Sidebottom，多难听！）是新嫁娘，谁知接连又发现至九个之多，全是准备流血去的！单是一张饭桌上，就有六个大新娘你说多妙！这班新娘子，按东方人看来也真看不惯，除了真丑的，否则每人也都有一个临时朋友，成天成晚的拥在一起，分明她们良心上也不觉得什么不自然这真是洋人洋气！

我在船上饭量倒是特别好，菜单上的名色总得要过半，这两星期除了看书（也看了十来本书）多半时候就在上层甲板看天看海。我的眼望到极远的天边，我的心也飞去天的那一边。眉你不觉得吗，我每每凭栏远眺的时候，我的思绪总是紧绕在我爱的左右，有时想起你的病态可怜，就不禁心酸滴泪,每晚的星月是我的良伴。

自从开船以来,每晚我都见到月,不是送她西没,就是迎她东升。有时老李伴着我,我们就看看海天也谈着海天,满不管下层船客的闹,我们别有胸襟,别有怀抱,别有天地!

乖眉,我想你极了,一离马赛,就觉得归心如箭,恨不能一脚就往回赶。此去印度真是没法子,为还几年来的一个心愿,在老头升天以前再见他一次,也算尽我的心。像这样抛弃了我爱,远涉重洋来访友,也可以对得住他的了。所以我完全无意留恋,放着中印度无数的名胜异迹,我全不管,一到孟买(Bombay)就赶去 Calcutta 见了老头,再顺路到大吉岭,瞻仰喜马拉雅的风采,就上船迳行回沪。眉眉我的心肝,你身体见好否?半月来又无消息,叫我如何放心得下,这信不知能否如期赶到?但是快了,再一个月你我又可交抱相慰的了!香港电到时,盼知照我父。

摩的热吻

致陆小曼（1928 年 12 月 13 日）

小曼：

　　到今天才偷着一点闲来写信，但愿在写完以前更不发生打岔。到了北京是真忙，我看人，人看我，几个转身就把白天磨成了夜。先来一个简单的日记吧。星期六在车上又逢着了李济之大头先生，可算是欢喜冤家，到处都是不期之会。车误了三个钟头，到京已晚十一时。老金、丽琳、瞿菊农，都来站接我。故旧重逢，喜可知也。老金他们已迁入叔华的私产那所小洋屋，和她娘分住两厢，中间公用一个客厅。初进厅老金就打哈哈，原来新月社那方大地毯，现在他家美美的铺哪。如此说来，你当初有些错冤了王公厂了。丽琳还是那旧精神，开口难幺闭口面的有趣。老金长得更丑更蠢更笨更呆更木更傻不离难了！他们一开口当然就问你，直骂我，说什么都是我的不是，为什么不离开上海？为什么不带你去外国，至少上北京？为什么任你在腐化不健康的环境里耽着？这样那样的说了一大顿，说得我哑口无言。本来是无可说的！丽琳告奋勇她要去上海看看你倒是怎么回事，种种的废话都是长翅膀的，可笑却也可厌。他俩还得向我开口正式谈判哪，可怕！

　　Emma 已不和他们同住，不合式，大小姐二小姐分了家了。当晚 Emma 也来了，她可也变了样，又老又丑，全不是原先巴黎伦敦的丰采，大为扫兴。

　　第二天星期一，早去协和，先见思成。梁先生的病情谁都不能下断语。医生说希望绝无仅有，神智稍为清宁些，但绝对不能见客，一兴奋病就变相。前几天小便阻塞，过一大危险，亦为兴奋。因此我亦只得在门缝里张望，我张了两次，一次是躺着，难看极了，半只脸只见瘦黑而焦的皮包着骨头,完全脱了形了,我不禁流泪;第二次好些,他靠坐着和思成说话多少还看出几分新会先生的神采。昨天又有变像,早上忽发寒热,抖战不止,热度升至四十以上,大夫一无捉摸;但幸睡眠甚好,饮食亦佳。老先生实在是绞枯了脑汁,流干了心血,病发作就难以支持;但也还难说,竟许他还能多延时日。梁大小姐亦尚未到。思成因日前离津去奉,梁先生病已沉重,而左右无人作主,大为一班老辈朋友所责备。彼亦面黄肌瘦,看看可怜。林大小姐则不然,风度无改,涡媚犹圆,谈锋尤健,兴致亦豪,且亦能吸烟卷喝啤酒矣!

星期中午老金为我召集新月故侣,居然尚有二十八人之多。计开:任叔永夫妇、杨景任、熊佛西夫妇、余上沅夫妇、陶孟和夫妇、邓叔存、冯友兰、杨金甫、丁在君、吴之椿、瞿菊农等,彭春临时赶到,最令高兴,但因高兴喝酒既多,以致终日不适,腹绞脑涨,下回自当留意。

星期晚间在君请饭,有彭春及思成夫妇,瞎谈一顿。昨天星一早去石虎胡同蹇老处,并见慰堂,略谈任师身后布置,此公可称以身殉学问者也,可敬!午后与彭春约同去清华,见金甫等。彭春对学生谈戏,我的票也给绑上了,没法摆脱。罗校长居然全身披挂,威风凛凛,杀气腾腾,然其太太则十分循顺,劝客吃糖食十分殷勤也。晚归路过燕京,见到冰心女士;承蒙不弃,声声志摩,颇非前此冷傲,异哉。与 P. C. 进城吃正阳楼双脆烧炸肥瘦羊肉,别饶风味。饭后看荀慧生翠屏山,配角除马富禄外,太觉不堪。但慧生真慧,冶荡之意描写入神,好!戏完即与彭春去其寓次长谈。谈长且畅,举凡彼此两三年来屯聚于中者一齐倾吐无遗,难得,难得!直至破晓,方始入寐,彭春惧一时不能离南开;乃兄已去国,二千人教育责任,尽在九爷肩上,然彭春极想见曼,与曼一度长谈。一月外或可南行一次,我亦亟望其能成行也。P. C. 真知你我者,如此知己,仅矣!今日十时去汇业见叔濂,门锁人愁,又是一番景象。此君精神颇见颓丧然言自身并无亏空,不知确否。

午间思成藻孙约饭东兴楼,重尝乌鱼蛋芙蓉鸡片。饭后去淑筠家,老伯未见,见其姬,函款面交。希告淑筠,去六阿姨处,无人在家,仅见黑哥之母(?)。三舅母处想明日上午去,西城亦有三四处朋友也。今晚杨邓请饭,及看慧生全本玉堂春。明晚或可一见小楼小余之八大锤。三日起居注,絮絮述来,已有许多,俱见北京友生之富。然而京华风色不复从前,萧条景象,到处可见,想了伤心。友辈都要我俩回来,再来振作一番风雅市面,然而已矣!

曼!日来生活如何,最在念中,腿软已见除否?夜间已移早否?我归期尚未能定,大约下星四动身。但梁如尔时有变则或尚须展缓,文伯慰慈已返京,尚未见。文伯麻子今煌煌大要人矣。

堂上均安不另。

汝摩亲吻　星期二

致陆小曼（1930年12月23日）

Darling：

车现停在河南境内（陇海路上），因为前面碰车出了事，路轨不曾修好，大约至少得误点六小时，这是中国的旅行。老舍处电想已发出，车到如在半夜，他们怕不见得来接，我又说不清他家的门牌号数，结果或须先下客栈。同车熟人颇多，黄嫁寿带了一个女人，大概是姨太太之一，他约我住他家，我倒是想去看看他的古董书画。你记得我们有一次在他家吃饭，Obata请客吗？他的鼻子大得出奇，另有大鼻子同车。罗家伦校长先生是也，他见了我只是窘，尽说何以不带小曼同行，煞风景，煞风景，要不然就吹他的总司令长，何应钦白崇禧短，令人处处齿冷。

车上极挤。几乎不得坐位，因有相识人多定卧位，得以高卧。昨晚自十时半睡至今日十时，大畅美，难得。地在淮北河南，天气大寒，朝起初见雪花，风来如刺。此一带老百姓生活之苦，正不可以言语形容。同车有熟知民间苦况者，为言民生之难堪；如此天时，左近乡村中之死于冻饿者，正不知有多少。即在车上望去，见土屋墙壁破碎，有仅盖席子作顶，聊蔽风雨者。人民都面有菜色，镶手寒战，看了真是难受。回想我辈穿棉食肉，居处奢华，尚嫌不足，这是何处说起。我每当感情动时，每每自觉惭愧，总有一天我也到苦难的人生中间去尝一分甘苦；否则如上海生活，令人筋骨衰腐，志气消沉，哪还说得到大事业！

眉，愿你多多保重，事事望远处从大处想，即便心气和平，自在受用。你的特点即在气宽量大，更当以此自勉。我的话，前晚说的，千万常常记得，切不可太任性，盼有来信。

爸娘前请安，临行未道别为罪。

汝摩　星期五

致陆小曼（1931年2月24日）

眉：

前天一信谅到，我已安到北平。适之父子和丽琳来车站接我。胡家一切都替我预备好，被窝等等一应俱全。我的两件丝棉袍子一破一烧，胡太太都已替我缝好。我的房间在楼上，一大间，后面是祖望的房，再过去是澡室；房间里有汽炉，舒适得很。温源宁要到今晚才能见，因此功课如何，都还不得而知，恐怕明后天就得动手工作。北京天气真好，碧蓝的天，大太阳照得通亮；最妙的是徐州以南满地是雪，徐州以北一点雪都没有。今天稍有风，但也不见冷。前天我写信后，同小郭去钱二黎处小坐。随后到程连士处（因在附近），程太太留吃点心，出门时才觉得时候太迟了些。车到江边跑极快，才走了七分钟，可已是六点一刻。最后一趟过江的船已于六点开走，江面上雾茫茫的只见几星轮船上的灯火。我想糟，真闹笑话了，幸亏神通广大，居然在十分钟内，找到了一只小火轮，单放送我过去，我一个人独立苍茫，看江涛滚滚，别有意境。到了对岸，已三刻，赶快跑，偏偏桔子婆又散了满地，狼狈之至。等到上车，只剩了五分钟，你说险不险！同房间一个救世军的小军官，同车相识者有翁咏霓。车上大睡，第一晚因大热，竟至梦魇。一个梦是湘眉那猫忽然反了，约了另一只猫跳上床来攻打我，凶极了，我几乎要喊救命。说起湘眉要那猫，不为别的，因为她家后院也闹耗子，所以要她去镇压镇压。她在我们家终究是客，不要过分亏待了她，请你关照荷贞等，大约不久，张家有便，即来携取的。我走后你还好否？想已休养了过来。过年是有些累，我在上海最苦是不够睡。娘好否？说我请安。硖石已去信否？小蝶墨盒及信已送否？大夏六十元支票已送来否？来信均盼提及。电报不便，我或者不发了。此信大后日可到。你晚上睡得好否？立盼来信！常写要紧。早睡早起，才乖。

汝摩　二月二十四日

致陆小曼（1931年2月26日）

眉爱：

前日到后，一函托丽琳付寄，想可送到。我不曾发电，因为这里去电报以局颇远，而信件三日内可到，所以省了。现在我要和你说的是我教书事情的安排。前晚温源宁来适之处，我们三个人谈到深夜。北大的教授（三百）是早定的，不成问题。只是任课比中大得多，不甚愉快。此外还是问题，他们本定我兼女大教授，那也有二百八，连北大就六百不远。但不幸最近教部严令禁止兼任教授，事实上颇有为难处，但又不能兼。如仅仅兼课，则报酬又甚微，六点钟不过月一百五十。总之此事尚未停当，最好是女大能兼教授，那我别的都不管，有二百八和三百，只要不欠薪，我们两口子总够过活。就是一样，我还不知如何？此地要我教的课程全是新的，我都得从头准备，这是件麻烦事；倒不是别的，因为教书多占了时间，那我愿意写作的时间就得受损失。适之家地方倒是很好，楼上楼下，并皆明敞。我想我应得可以定心做做工。奚若昨天自清华回，昨晚与丽琳三人在玉华台吃饭。老金今晚回，晚上在他家吃饭。我到此饭不曾吃得几顿，肚子已坏了。方才正在写信，底下又闹了笑话，狼狈极了；上楼去，偏偏水管又断了，一滴水都没有。你替我想想是何等光景？（请不要逢人就告。到底年纪不小了，有些难为情的。）最后要告诉你一件我决不曾意料的事：思成和徽音我以为他们早已回东北，因为那边学校已开课。我来时车上见郝更生夫妇，他们也说听说他们已早回，不想他们不但尚在北平而且出了大岔子，惨得很等我说给你听：我昨天下午见了他们夫妇俩，瘦得竟像一对猴儿，看了真难过。你说是怎么回事？他们不是和周太太（梁大小姐）思永夫妇同住东直门的吗？一天徽音陪人到协和去，被她自己的大夫看见了，他一见就拉她进去检验；诊断的结果是病已深到危险地步，目前只有立即停止一切劳动，到山上去静养。孩子、丈夫、朋友、书，一切都须隔绝，过了六个月再说话，那真是一个晴天里霹雳。这几天小夫妻俩就像是热锅上的蚂蚁直转，房子在香山顶上有，但问题是叫思成怎么办？徽音又舍不得孩子，大夫又绝对不让，同时孩子也不强日见黄白。你要是见了徽音，眉眉，你一定吃吓。她简直连脸上的骨头都看出来了，同时脾气更来得暴躁。思成也是可怜，主意东也不是，西也不是。凡是知道的朋友，不说我，没有不替他们发愁的；真有些惨，又是爱莫能助。这岂不是人生到此天道宁论？丽琳谢谢你，她另有信去。你自己这几日怎样？何以还未有信来？我盼着！夜晚睡得好否？寄娘想早来。瑞午金子已动手否？盼有好消息！娘好否？我要去东兴，郑苏戡在，不写了。

摩　吻

致陆小曼（1931年3月4日）

至爱妻：

到平已八日，离家已十一日，仅得一函，至为关念。昨得虞裳来书，称洵美得女，你也去道喜。见你左颊微肿，想必是牙痛未愈，或又发。前函已屡嘱去看牙医，不知已否去过，已见好否？我不在家，你一切都须自己当心。即如此消息来，我即想到你牙痛苦楚模样，心甚不忍。要知此虚火，半因天时，半亦起居不时所至。此一时你须决意将精神全盘整理，再不可因循自误。南方不知已放晴否？乘此春时，正好努力。可惜你左右无精神振爽之良伴，你即有志，亦易于奄奄蹉跎。同时时日不待，光阴飞逝，实至可怕。即如我近两年，亦复苟安贪懒，一无朝气。此次北来，重行认真做事，颇觉吃力。但果能在此三月间扭回习惯，起劲做人，亦未为过晚。所盼者，彼此忍受此分居之苦，至少总应有相当成绩，庶几彼此可以告慰。此后日子借此可见光明，亦快心事也。此星期已上课，北大八小时。女大八小时，昨今均七时起，连上四课，因初到须格外卖力（学生亦甚欢迎），结果颇觉吃力。明日更烦重，上午下午两处跑，共有五小时课。星六亦重，又因所排功课，皆非我所素习，不能不稍事预备，然而苦矣。晚睡仍迟。而早上不能不起。胡太太说我可怜，但此本分内事，连年舒服过当，现在正该加倍的付利息了。

女子大学的功课本是温源宁的，烦琐得很。八个钟点不算，倒是六种不同科目，最烦。地方可是太美了。原来是九爷府，后来常荫槐买了送给杨宇霆的。王宫大院，真是太好了。每日煤就得烧八十多元。时代真不同了，现在的女学生一切都奢侈，打扮真讲究，有几件皮大氅，着实耀眼。杨宗翰也在女大。我的功课多挤在星期三、四、五、六。这回更不能随便了。下半年希望能得到基金讲座，那就好，教六个钟头，拿四五百元。余下功夫，有很可以写东西。目前怕只能做教匠。六阿姨他们昨天来此今天我去。（第二次）赫哥请在一亚一吃饭，六姨定三月南去，小瑞亦颇想同行，不知成否？昨日元宵，我一人在寓，看看月色，颇念着你。半空中常见火炮，满街孩子欢呼。本想带祖望他们去城南看焰火，因要看书未去，今日下午亦不出门。赵元任夫妇及任叔永夫妇来便饭。小三等放花甚起劲。一年一度，元宵节又过去了。我此来与上次完全不同，游玩等事一概不来。除了去厂甸二次，戏也未看，我什么也没有做，你可以放心。但我真是天天盼望你来信，我如此忙，尚且平均至少两天一信。你在家能有多少要公，你不多写，我就要疑心你不念着我。娘好否？为我请安。此信可给娘看看。我要做工了。

如有信件一起寄来。

你的摩摩　元宵后一日

致陆小曼（1931年3月7日）

至爱妻曼：

到今天才得你第二封信，真是眼睛都盼穿了。我已发过六封信，平均隔日一封也不算少，况且我无日无时不念着你。你的媚影站在我当前，监督我每晚读书做工，我这两日常责备她何以如此躲懒。害我提心吊胆。自从虞裳说你腮肿，我曾梦见你腮肿得西瓜般大，你是错怪了亲爱的。至于我这次走，我不早说了又说，本是一件无可奈何事。我实在害怕我自己真要陷入各种痼疾，那岂不是太不成话，因而毅然北来，今日崇庆也函说："母亲因新年劳碌发病甚详，我心里何尝不是说不出的难过，但愿天保佑，春气转暖以后，她可以见好。你，我岂能舍得。但思量各方情形姑息因循，大家没有好处，果真到了无可自救的日子那又何苦？所以忍痛把你丢在家里，宁可出外过和尚生活。我来后情形，我函中都已说及，将来你可以问胡太太即可知道。我是怎样一个乖孩子，学校上课我也颇为认真，希望自励励人，重新再打出一条光明路来。这固然是为我自己，但又何尝不为你亲眉，你岂不懂得？至于梁家，我确是梦想不到有此一着；况且此次相见与上回不相同，半亦因为外有浮言，格外谨慎，相见不过三次，绝无愉快可言。如今徽音偕母挈子，远在香山，音信隔绝，至多等天好时与老金、奚若等去看她一次。（她每日只有两个钟头可见客）。我不会伺候病，无此能干，亦无此心思，你是知道的，何必再来说笑我。我在此幸有工作，即偶尔感觉寂寞，一转眼也就过去；所以不放心的只有一个老母，一个你。还有娘始终似乎不十分了解，也使我挂念。我的知心除了你更有谁？你来信说几句亲热话，我心里不提有多么安慰？已经南北隔离，你再要不高兴我如何受得？所以大家看远一些，忍耐一些，我的爱你，你最知道，岂容再说"I may not love you so passionately as before but I love all the more sincerely And truly for all those years. and may this brief separation bring about another gush of passionate love from, both sides so that each of us will be willing to sacrifice for the sake of the other！我上课颇感倦，总是缺少睡眠。明日星期，本可高卧，但北大学生又在早九时开欢迎会，又不能不去。现已一时过，所以不写了。今晚在丰泽园，有性仁，老邓等一大群。明晚再写，亲爱的，我热烈的亲你。

摩　三月七日

致陆小曼（1931 年 3 月 16 日）

眉：

上沅过沪，来得及时必去看你。托带现洋一百元，蜜饯一罐；余太太笑我那罐子不好，我说：外貌虽丑，中心甚甜。学校钱至今未领分文。尚有菉荋（他们想赖我二月份的）。但别急，日内即由银行寄。另有一事别忘，蔡致和三月二十三日出阁，一定得买些东西送，我贴你十元。蔡寓贝勒路恒庆里四十二（？）号，阿根知道，别误了期，不多写了。

摩　三月十六日

致陆小曼（1931年3月19日）

爱眉亲亲：

今天星四，本是功课最忙的一天，从早起直到五时半才完。又有莎菲茶会。接着 Swan 请吃饭，回家已十一时半，真累。你的快信在案上；你心里不快，又兼身体不争气，我看信后，十分难受。我前天那信也说起老母，我未尝不知情理。但上海的环境我实在不能再受。再窝下去，我一定毁；我毁，于别人亦无好处，于你更无光鲜。因此忍痛离开；母病妻弱，我岂无心？所望你能明白，能助我自救；同时你亦从此振拔，脱离痼疾；彼此回复健康活泼，相爱互助，真是海阔天空，何求不得？至于我母，她固然不愿我远离，但同时她亦知道上海生活于我无益，故闻我北行，绝不阻拦。我父亦同此态度，这更使我感念不置。你能明白我的苦衷，放我北来，不为浮言所惑，亦使我对你益加敬爱。但你来信总似不肯舍去南方。硖石是我的问题，你反正不回去。在上海与否，无甚关系。至于娘，我并不曾要你离开她。如果我北京有家，我当然要请她来同住。好在此地房舍宽敞，决不至如上海寓处的局促，我想只要你肯来，娘为你我同居幸福，决无不愿同来之理。你的困难，由我看来，决不在尊长方面，而完全是在积习方面。积重难返，恋土重迁是真的。（说起报载法界已开始搜烟，那不是玩！万一闹出笑话来，如何是好？这真是仔细打点的时机了。）我对你的爱，只有你自己最知道。前三年你初沾上习的时候，我心里不知有几百个早晚，像有蟹在横爬，不提多么难受。但因你身体太坏，竟连话都不能说。我又是好面子，要做西式绅士的。所以至多只是短时间绷长着一个脸，一切都郁在心里。如果不是我身体茁壮，我一定早得神经衰弱。我决意去外国时是我最难受的表示。但那时万一希冀是你能明白我的苦衷，提起勇气做人。我那时寄回的一百封信，确是心血的结晶，也是漫游的成绩。但在我归时，依然是照旧未改，并且招惹了不少浮言。我亦未尝不私自难受，但实因爱你过深，不惜处处顺你从着你。也怪我自己意志不强，不能在不良环境中挣出独立精神来。在这最近二年，多因循复因循，我可说是完全同化了，但这终究不是道理！因为我是我，不是洋场人物。于我固然有损，于你亦无是处。幸而还有几个朋友肯关切你我的健康和荣誉，为你我另开生路。固然事实上似乎有不少不便，但只要你这次能信从你爱摩的话，就算是你牺牲，为我牺牲。就算你和一个地方要好，我想也不至于要好得连一天都分离不开。况且北京实在是好地方，你实在是过于执一不化，就算你这一次迁就，到北方来游玩一趟，不合意时尽可回去。难道这点面子都没有了吗？我们这对夫妻，说来也真是特别；一方面说，你我彼此相互的受苦与牺牲，不能说是不大。很少夫妇有我们这样的脚跟。但另一方面说，既然如此相爱，何以又一再舍得相离？你是大方，固然不错。但事情总也有个常理。前几年，想起真可笑，我是个痴子，你素来知道。你真的不知道我曾经怎样渴望和你两人并肩散一次步，或同出去吃一餐饭，或同看一次电影，也叫别人看了羡慕。但说也奇怪，我守了几年，竟然守不着一单个的机会，你没有一天不是 Engael 的，我们从没有 Privacy 过。到最近，我已然部分麻木，也不想望那种世俗幸福。即如我行前，我过生日，你也不知道。我本想和你同吃一餐饭，玩玩。临别前，又说了几次。想要实行至"少"一次的约会，但结果我还是脱然远走，一单次的约会都不得实现。你说可笑不？这些且不说他，目前的问题：第一还是你的身体。你说我在家，你的身体不易见好。现在我不在家了，不正是你加倍养息的机会？所以你爱我，第一就得咬紧牙根，养好身体；其次想法脱离习惯，再来开始我们美满的结婚幸福。我只要好好下去，做上三两年工，在社会上不怕没有地位，不怕没有高尚的名誉。虽则不敢担保有钱，但饱暖以及适度的舒服总可以有。你何至于遽尔悲观？要知道，我亲亲至爱的眉眉，我与你是一体的，情感思想是完全相通的；你那里一不愉快，我这里立即感到。心上一不舒适，如何还有勇气做事？要知道我在这里确有些做苦工的情形。为的无非是名气，为的是有荣誉的地位，为的是要得朋友们的敬爱，方便尤在你。我是本有颇高地位，用不着从平地筑起，江山不难取得。何不勇猛向前？现在我需要我缺少的只是你的帮助与根据于真爱的合作。眉眉！大好的机会为你我开着，再不可错过了。时候已不早（二时半），明日七时半即须起身。我写得手也成冰，脚也成冰。一颗心无非为你。聪明可爱的眉眉，你能不为我想想吗？

北大经过适之再三去说，已领得三百元。昨交与兴业汇沪收账。女大无望，须到下月十日左右再能领钱，我又豁边了，怎好？南京日内或有钱，如到，来函提及。

祝你安好，孩子！上沅想已到，一百元当已交到。陈图南不日去申，要甚东西，速来函知。

你的摩摩　三月十九日星四

娘：

你好吗？我每天想起你，虽则不曾单独写信，但给小曼信想可见到。今晚本想正式写给娘一封，让娘也好架起老花眼镜看看信，但不想小曼的信一写写了老长。现在手酸神困，实在坐不住了。好在小曼的信，娘一样看。我身体好，只是想家，放心不下。

敬叩

金安。

儿摩　三月十九日同寄

致陆小曼（1931 年 3 月 22 日）

至爱眉：

前日发长函后，未曾得信。昨今两日特别忙，我说你听听：昨功课完后，三个地方茶会，又是外国人。你又要说顶不欢喜外国人，但北京有几个外国人确是并不讨厌，多少有学问，有趣味。所以你也不能一笔抹煞。你的洋人的印象多半是外交人员，但这不能代表的。昨晚又是我们二周聚餐同志的会期，先在丽琳处吃茶，后去玉华台吃饭，商量春假期内去逛长城十三陵或坛旃寺。我最想去大觉寺看数十里的杏花。王叔鲁本说请我去，不知怎样。饭后又去白宫跳舞场，遇见赫哥及小瑞一家。我和丽琳跳了几次；她真不轻，我又穿上丝棉，累得一身大汗。有一舞女叫绿叶，颇轻盈，极红。我居然也占着了一次。花了一元钱。北京真是一天热闹似一天，如果小张再来，一定更见兴隆，虽则不定是北京之福。今天星期，上午来不少客，燕京清华都来请讲演。新近有胡先骕者又在攻击新诗，他们都要我出来辩护，我已答应，大约月初去讲。这一开端，更得见忙，然亦无法躲避，尽力做去就是。下午与丽龙去中央公园看圆明园遗迹展览，遇见不少朋友。牡丹已渐透红芽，春光已露。四时回史家胡同性仁 Rose 来茶谈演戏事。性仁因孟和在南京病，明日南下。她如到上海，许去看你，又是一个专使。Rose 这孩子真算是有她的，前天骑马闪了下来，伤了背腰。好！她不但不息，玩得更疯，当晚还去跳舞，连着三天照样忙可算是 Plucky 之极，方才到六点钟又有一个年轻洋人开车来接她。海不久回来，听说派了京绥路的事。R 演说她的闺房趣事，有声有色我颇喜欢她的天真。但丽琳不喜欢她，我总觉得人家心胸狭窄，你以为怎样？七时我们去清水吃东洋饭。又是 Miss Richard 和 Miss ones。

饭后去中和，是我点的戏，尚和玉的铁龙山，凤卿文昭关，梅的头二本虹霓关。我们都在后台看得很高兴。头本戏不好，还不如孟丽君。慧生、艳琴、券妙香，更其不堪。二本还不错。这是我到此后初次看戏。明晚小楼又有戏（上星期有落马湖、安天会），但我不见能去。眉眉，北京实在是比上海有意思得多，你何妨来玩玩。我到此不满一月，渐觉五官美通，内心舒泰；上海只是销蚀筋骨，一无好处。

我雕像有照片，你一定说不像，但要记得"他"没有戴上眼镜。你可以给洵美小鹣看看。眉眉，我觉得离家已有十年，十分盼想念你。小蝶他们来时你同来不好吗？你不在，我总有些形单影只，怪不自然的。请你写信硖石问两件事：一、丽琳那包衣料；二、我要新茶叶。

你的丈夫摩　二十二日

致陆小曼（1931年4月1日）

贤妻如吻：

多谢你的工楷信，看过颇感爽气。小曼奋起，谁不低头。但愿今后天佑你，体健日增。先从绘画中发现自己本真，不朽事业，端在人为。你真能提起勇气，不懈怠，不间断的做去，不患不成名。但此时只顾培养功力，切不可容丝毫骄矜。以你聪明，正应取法上上，俾能于线条彩色间见真性情，非得人不知而不愠，未是君子。展览云云，非多年苦工以后谈不到。小曼聪明有余，毅力不足，此虽一般批评，但亦有实情。此后务须做到一毅字，拙夫不才，期相共勉。画快寄来，先睹为幸。此祝

进步！

摩　四月一日

致陆小曼（1931年4月9日）

爱眉：

　　昨晚打电话，母亲又不甚舒服，亦稍气喘，不绝呻吟。我二时睡，天亮醒回。又闻呻吟，睡眠亦不甚好。今日似略有热度，昨日大解，又稍进烂面或有关系。我等早八时即全家出门去沈家浜上坟。先坐船出市不远，即上岸走。蒋姑母谷定表妹亦同行。正逢乡里大迎神会。天气又好，遍里垅，尽是人。附近各镇人家亦雇船来看，有桥处更见拥挤。会甚简陋，但乡人兴致极高，排场亦不小。田中一望尽绿，忽来千百张红白绸旗，迎风飘舞，蜿蜒进行，长十丈之龙。有七八彩砌，楼台亭阁，亦见十余。有翠香寄柬、天女散花、三戏牡丹、吕布貂蝉等彩扮。高跷亦见，他有三百六十行，彩扮至趣。最妙者为一大白牯牛。施施而行，神气十足。据云此公须尽白烧一坛，乃肯随行。此牛殊有古希风味，可惜未带照相器，否则大可留些印象。此时方回，明后日还有迎会。请问洵美有兴致来看乡下景致否，亦未易见到，借此来硖一次何如。方才回镇，船傍岸时，我等俱已前行，父亲最后，因篙支不稳，仆倒船头，幸未落水。老人此后行动真应有人随侍矣。今晚父亲与幼仪、阿欢同去杭州。我一个人留此伴母，可惜你行动不能自由，梵皇渡今亦有检查，否则同来侍病，岂不是好？洵美诗你已寄出否？明日想做些工，肩负过多，不容懒矣。你昨晚睡得好否？牙如何？至念！回头再通电，你自己保重！

摩　四月九日星期四

致陆小曼（1931年4月27日）

眉爱：

我昨夜痧气，今日浑身酸痛；胸口扭塞，如有大石压住，四肢瘫软无力。方才得你信颇喜，及拆看，更增愁闷。你责备我，我相当的忍受。但你信上也有冤我的话，再加我这边的情形，你也有所不知。我家欺你，即是欺我：这是事实。我不能护我的爱妻，且不能护我自己，我也懊懑得无话可说。再加不公道的来源，即是自家的父亲，我那晚顶撞了几句，他便到灵前去放声大哭，外厅上朋友都进来劝不住，好容易上了床，还是唉声叹气的不睡。我自从那晚起，脸上即显得极分明，人人看得出。除非人家叫我，才回话。连爸爸我也没有自动开过口。这在现在情势下，我又无人商量，电话上又说不分明，又是在热孝里，我为母亲关系，实在不能立即便有坚决表示：这你该原谅。至于我们这次的受欺压，（你真不知道大殓那天，我一整天的绞肠的难受。）我虽懦顺，决不能就此罢休。但我却要你和我靠在一边，我们要争气，也得两人同心合力的来。我们非得出这口气，小发作是无谓的。别看我脾气好，到了僵的时候，我也可以僵到底的。并且现在母亲已不在。我这份家，我已经一无依恋。父亲爱幼仪，自有她去孝顺，再用不到我。这次拒绝你，便是间接离绝我，我们非得出这口气。所以第一你要明白，不可过分责怪我。自己保养身体，加倍用功。我们还有不少基本事情，得相互同心的商量，千万不可过于懊恼，以致成病，千万千万！至于你说我通同他人来欺你，这话我要叫冤。上星期六我回家，同行只有阿欢和惺堂。他们还是在北站上车的。我问阿欢，他娘在哪里？他说在沧洲旅馆，硖石不去。那晚上母亲万分危险，我一到即蹲在床里，靠着她，真到第二天下午幼仪才来。

（我后来知道是爸爸连去电话催来的。）我为你的事，从北方一回来，就对父亲说。母亲的话，我已对你说过。父亲的口气，十分坚决，竟表示你若来他即走。随后我说得也硬。他（那天去上海）又说，等他上海回来再说。所以我一到上海，心里十分难受，即请你出来说话，不想你倒真肯做人，竟肯去父亲处准备受冷肩膀。我那时心里十分感爱你的明大体。其实那晚如果见了面，也许可以讲通（父亲本是吃软不吃硬的）。不幸又未相逢。连着我的脚又坏得寸步难移。因而下一天出门的机会也就没有。等到星期六上午父亲从硖石来电话，说母亲又病重，要我带惺堂立即回去，我即问小曼同来怎样？他说"且缓，你先安慰她几句吧！"所以眉眉，你看，我的难才是难。以前我何尝不是夹在父母与妻子中间做人难，但我总想拉拢，感情要紧。有时在父母面上你不很用心，我也有些难过。但这一次你的心肠和态度是十分真纯而且坦白，这错我完全派在父亲一边。只是说来说去，碍于母丧，立时总不能发作。目前没有别的，只能再忍。我大约早到五月四日，迟到五月五日即到上海，那时我你连同娘一起商量一个办法，多可要出这一口气。同时你若能想到什么办法，最好先告知我，我们可以及早计算。我在此仅有机会向沈舅及许姨两处说过。好在到最后，一支笔总在我手里。我倒要看父亲这样偏袒，能有什么好结果？谁能得什么好处？人的倔强性往往造成不必要的悲惨。现在竟到我们的头上了，真可叹！但无论如何，你得硬起心肠，先把此事放在一边，尤要不可过分责怪我。因为你我相爱，又同时受侮，若再你我间发生裂痕，那不正中了他人之计了吗？

　　这点，你聪明人仔细想想，不可过分感情作用，记好了。娘听了我，想也一定赞同我的意见的。我仍旧向你我惟一的爱妻希冀安慰。

汝摩　二十七日

致陆小曼（1931年5月12日）

眉眉我爱：

你又犯老毛病了，不写信。现在北京上海间有飞机信，当天可到。我离家已一星期，你如何一字未来，你难道不知道我出门人无时不惦着家念着你吗？我这几日苦极了，忙是一件事，身体又不大好。一路来受了凉，就此咳嗽，出痰甚多。前两晚简直呛得不停，不能睡；胡家一家子都让我咳醒了。我吃很多梨，胡太太又做金银花、贝母等药给我吃，昨晚稍好些。今日天雨，忽然变凉。我出门时是大太阳，北大下课到奚若家中饭时，冻得直抖。恐怕今晚又不得安宁。我那封英文信好像寄航空的，到了没有？那一晚我有些发疯，所以写信也有些疯头疯脑的，你可不许把信随手丢。我想到你那乱，我就没有勇气写好信给你。前三年我去欧美印度时，那九十多封信都到哪里去了？那是我周游的惟一成绩，如今亦散失无存，你总得改良改良脾气才好。我的太太，否则将来竟许连老爷都会被你放丢了的。你难道我走了一点也不想我？现在弄到我和你在一起倒是例外，你一天就是吃，从起身到上床，到合眼，就是吃。也许你想芒果或是想外国白果倒要比想老爷更亲热更急。老爷是一只牛，他的惟一用处是做工赚钱——也有些可怜：牛这两星期不但要上课还得补课，夜晚又不得睡，心里也不舒泰。天时再一坏，竟可怜是一肚子的灰了！太太！你忍心字儿都不肯寄一个来？大概你们到杭州去了，恕我不能奉陪，希望天时好，但终得早起一些才赶得上阳光。北京花市极阑珊，明后天许陪歆海他们去明陵长城。但也许不去。娘身体可好？甚念！这回要等你来信再写了。

照片一包，已找到，在小箱中。

摩　星四

致陆小曼（1931年5月16日）

爱妻：

昨天大群人出城去玩。歆海一双，奚若一双，先到玉泉。泉水真好，水底的草叫人爱死。那样的翡翠才是无价之宝。还有的活的珍珠泉水，一颗颗从水底浮起，不由得看的人也觉得心泉里有灵珠浮起。次到香山，看访徽音，养了两月，得了三磅，脸倒叫阳光逼黑不少，充印度美人可不乔装。归途上大家讨论夫妻。人人说到你，你不觉得耳根红热吗？他们都说我脾气太好了，害得你如此这般。我口里不说，心想我曼总有逞强的一天，他们是无家不冒烟，这一点我俩最占光，也不安烟囱，更不说烟。这回我要正式请你陪我到北京来，至少过半个夏。但不知你肯不肯赏脸？景任十分疼你，因此格外怪我，说我老爷怎的不做主。话说回来，我家烟虽不外冒，恰反向里咽，那不是更糟糕更缠牵？你这回西湖去，若再不带回一些成绩，我替你有些难乎为颜，奋发点儿吧，我的小甜娘！也是可怜我们，怎好不顺从一二？我方才看到一首劝孝词，意十分恳切，我看了，有些眼酸，因此抄一份给你，相期彼此共勉。

蒋家房子事，已向小蝶谈过否？何无回音？我们此后用钱更应仔细。蔗青那里我有些愁，过节时怕又得淹蹇，相差不过一月，及早打点为是。

娘一人守家多可怜，但我希望你游西湖心快活。身体强健。

你的摩　五月十六日

致陆小曼（1931年2月25日）

宝贝：

你自杭自沪来信均到，甚慰。我定星一（即二十五）下午离平，星三晚十时可到沪。（或迟一班车到亦难说，叫阿根十时即去不误。）次日星期四（二十八）一早七时或迟至九时车去硖石，因为即是老太爷寿辰。再隔两天，即是开吊，你得累乏几天。最好我到那晚，到即能睡，稍得憩息，也是好的。我这几天累得不成话，一切面谈！

请电话通知洵美，二十七日晚我家有事交代，请别忘。

汝摩

致陆小曼（1931年5月29日）

眉爱：

　　昨晚到家中，设有暖寿素筵。外客极少，高炳文却在老屋里。老小男女全来拜寿。新屋客有蒋姑母及诸弟妹，何玉哥、辰嫂、娟哥等。十一时起斋佛，伯父亦搀扶上楼（佛台设楼中间），颇热闹。我打了几圈牌，三时后上床。我睡东厢自己床，有罗纱帐。一睡竟对时，此时（四时）方始下楼。你回家须买些送人食品，不须贵重。行前（后天即阴历十四）先行电知。三时十五分车，我自会到站相候。侍儿带谁？此间一切当可舒服。余话用电时再说。

　　娘请安。

摩摩　十三日

致陆小曼（1931年6月14日）

我至爱的老婆：

先说几件事，再报告来平后行踪等情。第一，文伯怎么样了？我盼着你来信，他三弟想已见过。病情究有甚关系否？药店里有一种叫因陈，可煮当水喝，甚利于黄病。仲安确行，医治不少黄。他现在北平，伺候副帅。他回沪定为他调理如何？只是他是无家之人，吃中药极不便，梦绿家或我家能否代煎？盼即来信。

第二是钱的问题，我是焦急得睡不着。现在第一盼望节前发薪，但即节前有，寄到上海，定在节后。而二百六十元期转眼即到，家用开出支票，连两个月房钱亦在三百元以上，节还不算。我不知如何弥补得来？借钱又无处开口。我这里也有些书钱、车钱、赏钱，少不了一百元。真的踌躇极了。本想有外快来帮助，不幸目前无一事成功，一切飘在云中，如何是好？钱是真可恶，来时不易，去时太易。我自阳历三月起，自用不算，路费等等不算，单就付银行及你的家用，已有二千零五十元。节上如再寄四百五十元，正合二千五百元，而到六月底还只有四个月，如连公债果能抵得四百元，那就有三千元光景，按五百元一月，应该尽有付余，但内中不幸又夹有债项。你上节的三百元，我这节的二百六十，就去了五百六十元，结果拮据得手足维艰。此后又已与老家说绝，缓急无可通融。我想想，我们夫妻俩真是醒起才是！若再因循，真不是道理。再说我原许你家用及特用每月以五百元为度。我本意教书而外，有翻译方面二百可恃，两样合起，平均相近六百，总还易于维持。不想此半年各事颠倒，母亲去世，我奔波往返，如同风里篷帆。身不定，心亦不定。莎士比亚更如何译得？结果仅有学校方面五百多，而第一个月又被扣了一半，眉眉我亲爱的，你想我在这情形下，张罗得苦不苦？同时你那里又似乎连五百都还不够用似的，那叫我怎么办？我想好好和你商量，想一长久办法。省得拨脚窝脚，老是不得干净。家用方面，一是（屋子），二是（车子），三是（厨房）：这三样都可以节省。照我想一切家用此后非节到每月四百，总是为难。眉眉，你如能真心帮助我，应得替我想法子，我反正如果有余钱，也决不自存。我靠薪水度日，当然梦想不到积钱，惟一希冀即是少债，债是一件 Degrading and humiliating thing。眉，你得知道有时竟连最好朋友都会因此伤到感情的，我怕极了的。

　　写至此，上沅夫妇来打了岔，一岔真岔到下午六时。时间真是不够支配。你我是天成的一对，都是不懂得经济，尤其是时间经济。关于家务的节省，你得好好想一想，总得根本解决车屋厨房才是。我是星四午前到的，午后出门。第一看奚若，第二看丽琳叔华。叔华长胖了好些，说是个有孩子的母亲，可以相信了，孩子更胖。也好玩，不怕我，我抱她半天。我近来也颇爱孩子。有伶俐相的，我真爱。我们自家不知哪天有那福气，做爸妈抱孩子的福气。听其自然是不成的，我们都得想法，我不知你肯不肯。我想你如果肯为孩子牺牲一些，努力戒了烟，省得下来的是大烟里。哪怕孩子长成到某种程度，你再吃。你想我们要有，也真是时候了。现在阿欢已完全与我不相干的了。至少我们女儿也得有一个，不是？这你也得想想。

　　星四下午又见杨今甫，听了不少关于□□俞珊，的话。好一位小姐，差些一个大学都被她闹散了。□□□梁实秋也有不少丑态，想起来还算咱们漏脸，至少不曾闹什么话柄。夫人！你的大度是最可佩服的。北京最大的是清华问题，闹得人人都头昏。奚若今天走，做代表到南京，他许去上海来看你，你得约洵美请他玩玩。他太太也闹着要离家独立谋生去，你可以问问他。

　　星五午刻，我和罗隆基同出城。先在燕京，叔华亦在，从文亦在。我们同去香山看徽音，她还是不见好，新近又发了十天烧，人颇疲乏。孩子倒极俊，可爱得很，眼珠是林家的，脸盘是梁家的。昨在女大，中午叔华请吃鲥鱼蜜酒，饭后谈了不少话，吃茶。有不少客来，有 Rose，熊光着脚不穿袜子，海也不回来了，流浪在南方已有十个月，也不知怎么回事。她亦似乎满不在意,真怪。昨晚与李大头在公园。又去市场看王泊生戏,唱逍遥津,大气磅礴,只是有气少韵。座不甚佳,亦因配角大乏之故。今晚唱探母,公主为一民国大学生,唱还对付,貌不佳,他想搭小翠花,如成,倒有希望叫座。此见下海亦不易。说起你们戏唱,现在我亦无所谓了。你高兴,只有侉伴合式,你想唱无妨,但得顾住身体。此地也有捧雪艳琴的,有人要请你做文章。昨天我不好受,头腹都不适。冰淇淋吃太多了。今天上午余家来,午刻在莎菲家,有叔华、冰心、今甫、性仁等,今晚上沅请客,应酬真烦人,但又不能不去。

　　说你的画,叔华说原卷太差,说你该看看好些的作品。老金,丽琳张大了眼,他们说孩子是真聪明,这样聪明是糟了可惜。他们总以为在上海是极糟,已往确是糟,你得争气,打出一条路来,一鸣惊人才是。老邓看了颇夸,他拿付裱,裱好他先给题,杏佛也答应题,你非得加倍用功小心,光娘的信到了,照办就是。请知照一声,虞裳一二五元送来否?也问一声告我。我要走了,你得勤写信。乖!

你的摩　十四日

致陆小曼（1931年6月16日）

眉爱：

　　昨天在 Rose 家见三伯母，她又骂我不搬你来；骂得词严义正，我简直无言答对！离家已一星期，你还无信，你忙些什么？文伯怎样了？此地朋友都极关切，如能行动，赶快北来，根本调理为是。奚若已到南京，或去上海看他。节前盼能得到薪水，一有即寄银行。

　　我家真算糊涂，我的衣服一共能有几件。此来两件单哔叽都不在箱内！天又热，我只有一件白大褂，此地做又无钱，还有那件羽纱，你说染了再做的，做了没有！

　　我要洵美（姜黄的）那样的做一件，还有那茜夏布做两件大褂，余下有多，做衫裤，都得赶快做。你自己老爷的衣服，劳驾得照管一下。我又无人可商量的。做好立即寄来等穿，你们想必又有忙唱，唱是也得到北京来的。昨晚我看几家小姐演戏，北京是演戏的地方，上海不行的，那有什么法子！

　　今晚在北海，有金甫、老邓，叔华、性仁。风光的美不可言喻。星光下的树你见过没有？还有夜莺；但此类话你是不要听的，我说也徒然。碛石有无消息，前天那飞信是否隔一天到？你身体如何？在念。

　　　　　　　　　　　　　　　　　　　　　　摩　六月十六日

致陆小曼（1931年6月25日）

眉眉至爱：

　　第三函今晨送到。前信来后，颇愁你身体不好，怕又为唱戏累坏。本想去电阻止你的，但日子已过。今见信，知道你居然硬撑了过去，可喜之至！好不好是不成问题，不出别的花样已是万幸。这回你知道了吧？每天，贪吃杨梅荔枝，竟连嗓子都给吃扁了，一向擅长的戏也唱得不是味儿了。以后还听不听话？凡事总得有个节制，不可太任性。你年近三十，究已不是孩子。此后更当谨细为是！目前你说你立志要学好一门画，再见从前朋友，这是你傲气地方，我也懂得，而且同情。只是既然你专心而且诚意学画，那就非得取法乎上，第一得眼界高而宽。上海地方气魄终究有限。瑞午老兄家的珍品恐怕靠不住的居多。我说了，他也许有气。这回带来的画，我也不曾打开看。此地叔存他们看见，都打哈哈！笑得我脸红。尤其他那别出心裁的装潢，更叫他们摇头。你临的那幅画也不见得高明。不过此次自然是我说明是为骗外国人的。也是我太托大。事实上，北京几个外国朋友看中国东西就够刁的，画当然全部带回。娘的东西如要全部收回，亦可请来信提及，当照办！他们看来，就只一个玉瓶，一两件瓷还可以，别的都无多希望。少麻烦也好，我是不敢再瞎起劲的了！

　　再说到你学画，你实在应得到北京来才是正理。一个故宫就够你长年揣摹。眼界不高，腕下是不能有神的，凭你的聪明，决不是临摹就算完事，就说在上海，你也得想法去多看佳品。手固然要勤，脑子也得常转动，才能有趣味发生。说回来，你恋土重迁是真的。不过你一定要坚持的话，我当然也只能顺从你。但我既然决定在北大做教授，上海现时的排场我实在担负不起。夏间一定得想法布置。你也得原谅我。我一人在此，亦未尝不无聊，只是无从诉说。人家都是团圆的了，叔华已得到了通伯，徽音亦有了思成，别的人更不必说常年常日不分离的。就是你我，一南一北。你说是我甘愿离南，我只说是你不肯随我北来，结果大家都不得痛快。但要彼此迁就的话，我已在上海迁就了这多年，再下去实在太危险，所以不得不猛省，我是无法勉强你的；我要你来，你不肯来，我有甚么法想？明知勉强的事是不彻底的，所以看情形，恐怕只能各是其是。只是你不来，我全部收入，管上海家尚虑不足。自己一人在此，决无希望独立门户。胡家虽然待我极好，我不能不感到寄人篱下，我真也不知怎样想才好！

　　我月内决不能动身，说实话，来回票都卖了垫用。这一时借钱度日。我在托歆海替我设法飞回。不是我乐意冒险，实在是为省钱。况且欧亚航空是极稳妥的，你不必过虑。

　　说到衣服，真奇怪了。箱子是我随身带的，娘亲手理的满满的，到北京才打开，大褂只有两件：一件新的白羽纱；一件旧的厚蓝哔叽。人和那件方格和折夹做单的那件条子都不在箱内，不在上海家里在哪里？准是荷贞糊涂，又不知乱塞到哪里去了！

　　如果牯岭已有房子，那我们准定去。你那里着手准备，我一回上海就去。只是钱又怎么办？说起你那公债到底押得多少？何以始终不提？

　　你要东西，吃的用的，都得一一告知我。否则我怕我是笨得于此道一无主意！

　　你的画已经裱好，很神气的一大卷。方才在公园，王梦白、杨仲子诸法家见我挟着卷子，问是什么精品？我先请老乡题，此外你要谁题，可点品，适之，要否？

　　我这人大约一生就为朋友忙！来此两星期，说也惭愧，除了考试改卷算是天大正事，此外都是朋友，永远是朋友。杨振声帮了我不少时间，叔华、从文又忙了我不少时间，通伯、思成又是，蔡先生、钱昌照（次长）来，又得忙配享，还有洋鬼子！说起我此来，舞不曾跳，窑子倒去过一次，是老邓硬拉去的，再不去了，你放心！

　　杏子好吃，昨天自己爬树，采了吃，树头鲜，才叫美！

　　你务必早些睡，我回来时再不想熬天亮！我今晚特别想你，孩子，你得保重才是。

你的亲摩　六月二十五日

致陆小曼（1931年7月4日）

爱眉：

你昨天的信更见你的气愤，结果你也把我气病了。我愁得如同见鬼。昨晚整宵不得睡，乖！你再不能和我生气，我近几日来已为家事气得肝火常旺，一来就心烦意躁，这是我素来没有的现象。在这大热天，处境已经不顺，彼此再要生气，气成了病，那有什么趣味？去年夏天我病了有三星期，今年再不能病了。你第一不可生气，你是更气不动，我的愁大半是为你在愁，只要你说一句达观话，说不生我气，我心里就可舒服。

乖！至少让我们俩心平意和的过日子，老话说得好，逆来要顺受。我们今年运道似乎格外不佳。我们更当谨慎，别带坏了感情和身体。我先几信也无非说几句牢骚话，你又何必认真，我历年还不是处处依顺着你的。我也只求你身体好，那是最要紧的。其次，你能安心做些工作，现在好在你已在画一门寻得门径，我何尝不愿你竿头日进，你能成名，不论哪一项都是我的荣耀。即如此次我带了你的卷子到处给人看，有人夸，我心里就喜，还不是吗？一切等我到上海再定夺。天无绝人之路，我也这么想，我计算到上海怕得要七月十三四，因为亚东等我一篇醒世姻缘的序，有一百元酬报，我也已答应，不能不赶成，还有另一篇文章也得这几天赶好。

文伯事我有一函怪你，也错怪了。慰慈去传了话。吓得文伯长篇累牍的来说你对他一番好意的感激话。适之请他来住，我现在住的是西楼。

老金他们七月二十离北平，他们极抱憾，行前不能见你。小叶婚事才过，陈雪屏后天又要结婚，我又得相当帮忙。上函问向少蝶帮借五百成否？

竟处如何？至念，我要你这样来电，好叫我安心（北平电报挂号）。"董胡摩慰即回眉"七个字，花大洋七毛耳。祝你好。

摩亲吻　四日

致陆小曼（1931年7月8日）

爱妻小眉：

真糟，你花了三角一分的飞快，走了整六天才到。想是航空铁轨全叫大水冲昏了，别的倒不管，只是苦了我这几天候信的着急！

我昨函已详说一切，我真的恨不得今天此时已到你的怀抱——说起咱们久别见面，也该有相当表示，你老是那坐着躺着不起身，我枉然每回想张开胳膊来抱你亲你，一进家门，总是扫兴。我这次回来，咱们来个洋腔，抱抱亲亲如何？这本是人情，你别老是说那是湘眉一种人才做得出，就算给我一点满足，我先给你商量成不成？我到家时刻，你可以知道，我即不想你到站接我，至少我亦人情的希望，在你容颜表情上看得出对我一种相当的热意。

更好是屋子里没有别人，彼此不致感受拘束，况且你又何尝是没有表情的人？你不记得我们的"翁冷翠的一夜"在松树七号墙角里亲别的时候？我就不懂何以做了夫妻，形迹反而得往疏里去！那是一个错误。我有相当情感的精力，你不全盘承受，难道叫我用凉水自浇身？我钱还不曾领到，我能如愿的话，可以带回近八百元，垫银行空尚勉强，本月用费仍悬空，怎好？

我遵命不飞，已定十二快车，十四晚可到上海，记好了！连日大雨，全城变湖，大门都出不去。明日如晴，先发一电安慰你。乖！我只要你自珍自爱，我希望到家见到你一些欢容，那别的困难就不难解决。请即电知文伯、慰慈，盼能见到！娘好否？至念！

你的鞋花已买，水果怕不成。我在狠命写醒世姻缘序，但笔是秃定的了，怎样好？

诗倒作了几首,北大招考,尚得帮忙。

老金、丽琳想你送画,他们二十走,即寄尚可及。

杨宗翰(字伯屏)也求你画扇。

你的亲摩　七月八日

致陆小曼（1931年10月1日）

宝贝：

一转眼又是三天。西林今日到沪，他说一到即去我家。水果恐已不成模样，但也是一点意思，文伯去时你有石榴吃了。他在想带些什么别致东西给你。你如想什么，快来信，尚来得及。你就要给适之写信，他今日已南下，日内可到沪。他说一定去看你。你得客气些，老朋友总是老朋友，感情总是值得保存的。你说对不？小蝶处五百两，再不可少，否则更僵，原来他信上也说两，好在他不在这"两"元的区别，而于我们却有分寸；可老实对他说，但我盼望这信到时，他已为我付银行，请你写个条子叫老何持去兴业（静安寺路）银行，问锡璜，问他我们账上欠多少？你再告诉我，已开出节账，到哪天为止，共多少？连同本月的房钱一共若干？还有少蝶那笔钱也得算上，如此家用到十月底尚须归清多少，我得有个数。账再来设法弥补。你知道我一连三月，共须扣去三百元，大雨那里共三百元，现在也是无期搁浅，真是不了，你爱我，在这窘迫时能替我省，我真感谢。我但求立得直，以后即要借钱也没有路了，千万小心。我这几天上课应酬颇忙。我来说给你听：星一晚上有四个饭局之多。南城、北城、东城都有，奔煞人，星二徽音山上下来。同吃中饭，她已经胖到九十八磅，你说要不要静养，我说你也得到山上去静养，才能真的走上健康的路，上海是没办法的，我看样子，徽音又快有宝宝了。

星二晚，适之家饯西林行，我冻病了，昨天又是一早上课，饭后王叔鲁约去看房子，在什方院，我和慰慈同去。房子倒是全地板，又有澡间，但院子太小，恐不适宜，我们想不要，并且你若一时不来。我这里另开门户，更增费用，也不是道理。关了房子，去协和，看奚若。他的脚病又发作了，不能动，又得住院两星期，可怜！晚上，□□等在春华楼为适之饯行。请了三四个姑娘来，饭后被拉到胡同。对不住，好太太！我本想不去，但××说有他不妨事。××病后性欲大强，他在老相好鹣鹣外又和一个红弟老七生了关系。昨晚见了，肉感颇富。她和老三是一个班子，两雌争××，醋气勃勃，甚为好看，今天又是一早上课，下午睡了一晌。五点送适之走，与杨亮功、慰慈去正阳楼吃蟹，吃烤羊肉，八时又去德国府吃饭。不想洋鬼子也会逛胡同，他们都说中国姑娘好。乖，你放心！我决不沾花惹草。女人我也见得多，谁也没有我的爱妻好。这叫作曾经沧海难为水，除却巫山不是云。我每天每夜都想你。一晚我做梦，飞机回家，一直飞进你的房，一直飞上你的床，小鸟儿就进了窠也，美极！可惜是梦，想想我们少年夫妻分离两地，实在是不对。但上海决不是我们住的地方。我始终希望你能搬来共同享些闲福。北京真是太美了。你何必沾恋上海呢？大雨的事弄得极糟。他到后，师大无薪可发，他就发脾气，不上课，退还聘书。他可不知道这并非亏待他一人，除了北大基金教授每月领薪，此外人人都得耐心等。今天我劝了他半天，他才答应上一星期的课；因为他如其完全不上课，那他最初领的二百元都得还，那不是更糟；他现住欧美同学会，你来个信劝劝他，好不好？中国哪比得外国，万事都得将就一些。你说是不是？奚若太太一件衣料，你得补来，托适之带，不要忘记了，她在盼望。再有上月水电，我确是开了，老何上来，从笔筒下拿去了；我走的那天或是上一天，怎说没有。老太爷有回信没有？我明天去燕京看君劢。我要睡了，乖乖！

  我亲吻你的香肌。

你的"愚夫"摩摩 十月一日

致陆小曼（1931 年 10 月 10 日）

爱眉亲亲：

你果然不来信了！好厉害的孩子，这叫作言出法随，一无通融！我拿信给文伯看了，他哈哈大笑；他说他见了你，自有话说。我只托他带一匣信笺，水果不能带，因为他在天津还要住五天，南京还要耽搁。葡萄是搁不了三天的。石榴，我关照了义茂，但到现在还没有你能吃的来。糊重的东西要带，就得带真好的。乖！你候着吧，今年总叫你吃着就是，前晚，我和袁守和，温源宁在北平图书馆大请客；我说给你听听，活像耍猴儿戏，主客是 Laloy 和 Elie Faure 两个法国人，陪客有 Reclus Monastiere、小叶夫妇、思成、玉海、守和、源宁夫妇、周名洗七小姐、蒯叔平女教授、大雨（见了 Roes 就张大嘴！）陈任先、梅兰芳、程艳秋一大群人。Monastiere 还叫照了相，后天寄给你看。我因为做主人，又多喝了几杯酒。你听了或许可要骂，这日子还要吃喝作乐。但既在此，自有一种 Social duty，人家未请你加入，当然不便推辞，你说是不？

Elie Faure 老头不久到上海；洵美请客时，或许也要找到你。俞珊忽然来信了，她说到上海去看你。但怕你忘记了她，我真不知道她到底是怎么回事，希望你见面时能问她一个明白。她原信附去你看。说起我有一晚闹一个笑话，我说给你听过没有？在西兴安街我见一个车上人，活像俞珊，车已拉过颇远，我叫了一声，那车停了；等到拉拢一看，哪是什么俞珊，却是曾语儿。你说我这近视眼可多乐！我连日早睡多睡，眼已好勿念。我在家尚有一副眼镜，请适之带我为要。

娘好吗？三伯母问候她。

摩吻　十月十日

致陆小曼（1931年10月22日）

昨下午去丽琳处，晤奚若、小叶、端升，同去公园看牡丹。风虽暴，尚有可观者。七时去车站，接歆海、湘玫。饭后又去公园花畔有五色玻璃灯，倍增浓艳。芍药尚未开放，然已苞绽盈盈，娇红欲吐。春明花事，真大观也。十时去北京饭店，无意中遇到一人。你道是谁？原来俞珊是也。病后大肥，肩膀奇阔，有如拳师，脖子在有无之间。因彼有伴，未及交谈，今日亦未通问，人是会变的。昨晚咳呛，不能安睡，甚苦。今晨迟起。下午偕歆海去三殿，看字画，满目琳琅。下午又在丽琳处茶叙，又东兴楼饭。十一时回寓，又与适之谈。作此函，已及一时，要睡矣，明日再谈。昨函诸事弗忘。

摩　十月二十二日

致陆小曼（1931 年 10 月 22 日）

爱眉：

我心已被说动，恨不得此刻已在家中！

但手头无钱，要走可得负债。如其再来一次偷鸡蚀米，简直不了。所以我再得问你，我回去是否确有把握？果然，请来电如下：

"董北平徐志摩，事成速回。"

我就立刻走，日期迟至下星期四（二十九）不妨，最好。否则我星六（二十四）即后日下午五时车走亦可。但来电须得信即发，否则要迟到星四矣。

摩　二十二日

致陆小曼（1931 年 10 月 23 日）

今天正发出电报，等候回电，预备走，不想回电未来，百里却来了一信。事情倒是缠成个什么样子？是谁在说竟武肯出四万买，那位"赵"先生肯出四万二的又是谁？看情形，百里分明听了日本太太及旁人的传话，竟有反悔成交的意思。那不是开玩笑了吗？为今之计，第一得竟武说明，并无四万等价格。事实上如果他转买"卖"出三万二以上，也只能算作佣金，或利息性质，并非少蝶一过手〈?〉即有偌大利益。百里信上要去打听市面，那倒无妨。我想市面决不会高到哪里去。但这样一岔，这桩生意经究竟着落何处，还未得知。我目前贸然回去，恐无结果；徒劳旅费，不是道理。

我想百里既说要去打听振飞，何妨请少蝶去见振飞，将经过情形说个明白。振飞的话，百里当然相信。并且我想事实上百里以三万二千出卖，决不吃亏。他问明市价，或可仍按原议进行手续，那是最好的事，否则就有些头绪纷繁了。

至于我回去问题，我哪天都可以走，我也极想回去看看你。但问题在这笔旅费怎样报销，谁替我会钞，我是穷得寸步难移；再要开窟窿，简直不了。你是知道的，（大雨搁浅，三百渺渺无期。）所以只要生意确有希望，钱不愁落空，那我何乐不愿意回家一次。但星六如不走，那就得星四（十月二十九）再走（功课关系）你立即来信，我候着！

摩摩　星五

致陆小曼（1931 年 10 月 29 日）

至爱妻眉：

今天是九月十九日，你二十八年前出世的日子。我不在家中，不能与你对饮一杯蜜酒，为你庆祝安康。这几日秋风凄冷，秋月光明，更使游子思念家庭。又因为归思已动，更觉百无聊赖，独自惆怅。遥想闺中，当亦同此情景。今天洵美等来否？也许他们不知道，还是每天似的，只有瑞午一人陪着你吞吐烟霞。

眉爱，你知我是怎样的想念你！你信上什么"恐怕成病"的话，说得闪烁，使我不安。终究你这一月来身体有否见佳？如果我在家你不得休养，我出外你仍不得休养，那不是难了吗？前天和奚若谈起生活，为之相对生愁。但他与我同意，现在只有再试试，你从我来北平住一时，看是如何。你的身体当然宜北不宜南！

爱，你何以如此固执，忍心和我分离两地？上半年来去频频，又遭大故，倒还不觉得如何。这次可不同，如果我现在不回，到年假尚有两个多月。虽然光阴易逝，但我们恩爱夫妻，是否有此分离之必要？眉，你到哪天才肯听从我的主张？我一人在此，处处觉得不合式；你又不肯来，我又为责任所羁，这真是难死人也！

百里那里，我未回信，因为等少蝶来信，再作计较。竞武如果虚张声势，结果反使我们原有交易不得着落，他们两造，都无所谓；我这千载难逢的一次外快又遭打击，这我可不能甘休！竞武现在何处你得把这情形老实告诉他才是。你送兴业五百元是哪一天？请即告我。因为我二十以前共送六百元付账，银行二十三来信，尚欠四百元，连本月房租共欠五百有余。如果你那五百元是在二十三以后，那便还好，否则我又该着急得不了了！请速告我。

车怎样了？绝对不能再养了！

大雨家贝当路那块地立即要出卖，他要我们给他想法。他想要五万两，此事瑞午有去路否？请立即回信。如果瑞午无甚把握，我即另函别人设法。事成我要二厘五的一半。如有人要，最高出价多少，立即来信，卖否由大雨决定。

明天我叫图南汇给你二百元家用（十一月份），但千万不可到手就宽，我们的穷运还没有到底；自己再不小心，更不堪设想。我如有不花钱飞机坐，立即回去，不管生意成否。我真是想你，想极了。

摩吻．十月二十九日

日记集

> **西 湖 记**
> 1923年9月7日至10月28日
> 杭州——上海——杭州

九月七日

　　方才又来了一位丫姑太太，手里抱着一个岁半的女孩，身边跟着一个五六岁的男孩。男的是她亲生的，女的是育婴堂里抱来的；他们是一对小夫妻！小媳妇在她婆婆的胸前吃奶。手舞足蹈的很快活。

　　明天祖母回神。良房里的病人立刻就要倒下来似的。积年的肺痨，外加风症，外加一家老小的一团乌糟——简直是一家毒菌的工厂，和他们同住的真是危险。若然在今晚明朝倒了下来，免不得在大厅上收殓，夹着我家的二通，那才是糟！她一去，他们一房剩下的是一个黑籍的老子，一窍不通的，一群瘦骨如柴肺病种的小孩！

　　为一个讣闻上的继字，听说镇上一群人在沸沸的议论，说若然不加继字，直是蔑视孙太夫人。他们的口舌原来姑丈只比作他家里海棠树上的雀噪，一般的无意识，一般的招人烦厌。我们写信去请教名家以后，适之已有回信，他说古礼原配与继室，原没有分别，继妣的俗例，一定是后人歧视后母所定的；据他所知，古书上绝无根据。

九月二十九日

  这一时骤然的生活改变了态度，虽则不能说是从忧愁变到快乐，至少却也是从沉闷转成活泼。最初是父亲自己也闷慌了，有一天居然把那只游船收拾个干净，找了叔薇兄弟等一群人，一直开到东山背后，过榆桥转到横头景转桥，末了还看了电灯厂方才回家，那天很愉快！塔影河的两岸居然被我寻出了一卅两片经霜的枫叶。我从水面上捞到了两片，不曾红透的，但着色糯净得可爱。寻红叶是一件韵事，（早几天我同绎我阿六带了水果月饼玫瑰酒到东山背后去寻红叶，站在俞家桥上张皇的回望，非但一些红的颜色都找不到，连枫树都不易寻得出来，失望得很。后来翻山上去，到宝塔边去痛快的吐纳了一番。那时已经暝色渐深，西方只剩有几条青白色，月亮已经升起，我们慢慢的绕着塔院的外面下去，歇在阁松亭里喝酒，三兄弟喝完一瓶烧酒，方才回家。山脚下又布施了上月月下结识的丐友，他还问起我们答应他的冬衣哪！）菱塘里去买菱吃，又是一件趣事。那钵盂峰的下面，都是菱塘，我们船过时，见鲜翠的菱塘里，有人坐着圆圆的菱桶在采摘。我们就嚷着买菱。买了一桌子的菱，青的红的，满满的一桌子，"树头鲜"真是好吃，怪不得人家这么说。我选了几只嫩青，带回家给妈吃，她也说好。

  这是我们第一次称心的活动。

  八月十五那天，原来约定到适之那里去赏月的，后来因为去得太晚了，又同着绎我，所以不曾到烟霞去。那晚在湖上也玩得很畅，虽则月儿只是若隐若现的。我们在路上的时候，满天堆紧了乌云。密层层的，不见中秋的些微消息。我那时很动了感兴——我想起了去年印度洋上的中秋！一年的差别！我心酸得比哭更难过。一天的乌云，是的，什么光明的消息都莫有！

我们在清华开了房间以后，立即坐车到楼外楼去。吃得很饱喝得很畅。桂花栗子已经过时，香味与糯性都没有了。到九点模样，她到底从云阵里奋战了出来。满身挂着胜利的霞彩，我在楼窗上靠出去望见湖光渐渐的由黑转青，青中透白，东南角上已经开朗，喜得我大叫起来。我的欢喜不仅为是月出，最使我痛快的，是在于这失望中的满意。满天的乌云，我原来已经抵拼拿雨来换月，拿抑塞来换光明，我抵拚喝他一个醉，回头到梦里去访中秋，寻团圆——梦里是甚么都有的。

　　我们站在白堤上看月望湖，月有三大圈的彩晕，大概这就算是月华的了。

　　月出来不到一点钟又被乌云吞没了，但我却盼望，她还有扫荡廓清的能力，盼望她能在半个时辰内，把掩盖住青天的妖魔，一齐赶到天的那边去，盼望她能尽量的开放她的清辉，给我们爱月的一个尽量的陶醉——那时我便在三个印月潭和一座雷峰塔的媚影中做一个小鬼，做一个永远不上岸的小鬼，都情愿，都愿意。

　　"贼相"不在家，末了抓到了蛮子仲坚，高兴中买了许多好吃的东西——有广东夹沙月饼——雇了船，一直望湖心里进发。

　　三潭印月上岸买栗子吃，买莲子吃；坐在九曲桥上谈天，讲起湖上的对联，骂了康圣人一顿。后来趟过去在桥上发现有三个人坐着谈话，几上放有茶碗。我正想对仲坚说他们倒有意思，那位老翁涩重的语音听来很熟，定睛看时，原来他就是康大圣人！

　　下一天我们起身已不早，绎我同意到烟霞洞去，路上我们逛了雷峰塔，我从不曾去过，这塔的形与色与地位，真有说不出的神秘的庄严与美。塔里面四大根砖柱已被拆成倒置圆锥体形，看看危险极了。轿夫说："白状元的坟就在塔前的湖边，左首草丛里也有一个坟，前面一个石碣，说是白娘娘的坟。"我想过去，不料满径都是荆棘，过不去，雷峰塔的下面，有七八个鹄形鸠面的丐僧，见了我们一齐张起他们的破袈裟，念佛要钱。这倒颇有诗意。

　　我们要上桥时，有个人手里握着一条一丈余长的蛇，叫着放生，说是小青蛇。我忽然动心，出了两角钱，看他把那蛇扔在下面的荷花池里，我就怕等不到夜她又落在他的手里了。

进石屋洞初闻桂子香——这香味好几年不闻到了。

到烟霞洞时上门不见土地，适之和高梦旦他们一早游花坞去了。

我们只喝了一碗茶，捡了几张大红叶——疑是香樟——就急急的下山。香蕉月饼代饭。

到龙井，看了看泉水就走。

前天车里想起雷峰塔做了一首诗用杭白。

那首是白娘娘的古墓，
（划船的手指着蔓草深处）
客人，你知道西湖上的佳话，
白娘娘是个多情的妖魔。
她为了多情，反而受苦——
爱了个没出息的许仙，她的情夫；
他听信一个和尚，一时的糊涂，

拿一个钵盂，把她妻子的原形罩住。
可今朝已有千把年的光景，
可怜她被镇压在雷峰塔底——
这座残败的古塔，凄凉地，
庄严地，永远在南屏的晚钟声里！

十月一日

前天乘看潮专车到斜桥，同行者有叔永、莎菲、经农、莎菲的先生 Ellery，叔永介绍了汪精卫。1918 年在南京船里曾经见过他一面，他真是个美男子，可爱！适之说他若是女人一定死心塌地的爱他，他是男子……他也爱他！

精卫的眼睛，圆活而有异光，仿佛有些青色，灵敏而有侠气。马君武也加入我们的团体。到斜桥时适之等已在船上，他和他的表妹及陶行知，一共十人，分两船。中途集在一只船里吃饭，十个人挤在小舱里，满满的臂膀都掉不过来。饭菜是大白肉，粉皮包头鱼，豆腐小白菜，芋艿，大家吃得快活。精卫闻了黄米香，乐极了。我替曹女士蒸了一个大芋头，大家都笑了。精卫酒量极好，他一个人喝了大半瓶的白玫瑰。我们讲了一路的诗，精卫是做旧诗的，但他却不偏执，他说他很知道新诗的好处。但他自己因为不曾感悟到新诗应有的新音节，所以不曾尝试。我同适之约替陆志苇的《渡河》作一篇书评。

我原定请他们看夜潮，看守即开船到硖石，一早吃锦霞馆的羊肉面，再到俞桥去看了枫叶，再乘早车动身各分南北。后来叔永夫妇执意要回去，结果一半落北，一半上南，我被他们拉到杭州去了。

过临平与曹女士看暝色里的山形，黑鳞云里隐现的初星，西天边火饰似的经霞。

楼外楼吃蟹，精卫大外行！

湖心亭畔荡舟看月。

三潭印月闻桂花香。

十月四日

　　昨天与君劢菊农等去常州。乘便游了天宁寺，大殿上有一百个和尚在礼忏，钟声，磬声，鼓声，佛号声，合成一种宁静的和谐，使我感到异样的意境。走进大殿去，只联着极浓馥的檀香，青色的氤氲，一直上腾到三世佛的面前，又是一种庄严而和蔼，静定的境界。

十月五日

方才从君劢处吃蟹回来，路上买得两本有趣的旧书，一是 Mark Twain 的 Is Shakespear Dead? 一是 Sidney Lanier 的 Musicand Poetry，虽旧，却都是初版，不易得到的。

早上同裕卿到吴松去吊君革，听了他出现的奇迹，今天我对人便讲，也已写信去告诉爸妈。这实在是太离奇了，难道最下等的迷信会有根据的吗？纸衣，纸锭，经忏，寿限……这话真是太渺茫了。我已经约定君革的母亲，他的阴灵回家时，我要去会他。君劢亦愿意去看个究竟。

今天与振飞在一枝香吃饭，谈法国文学颇畅，振飞真是个"风雅的生意人"。

十月九日

前天在常州车站上渡桥时,西天正染着我最爱的嫩青与嫩黄的和色,一颗铄亮的初星从一块云斑里爬了出来,我失声大叫好景。菊农说:"寡人有疾,寡人好色!"好色是真的。最初还带几分勉强,现在看的更锐敏,欣赏也更自然了。今夜我为眼怕光,拿一张红油光纸来把电灯包了,光线恬静得多。在这微红的灯光里,烟卷烧着的一头,吸时的闪光,发出一痕极艳的青光。像磷。

十月十一日

方才从美丽川回来,今夜叔永夫妇请客,有适之,经农,擘黄,云五,梦旦,群武,振飞;精卫不曾来,君劢闯席。君劢初见莎菲,大倾倒,顷与散步时热忱犹溢,尊为有"内心生活"者,适之不禁狂笑。君武大怪精卫从政,忧其必毁。

午间东荪借君劢处请客,有适之菊农筑山等。与菊农偃卧草地上朗诵斐德的《诗论》,与哈代的诗。

午后为适之拉去沧州别墅闲谈,看他的烟霞杂诗,问尚有匿而不宣者否,适之赧然曰有,然未敢宣,似有所顾忌。《努力》已决停版,似改组,大体略似规复《新青年》,固仲甫又复拉拢,老同志散而复聚亦佳。适之问我"冒险"事,云得自可恃来源,大约梦也。

秋白亦来,彼病肺已证实,而且夕劳作不能休,可悯。适之翻示沫若新作小诗,陈义体格词采皆见竭蹶,岂《女神》之遂永逝?

与适之经农,步行去民厚里一二一号访沫若,久觅始得其居。沫若自应门,手抱褓褓儿,跣足,敝服(旧学生服)状殊憔悴,然广额宽颐,怡和可识。入门时有客在,中有田汉,亦抱小儿,转顾间已出门引去,仅记其面狭长,沫若居至隘,陈设亦杂,小孩羼杂其间,倾跌须父抚慰,涕泗亦须父揩拭,皆不能说华语;厨下木屐声卓卓可闻,大约即其日妇,坐定寒暄已,仿吾亦下楼,殊不话谈,适之虽勉寻话端以济枯窘,而主客间似有冰结,移时不涣。沫若时含笑睇视,不识何意。经农竟噤不吐一字,实亦无从端启。五时半辞出,适之亦甚讶此会之窘,云上次有达夫时,其居亦稍整洁,谈话亦较融洽。然以四手而维持一日刊,一月刊,一季刊,其情况必不甚愉适。且其生计亦不裕,或竟窘,无怪其以狂叛自居。

十月十二日

　　方才沫若领了他的大儿子来看我,今天谈得自然得多了。他说要写信给西滢,为他评《茵梦湖》的事。怪极了,他说有人疑心西滢就是徐志摩,说笔调像极了。这倒真有趣,难道我们英国留学生的腔调的确有与人各别的地方,否则何以有许多人把我们俩混作一个?他开年要到四川赤十字医院去,他也厌恶上海。他送了我一册《卷耳集》。是他《诗经》的新译;意思是很好,他序里有自负的话:"……不怕就是孔子复生,他定也要说出'启予者沫若也'的一句话。"我还只翻看了几首。

　　沫若入室时,我正在想作诗,他去后方续成。用诗的最后的语句作题——《灰色的人生》,问樵倒读了好几篇,似乎很有兴会似的。

　　同谭裕靠在楼窗上看街。他列说对街几家店铺的隐幕,颇使我感触。卑污的,罪恶的人道,难道便不是人道了吗?

十月十三日

　　昨写此后即去适之处长谈，自六时至十二时不少休。归过慕尔鸣路时又为君劢菊农等，正洗澡归，截劫，拥入室内，勒不令归，因在沙发上胡睡一宵，头足岖崂，甚苦，又有巨蚊相扰，故得寐甚微。

　　与适之谈，无所不至，谈书谈诗谈友情谈爱谈恋谈人生谈此谈彼，不觉夜之渐短。适之是转老回童的了，可喜！

　　凡适之诗前有序后有跋者，皆可疑，皆将来本传索隐资料。

十月十五日　回国周年纪念

今天是我回国的周年纪念。恰好冠来了信，一封六面的长信，多么难得的，可珍的点缀啊！去年的十月十五日，天将晚时，我在三岛丸船上拿着远镜望碇泊处的接客者，渐次的望着了这个亲，那个友，与我最爱的父亲，五年别后，似乎苍老了不少，那时我在狂跳的心头，突然迸起一股不辨是悲是喜的寒流，腮边便觉着两行急流的热泪。后来回三泰栈，我可怜的娘，生生隔绝了五年，也只有两行热泪迎接她惟一的不孝的娇儿。但久别初会的悲感，毕竟是暂时的，久离重聚的欢怀，毕竟是实现了，那时老祖母的不减的清健，给我不少的安慰，虽则母亲也着实见老。

今年的十月五日——今天呢？老祖母已经做了天上的仙神，再不能亲见她钟爱孙儿生命里命定非命定的一切——今天已是她离人间的第四十九日！这是个不可补的缺陷，长驻的悲伤。我最爱的母亲，一生只是痛苦与烦劳与不怿，往时还盼望我学成后补偿她的慰藉，如今却只是病更深更深，烦更剧，愁思益结，我既不能消解她的愁源，又不能长侍她的左右，多少给她些温慰。父亲也是一样的失望，我不能代替他一分一息的烦劳，却反增添了他无数的白发。我是天壤间怎样的一个负罪，内疚的人啊！

一年，三百六十五日，容易的过去了。我的原来的活泼的性情与容貌，自此亦永受了"年纪"的印痕——又是个不可补的缺陷，一个长驻的悲伤！

我最敬最爱的友人呀，我只能独自地思索，独自地想象，独自地抚摩时间遗下的印痕，独自地感觉内心的隐痛，独自地呼嗟，独自地流泪……方才我读了你的来信，江潮般的感触，横塞了我胸臆，我竟忍不住啜泣了。我只是个乞儿，轻拍着人道与同情紧闭着的大门，妄想门内人或许有一念的慈悲，赐给一方便——但我在门外站久了，门内不闻声响，门外劲刻的凉风，却反向着我褴褛的躯骸狂扑——我好冷呀，大门内慈悲的人们呀！

前日沫若请在美丽川，楼石庵适自南京来，故亦列席。饮者皆醉，适之说诚恳话，沫若遽抱而吻之——卒飞拳投詈而散——骂美丽川也。

今晚与适之回请，有田汉夫妇与叔永夫妇，及振飞。大谈神话。

出门时见腴庐——振飞言其姊妹为"上海社会之花"。

十月十六日

　　昨夜散席后，又与适之去亚东书局，小坐，有人上楼，穿腊黄西服，条子绒线背心，行路甚捷，帽沿下卷——颇似捕房"三等侦探"，适之起立为介绍，则仲甫也。彼坐我对面，我视其貌，发甚高，几在顶中，前额似斜坡，尤异者则其鼻梁之峻直，岐如眉，线画分明，若近代表现派仿非洲艺术所雕铜像，异相也。

　　与适之约各翻曼珠斐儿作品若干篇，并邀西滢合作，由泰东书局出版，适之冀可售五千。

　　读 E. Dowden 勃朗宁传，我最爱其夫妇恋史之高洁，白莱德长罗勃德六岁，其通信中有语至骇至复至蠢至有味——I Neverthought Of being happy through Of being happy through you Of byyou Or in you, even your good was all my idea Of good and is."

　　"Let me be too near to be seen……once l used to be uneasy, andto think that l ought to make you see me. But Love is better thanSight." "I Love your Love too much. And that is the worst fault, Mybeloved, I can ever find in my love of you."

　　谈明宣——她是抚堂先生的小女儿，今年九岁，颇明慧可爱，我抱置膝上，诵诗娱之。

十月十七日

　　振铎顷来访，蜜月实仅三朝，又须如陆志苇所谓"仆仆从公"矣。幼仪来信，言，归国后拟办幼稚院，先从硖石入手。

　　日间不曾出门，五时吃三小蟹，饭后与树屏等闲谈，心至不怿。

　　忽念阿云，独彼明眸可解我忧，因即去天吉里，渭孙在家，不见阿云，讶问则已随田伯伯去绍兴矣。

　　我爱阿云甚，我今独爱小友，今宝宝二三四爷恐均忘我矣！

十月二十一日

　　昨下午自硖到此，与适之经农同寓新新，此来为"做工"，此来为"寻快活"。

　　昨在火车中，看了一个小沄做的《龙女》的故事，颇激动我的想象。

　　经农方才又说，日子过得太快了，我说日子只是过得太慢，比如看书一样，乏味的页子，尽可以随便翻他过去——但到什么时候才翻得到不乏味的页子呢？

　　我们第一天游湖，逛了湖心亭——湖心亭看晚霞看湖光是湖上少人注意的一个精品——看初华的芦荻，楼外楼吃蟹，曹女士贪看柳稍头的月，我们把桌子移到窗口，这才是持螯看月了！夕阳里的湖心亭，妙；月光下的湖心亭，更妙。晚霞里的芦雪是金色；月下的芦雪是银色。莫泊桑有一段故事，叫做 In The Moonlight，白天适之翻给我看，描写月光激动人的柔情的魔力，那个可怜的牧师，永远想不通这个矛盾："既然上帝造黑夜来让我们安眠，这样绝美的月色，比白天更美得多，又是什么命意呢？"便是最严肃的，最古板的宝贝，只要他不曾死透僵透，恐怕也禁不起"秋月的银指光儿，浪漫的搔爬！"曹女士唱了一个《秋香》歌，婉曼得很。

　　三潭印月——我不爱什么九曲，也不爱什么三潭，我爱在月光下看雷峰静极了的影子——我见了那个，便不要性命。

　　阮公墩也是个精品，夏秋间竟是个绿透了的绿洲，晚上雾蔼苍茫里，背后的群山，只剩了轮廓！它与湖心亭一对乳头形的浓青——墨青，远望去也分不清是高树与低枝，也分不清是榆荫是柳荫，只是两团媚极了的青屿——谁说这上面不是神仙之居？

我形容北京冬令的西山，寻出一个"钝"字；我形容中秋的西湖，舍不了一个"嫩"字。

昨夜二更时分与适之远眺着静偃的湖与堤与印在波光里的堤影，清绝秀绝媚绝，真是理想的美人，随她怎样的姿态妙，也比拟不得的绝色。我们便想出去拿舟玩月；拿一只轻如秋叶的小舟，悄悄地滑上了夜湖柔胸，拿一支轻如芦梗的小桨，幽幽的拍着她光润，蜜糯的芳容；挑破她雾縠似的梦壳，扁着身子偷偷的挨了进去，也好分赏她贪饮月光醉了的妙趣！

但昨夜却为泰戈尔的事缠住了，辜负了月色，辜负了湖光，不曾去拿舟，也不曾去偷尝"西子"的梦情；且待今夜月来时吧！

"数大"便是美，碧绿的山坡前几千个绵羊，挨成一片的雪绒，是美；一天的繁星，千万只闪亮的神眼，从无极的蓝空中下窥大地，是美；泰山顶上的云海，巨万的云峰在晨光里静定着，是美；绝海万顷的波浪，戴着各式的白帽，在日光里动荡着，起落着，是美；爱尔兰附近的那个"羽毛岛"上栖着几千万的飞禽，夕阳西沉时只见一个"羽化"的天空，只是万鸟齐鸣的大声，是美……数大便是美，数大了，似乎按照着一种自然律，自然的会有一种特殊的排列，一种特殊的节奏，一种特殊的式样，激动我们审美的本能，激发我们审美的情绪。

所以西湖的芦荻与花坞的竹林，也无非是一种数大的美，但这数大的美，不是智力可以分析，至少不是我的智力所能分析，看芦花与看黄熟的麦田，或从高处看松林的顶颠，性质是相似的；但因颜色的分别，白与黄与青的分别，我们对景而起的情感，也就各各不同，季候当然也是个影响感兴的元素。芦雪尤其代表气运之转变，一年中最显著最动人深感的转变；象征中秋与三秋间万物由荣入谢的微指，所以芦荻是个天生的诗题。

四溪的芦苇，年来已经渐次的减少，主有芦田的农人，因为芦柴的出息远不如桑叶，所以改种桑树，再过几年，也许西溪的"秋雪"，竟与苏堤的断桥，同成陈迹！

在白天的日光中看芦花，不能见芦花的妙趣；它是同丁香与海棠一样，只肯在月光下泄漏它灵魂的秘密；其次亦当地夕阳晚风中。去年十一月我在南京看玄武湖的芦荻，那时柳叶已残，芦花亦飞散过半，但紫金山反射的夕照与城头倏起的凉飚,丛苇里惊起了野鸭无数,墨点似的洒满云空,(高下的鸣声相和)与一湖的飞絮,沉醉似的舞着,写出一种凄凉的情调,一种缠绵的意境,我只能称之为"秋之魂",不可以言语比况的秋之魂!又一次看芦花的经验是在月夜的大明湖,我写给徽那篇《月照与湖》(英文的)就是纪念那难得的机会的。

所以前天西溪的芦田,它本身并不曾怎样的激动我的情感。与其白天看西溪的芦花,不如月夜泛舟到湖心亭去看芦花,近便经济得多。

花坞的竹子,可算一绝,太好了,我竟想不出适当的文字来赞美;不但竹子,那一带的风色都好,中秋后尤妙,一路的黄柳红枫,真叫人应接不暇!

三十一那天晚上我们四个人爬登了葛岭,直上初阳台,转折处颇类香山。

十月二十三日

　　昨天（二十二日）是一个纪念日，我们下午三人出去到壶春楼，在门外路边摆桌喝酒，适之对着西山，夕晖留在波面上的余影，一条直长的金链似的，与山后渐次泯灭的琥珀光；经农坐在中间，自以为两面都看得到，也许他一面也不曾看见；我的座位正对着东方初升在晚霭里渐渐皎洁的明月，银辉渗着的湖面，仿佛听着了爱人的裾响似的，霎时的呼吸紧迫，心头狂跳。城南电灯厂的煤烟，那时顺着风向，一直吹到北高峰，在空中仿佛是一条漆黑的巨蟒，荫没了半湖的波光，益发衬托出受月光处的明粹。这时缓缓的从月下过来一条异样的船，大约是砖瓦船，长的，平底的。没有船舱，也没有篷帐，静静的从月光中过来，船头上站着一个不透明的人影，手里拿着一支长竿，左向右向的撑着，在银波上缓缓的过来——一幅精妙的《雪罗蔼》，镶嵌在万顷金波里，悄悄的悄悄的移着；上帝不应受赞美吗？我疯癫似的醉了，醉了！

　　饭后我们到湖心亭去，横卧在湖边石版上论世间不平事，我愤怒极了，呼嗷，咒诅，顿足，都不够发泄。后来独自划船，绕湖心亭一周，听桨破小波声，听风动芦叶声，方才勉强把无名火压了下去。

十月二十八日　下午八时

　　完了，西湖这一段游记也完了。经农已经走了，今天一早走的，但像是已经去了几百年似的。适之已定后天回上海，我想明天，迟至后天早上走。方才我们三个人在杏花村吃饭吃蟹，我喝了几杯酒。冬笋真好吃。

　　一天的繁星，我放平在船上看星，沉沉的宇宙，我们的生命究竟是个什么东西？我又摸住了我的伤痕。星光呀，仁善些，不要张着这样讥刺的眼，倍增我的难受！

> 爱眉小札
> 1925年8月9—31日北京
> 1925年9月5—17日上海

八月九日起日记

"幸福还不是不可能的"这是我最近的发现。

今天早上的时刻，过得甜极了。我只要你；有你我就忘却一切，我什么都不想什么都不要了，因为我什么都有了。与你在一起没有第三人时，我最乐。坐着谈也好，走道也好，上街买东西也好。厂甸我何尝没有去过，但哪有今天那样的甜法；爱是甘草，这苦的世界有了它就好上口了。眉，你真玲珑，你真活泼，你真像一条小龙。

我爱你朴素，不爱你奢华。你穿上一件蓝布袍，你的眉目间就有一种特异的光彩，我看了心里就觉着不可名状的欢喜。朴素是真的高贵。你穿戴齐整的时候当然是好看，但那好看是寻常的，人人都认得的，素服时的眉，有我独到的领略。

"玩人丧德，玩物丧志"，这话确有道理。

我恨的是庸凡，平常，琐细，俗；我爱个性的表现。

我的胸膛并不大，决计装不下整个或是甚至部分的宇宙。我的心河也不够深，常常有露底的忧愁。我即使小有才，决计不是天生的，我信是勉强来的;所以每回我写什么多少总是难产,我惟一的靠傍是刹那间的灵通。我不能没有心的平安,眉,只有你能给我心的平安。在你完全的蜜甜的高贵的爱里,你享受无上的心与灵的平安。

凡事开不得头,开了头便有重复,甚至成习惯的倾向。在恋中人也得提防小漏缝儿,小缝儿会变大窟窿,那就糟了。我见过两相爱的人因为小事情误会斗口,结果只有损失,没有利益。我们家乡俗谚有:"一天相骂十八头,夜夜睡在一横头",意思说是好夫妻也免不了吵。我可不信,我信合理的生活,动机是爱;爱的生活也不能纯粹靠感情,彼此的了解是不可少的。爱是帮助了解的力,了解是爱的成熟,最高的了解是灵魂的化合,那是爱的圆满功德。

没有一个灵性不是深奥的,要懂得真认识一个灵性,是一辈子的工作。这工夫愈下愈有味,像逛山似的,惟恐进得不深。

眉,你今天说想到乡间去过活,我听了顶欢喜,可是你得准备吃苦,总有一天我引你到一个地方,使你完全转变你的思想与生活的习惯。你这孩子其实是太娇养惯了!我今天想起丹农雪乌的《死的胜利》的结局;但中国人,哪配!眉,你我从今起对爱的生活负有做到十全的义务。我们应得努力。眉,你怕死吗?眉,你怕活吗?活比死难得多!眉,老实说,你的生活一天不改变,我一天不得放心。但北京就是阻碍你新生命的一个大原因,因此我不免发愁。

我从前的束缚是完全靠理性解开的;我不信你的就不能用同样的方法。万事只要自己决心;决心与成功间的是最短的距离。

往往一个人最不愿意听的话,是他最应得听的话。

八月十日

　　我六时就醒了，一醒就想你来谈话，现在九时半了，难道你还不曾起身，我等急了。

　　我有一个心，我有一个头，我心动的时候，头也是动的。我真应得谢天，我在这一辈子里本来自问已是陈死人，竟然还能尝着生活的甜味，曾经享受过最完全，最奢侈的时辰，我从此是一个富人，再没有抱怨的口实，我已经知足。这时候，天坍了下来，地陷了下去，霹雳种在我的身上，我再也不怕死，不愁死，我满心只是感谢。即使眉你有一天（恕我这不可能的设想）心换了样，停止了爱我，那时我的心就像莲蓬似的栽满了窟窿，我所有热血都从这些窟窿里流走——即使有那样悲惨的一天，我想我还是不敢怨的，因为你我的心曾经一度灵通，那是不可灭的。上帝的意思到处是明显的，他的发落永远是平正的；我们永远不能批评，不能抱怨。

八月十一日

　　这过的是什么日子！我这心上压得多重呀！眉，我的眉，怎么好呢？刹那间有千百件事在方寸间起伏，是忧，是虑，是瞻前，是顾后，这笔上哪能写出？眉，我怕，我真怕世界与我们是不能并立的，不是我们把他们打毁成全我们的话，就是他们打毁我们，逼迫我们的死。眉，我悲极了，我胸口隐隐的生痛，我双眼盈盈的热泪，我就要你，我此时要你，我偏不能有你，喔，这难受——恋爱是痛苦，是的眉，再也没有疑义。眉，我恨不得立刻与你死去，因为只有死可以给我们想望的清静，相互的永远占有。眉，我来献全盘的爱给你，一团火热的真情，整个儿给你，我也盼望你也一样拿整个，完全的爱还我。

　　世上并不是没有爱，但大多是不纯粹的，有漏洞的，那就不值钱，平常，浅薄。我们是有志气的，决不能放松一屑屑，我们得来一个直纯的榜样。眉，这恋爱是大事情，是难事情，是关生死超生死的事情——如其要到真的境界，那才是神圣，那才是不可侵犯。有同情的朋友是难得的，我们现有少数的朋友，就思想见解论，在中国是第一流。他们都是真爱你我，看重你我，期望你我的。他们要看我们做到一般人做不到的事，实现一般人梦想的境界。他们，我敢说，相信你我有这天赋，有这能力；他们的期望是最难得的，但同时你我负着责任，那不是玩儿。对己，对友，对社会，对天，我们有奋斗到底，做到十全的责任！眉，你知道我这来心事重极了，晚上睡不着不说，睡着了就来怖梦，种种的顾虑整天像刀光似的在心头乱刺，眉，你又是在这样的环境里嵌着，连自由谈天的机会都没有，咳，这真是哪里说起！眉，我每晚睡在床上寻思时，我仿佛觉着发根里的血液一滴滴的消耗，在忧郁的思念中黑发变成苍白。一天二十四时,心头哪有一刻的平安——除了与你单独相对的俄顷,那是太难得了。眉,我们死去吧,眉,你知道我怎样的爱你,啊眉!比如昨天早上你不来电话,从九时半到二时我简直像是活抱着炮烙似的受罪,心那么的跳,那么的痛,也不知为什么,说你也不信,我躺在榻上直咬着牙,直翻身喘着哪!后来再也忍不住了,自己拿起了电话,心头那阵的狂跳,差一点把我晕了。谁知你一直睡着没有醒,我这自讨苦吃多可笑,但同时你得知道,眉,在恋中人的心理是最复杂的心理,说是最不合理可以,说是最合理也可以。眉,你肯不肯亲手拿刀割破我的胸膛,挖出我那血淋淋的心留着,算是我给你最后的礼物?

  今朝上睡昏昏的只是在你的左右。那怖梦真可怕,仿佛有人用妖法来离间我们,把我迷在一辆车上,整天整夜的飞行了三昼夜,旁边坐着一个瘦长的严肃的妇人,像是运命自身,我昏昏的身体动不得,口开不得,听凭那妖车带着我跑,等得我醒来下车的时候有人来对我说你已另订约了。我说不信,你带约指的手指忽在我眼前闪动。我一见就往石板上一头冲去,一声悲叫,就死在地下——正当你电话铃响,把我振醒,我那时虽则醒了,但那一阵的凄惶与悲酸,像是灵魂出了窍似的。可怜呀,眉!我过来正想与你好好的谈半句钟天。偏偏你又得出门就诊去,以后一天就完了,四点以后过的是何等不自然而局促的时刻!我与"先生"谈,也是凄凉万状,我们的影子在荷池圆叶上晃着,我心里只是悲惨,眉呀,你快来伴我死去吧!

八月十二日

  这在恋中人的心境真是每分钟变样,绝对的不可测度。昨天那样的受罪,今儿又这般的上天,多大的分别!像这样的艳福,世上能有几个人享着;像这样奢侈的光阴,这宇宙间能有几多?却不道我年前口占的"海外缠绵香梦境,销魂今日竟燕京",应在我的甜心眉的身上!B明白了,我真又欢喜又感激他!他这来才够交情,我从此完全信托他了。眉,你的福分可也真不小,当代贤哲你瞧都在你的妆台前听候差遣。眉,你该睡着了吧,这时候,我们又该梦会了!说也真紧,这来精神异常的抖擞,真想做事了;眉,你内助我,我要向外打仗去!

八月十四日

　　昨晚不知哪儿来的兴致，十一点钟跑到 W 家里，本想与奚谈天，他买了新鲜核桃，葡萄，莎果，莲蓬请我，谁知讲不到几句话，太太回来了，那就是完事。接着 W 和 M 也来了，一同在天井里坐着闲话，大家嚷饿，就吃蛋炒饭，我吃了两碗，饭后就嚷打牌，我说那我就得住夜，住夜就得与他们夫妇同床，M 连骂"要死快哩，疯头疯脑，"但结果打完了八圈牌，我的要求居然做到，三个人一头睡下，熄了灯，M 躲紧在 W 的胸前，咯吱吱的笑个不住，我假装睡着，其实他说话等等我全听分明，到天亮都不曾落莎。

　　眉，娘真是何苦来。她是聪明，就该聪明到底；她既然看出我们俩都是痴情人容易钟情，她就得想法大处落墨，比如说禁止你与我往来，不许你我见面，也是一个办法；否则就该承认我们的情分，给我们一条活路才是道理，像这样小鹅鹅的溜着眼珠当着人前提防，多说一句话该，多看一眼该，多动一手该，这可不是真该，实际毫无干系，只叫人不舒服，强迫人装假，真是何苦来，眉，我总说有真爱就有勇气，你爱我的一片血诚，我身体磨成了粉都不能怀疑，但同时你娘那里既不肯冒险，他那里又不肯下决断，生活上也没有改向，单叫我含糊的等着，你说我心上哪能有平安，这神魂不定又哪能做事？因此不由不私下盼望你能进一步爱我，早晚想一个坚决的办法出来，使我早一天定心，早一天能堂皇的做人，早一天实现我一辈子理想中的新生活。眉，你爱我究竟是怎样的爱法？

　　我不在时你想我，有时很热烈的想我，那我信！但我不在时你依旧有你的生活，并不是怎样的过不去；我在你当然更高兴，但我所最要知道的是，眉呀，我是否你"完全的必要"，我是否能给你一些世上再没有第二人能给你的东西，是否在我的爱你的爱里你得到了你一生最圆满，最无遗憾的满足？这问题是最重要不过的，因为恋爱之所以为恋爱就在她那绝对不可改变不可替代的一点；罗米乌爱玖丽德，愿为她死，世上再没有第二个女子能动他的心；玖丽德爱罗米乌，愿为他死，世上再没有第二个男子能占她一点子的情，他们那恋爱之所以不朽，又高尚，又美，就在这里。他们俩死的时候彼此都是无遗憾的，因为死成全他们的恋爱到最完全最圆满的程度，所以这，"Die upon a kiss"是真钟情人理想的结局，再不要别的。反面说，假如恋爱是可以替代的，像是一枝牙刷烂了可以另买，衣服破了可以另制，他那价值也就可想。"定情"——The spiritual econgagement, the great mutual giving up——是一件伟大的事情，两个灵魂在上帝的眼前自愿的结合，人间再没有更美的时刻——恋爱神圣就在这绝对性，这完全性，这不变性；所以诗人说：

…The light of a whole lfie dieg, when love is done.

恋爱是生命的中心与精华；恋爱的成功是生命的成功，恋爱的失败，是生命的失败，这是不容疑义的。

眉，我感谢上苍，因为你已经接受了我；这来我的灵性有了永久的寄托，我的生命有了最光荣的起点，我这一辈子再不能想望关于我自身更大的事情发现，我一天有你的爱，我的命就有根，我就是精神上的大富翁。因此我不能不切实的认明这基础究竟是多深，多坚实，有多少抵抗侵凌的实力——这生命里多的是狂风暴雨！

所以我不怕你厌烦我要问你究竟爱到什么程度？有了我的爱，你是否可以自慰已经得到了生命与生命中的一切？反面说，要没有我的爱，是否你的一生就没了光彩？我再来打譬喻：你爱吃莲肉，爱吃鸡豆肉；你也爱我的爱；在这几天我信莲肉，鸡豆，爱都是你的需要；在这情形下爱只像是一个"加添的必要"。An additional necessity，不是绝对的必要，比如有气，比如饮食，没了一样就没有命的。有莲时吃莲，有鸡豆时吃鸡豆，有爱时"吃"爱。好，再过几时时新就换样，你又该吃蜜桃，吃大石榴了，那时假定我给你的爱也跟着莲与鸡豆完了，但另有与石榴同时的爱现成可以"吃"——你是否能照样过你的活，照样生活里有跳有笑？再说明白的，眉呀，我祈望我的爱是你的空气，你的饮食，有了就活，缺了就没有命的一样东西；不是鸡豆或是莲肉，有时吃固然痛快，过了时也没有多大交关，石榴柿子青果跟着来替口味多着吧！眉，你知道我怎样的爱你，你的爱现在已是我的空气与饮食，到了一半天不可少的程度，因此我要知道在你的世界里我的爱占一个什么地位？May, I miss your passionately appealing gazings and soulcommunicating glances which once so overwhelmed and ingratiated me. Suppose I die suddenly tomorrow morning. Suppose I change my heart and love somebody else. what then would you feel and what would you do? These are very cruel supposition, I know, but all the same I can't help making them, such being the lover's psychology.

Do you know what would I have done if in my coming back, I should have found my love no longer mine! Try and imagine the situation and tell me what you think.

日记已经第六天了，我写上了一二十页，不管写的是什么，你一个字都还没有出世哪！但我却不怪你，因为你真是贵忙；我自己就负你空忙大部分的责。但我盼望你及早开始你的日记、纪念我们同玩厂甸那一个蜜甜的早上。我上面一大段问你的话，确是我每天郁在心里的一点意思，眉，你不该答复我一两个字吗？眉，我写日记的时候我的意绪益发蚕丝似的绕着你；我笔下多写一个眉字，我口里低呼一声我的爱，我的心为你多跳了一下。你从前给我写的时候也是同样的情形我知道，因此我益发盼望你继续你的日记，也使我多得一点欢喜，多添几分安慰。

我想去买一只玲珑坚实的小箱，存你我这几月来交换的信件，算是我们定情的一个纪念，你意思怎样？

八月十六日

真怪，此刻我的手也直抖擞，从没有过的，眉我的心，你说怪不怪，跟你的抖擞一样？想是你传给我的，好，让我们同病；叫这剧烈的心震震死了岂不是完事一宗？事情的确是到门了，眉，是往东走或往西走你赶快得定主意才是，再要含糊时大事就变成了玩笑，那可真不是玩！他那口气是最分明没有的了；那京友我想一定是双心，决不会第二个人。他现在的口气似乎比从前有主意的多。他已经准备"依法办理"；你听他的话"今年决不拦阻你"。好，这回像人了！他像人，我们还不争气吗？眉，这事情清楚极了，只要你的决心，娘，别说一个，十个也不能拦阻你。我的意思是我们同到南边去（你不愿我的名字混入第一步。固然是你的好意，但你知道那是不成功的，所以与其拖泥带浆还不如走大方的路，来一个干脆，只是情是真的，我们有什么见不得人面的地方？）找着 P 做中间人，解决你与他的事情，第二步当然不用提及，虽则谁不明白？眉，你这回真不能再做小孩了，你得硬一硬心，一下解决了这大事免得成天怀鬼胎过不自然的痛苦的日子。要知道你一天在这尴尬的境地里嵌着，我也心理上一天站不直，哪能真心去做事，害得都不舒服，真是何苦来？眉，救人就是自救，自救就是救人。我最恨的是苟且，因循，懦怯，在这上面无论什么事就是找不到基础的。有志者事竟成，没有错儿。奋勇上前吧，眉，你不用怕，有我整个儿在你旁边站着，谁要动你分毫，有我拼着性命保护你，你还怕什么？

今晚我认账心上有点不舒服，但我有解释，理由很长，明天见面再说吧。我的心怀里，除了挚爱你的一片热情外，我决不容留任何夹杂的感想；

这册爱眉小札里,除了登记因爱而流出的思想外,我也决不愿夹杂一些不值得的成分。眉,我是太痴了,自顶至踵全是爱,你得明白我,你得永远用你的柔情包住我这一团的热情,决不可有一丝的漏缝,因为那时就有爆裂的危险。

八月十八日

八月十八日

十一点过了。肚子还是疼,又招了凉怪难受的,但我一个人占空院子(宏这回真走了),夜沉沉的,哪能睡得着?这时候饭店凉台上正凉快,舞场中衣香鬓影多浪漫多作乐呀!这屋子闷得凶,蚊虫也不饶人,我脸上腕上脚上都叫咬了。我的病我想一半是昨晚少睡,今天打球后又喝冰水太多,此时也有些倦意,但眉你不是说回头给我打电话吗?我哪能睡呢!听差们该死,走的走,睡的睡,一个都使唤不来。你来电时我要是睡着了那又不成。所以我还是起来涂我最亲爱的爱眉小札吧。方才我躺在床上又想这样那样的。怪不得老话说"疾病则思亲",我才小不舒服,就动了感情,你说可笑不?我倒不想父母,早先我有病时总想妈妈,现在连妈妈都退后了,我只想我那最亲爱的,最钟爱的小眉。我也想起了你病的那时候,天罚我不叫我在你的身旁,我想起就痛心,眉,我怎样不知道你那时热烈的想我要我。我在意大利时有无数次想出了神,不是使劲的咬手臂,就是拿拳头搥着胸,直到真痛了才知道。今晚轮着我想你了,眉!我想象你坐在我的床头,给我喝热水,给我吃药,抚摩着我生痛的地方,让我好好的安眠,那多幸福呀!我愿意生一辈子病,叫你坐一辈子的床头。哦那可不成,太自私了,不能那样设想。昨晚我问你我残了你怎样,你说你也死,我问真的吗,你接着说的比较近情些。你说你或许不能死,因为你还有娘,但你会把自己"关"起来,再不与男人们来往。眉,真的吗?门关得上,也打得开,是不是?我真傻,我想的是什么呀,太空幻了!我方才想假使我今晚肚子疼是盲肠炎,一阵子涌上来在极短的时间内痛死了我,反正这空院子里鬼影都没,天上只有几颗冷淡的星,地下只有几茎野草花。我要是真的灵魂出了窍,那时我一缕精魂飘飘荡荡的好不自在，我一定跟着凉风走，自己什么主意都没有；假如空中吹来有音乐的声响，我的鬼魂许就望着那方向飞去——许到了饭店的凉台上。啊，多凉快的地方，多好听的音乐，多热闹的人群呀！啊，那又是谁，一位妙龄女子，她慵慵的倚着一个男子肩头在那像水泼似的地平上翩翩的舞，多美丽的舞影呀！但她是谁呢，为什么我这缈飘的三魂无端又感受一个劲烈的颤栗？她是谁呢，那样的美，那样的风情，让我移近去看看，反正这鬼影是没人觉察，不会招人讨厌的不是？现在我移近了她的跟前——慵慵的倚着一个男子肩头款款舞踏着的那位女郎，她到底是谁呀，你，孤单的鬼影，究竟认清了没有？她不是旁人，不是皇家的公主，不是外邦的少女；她不是别人，她就是她——生前沥肝脑去恋爱的她！你自己不幸，这大早就变了鬼，她又不知道，你不通知她哪能知道——那圆舞的音乐多香柔呀！好，我去通知她吧。那鬼影踌躇了一晌，咽住了他无形的悲泪，益发移近了她，举起一个看不见的指头，向着她暖和的胸前轻轻的一点——啊，她打了一个寒噤，她抬起了头，停了舞，张大了眼睛，望着透光的鬼影睁眼的看，在那一瞥间她见着了，她也明白了，她知道完了——她手掩着面，她悲切切的哭了。她同舞的那位男子用手去揽着她，低下头去软声声安慰她——在泼水似的地平上，他拥着掩面悲泣的她慢慢走回座位去坐下了。音乐还是不断的奏着。

　　十二点了。你还没有消息，我再上床去躺着想吧。

　　十二点三刻了。还是没有消息。水管的水声，像沥淅的秋雨，真恼人。为什么心头这一阵阵的凄凉；眼泪——线条似的挂下来了！写什么，上床去吧。

　　一点了。一个秋虫在阶下鸣，我的心跳；我的心一块块的迸裂；痛！写什么，还是躺着去，孤单的痴人！

　　一点过十分了。还这么早，时候过得真慢呀！

　　这地板多硬呀，跪着双膝生痛；其实何苦来，祷告又有什么用处？人有没有心是问题；天上有没有神道更是疑问了。

　　志摩啊你真不幸！志摩啊你真可怜！早知世界是这样的，你何必投娘胎出来！这一腔热血迟早有一天呕尽。

　　一点二十分！

一点半——Marvellous！！

一点三十五分——Life is too charming, too charming indeed, haha！！

一点三刻——O is that the way woman love！is that the way woman love！

一点五十五分——天呀！

两点五分——我的灵魂里的血一滴滴的在那里吊……

两点十八分——疯了！

两点三十分——

两点四十分——"The pity of it, the pity of it, iago！" Christ, what a hell Is packed into that line！Each syllable Blessed, when you say it……

两点五十分——静极了。

三点七分——

三点二十五分——火都没了！

三点四十分——心茫然了！

五点欠一刻——咳！

六点三十分

七点二十七分

八月十九日

　　眉，你救了我，我想你这回真的明白了，情感到了真挚而且热烈时，不自主的往极端方向走去，亦难怪我昨夜一个人发狂似的想了一夜，我何尝成心和你生气，我更不会存一丝的怀疑，因为那就是怀疑我自己的生命，我只怪嫌你太孩子气，看事情有时不认清亲疏的区别，又太顾虑，缺乏勇气。须知真爱不是罪（就怕爱而不真，做到真字的绝对义那才做到爱字）在必要时我们得以身殉，与烈士们爱国，宗教家殉道，同是一个意思。你心上还有芥蒂时，还觉着"怕"时，那你的思想就没有完全叫爱染色，你的情没有到晶莹剔透的境界，那就比一块光泽不纯的宝石，价值不能怎样高的。昨晚那个经验，现在事后想来，自有它的功用，你看我活着不能没有你，不单是身体，我要你的性灵，我要你的身体完全的爱我，我也要你的性灵完全的化入我的，我要的是你的绝对的全部——因为我献给你的也是绝对的全部，那才当得起一个爱字。在真的互恋里，眉，你可以尽量，尽性的给，把你一切的所有全给你的恋人，再没有任何的保留，隐藏更不须说；这给，你要知道，并不是给，像你送人家一件袍子或是什么，非但不是给掉，这给是真的爱，因为在两情的交流中，给予爱再没有分界；实际是你给的多你愈富有，因为恋情不是像金子似的硬性，它是水流与水流的交抱，有明月穿上了一件轻快的云衣，云彩更美，月色亦更艳了。眉，你懂得不是，我们买东西且要挑剔，怕上当，水果不要有蛀洞的，宝石不要有斑点的，布绸不要有皱纹的，爱是人生最伟大的一件事实，如何少得一个完全：一定是整个换整个，整个化入整个，像糖化在水里，才是理想的事业，有了那一天，这一生也就有了交代了。

眉，方才你说你愿意跟我死去，我才放心你爱我是有根了；事实不必有，决心不可不有，因为实际的事变谁都不能测料，到了临场要没有相当准备时，原来神圣的事业立刻就变成丑陋的玩笑。

　　世间多的是没志气人，所以只听见顽笑，真的能认真的能有几个人；我们不可不格外自勉。

　　我不仅要爱的肉眼认识我的肉身，我要你的灵眼认识我的灵魂。

八月二十日

我还觉得虚虚的,热没有退净,今晚好好睡就好了,这全是自讨苦吃。我爱那重帘,要是帘外有浓绿的影子,那就更趣了。

你这无谓的应酬真叫人太不耐烦,我想想真有气,成天遭强盗抢。老实说,我每晚睡不着也就为此,眉,你真的得小心些,要知道"防微杜渐"在相当时候是不可少的。

八月二十一日

　　眉，醒起来，眉，起来，你一生最重要的交关已经到门了，你再不可含糊，你再不可因循，你成人的机会到了，真的到了。他已经把你看作泼水难收，当着生客们的面前，尽量的羞辱你；你再没有志气，也不该犹豫了；同时你自己也看得分明，假如你离成了，决不能再在北京耽下去。我是等着你，天边去，地角也去，为你我什么道儿都欣欣的不踌躇的走。听着：你现在的选择，一边是苟且暧昧的图生，一边是认真的生活；一边是肮脏的社会，一边是光荣的恋爱；一边是无可理喻的家庭，一边是海阔天空的世界与人生；一边是你的种种的习惯，寄妈舅母，各类的朋友，一边是我与你的爱。认清楚了这回，我最爱的眉呀，"差以毫厘，谬以千里"，"一失足成千古恨"，你真的得下一个完全自主的决心，叫爱你期望你的真朋友们，一致起敬你才好呢！

　　眉，为什么你不信我的话，到什么时候你才听我的话！你不信我的爱吗？你给我的爱不完全吗？为什么你不肯听我的话，连极小的事情都不依从我——倒是别人叫你上哪儿你就梳头打扮了快走。你果真爱我，不能这样没胆量，恋爱本是光明事。为什么要这样子偷偷的，多不痛快。

　　眉，要知道你只是偶尔的觉悟，偶尔的难受，我呢，简直是整天整晚的叫忧愁割破了我的心。O May! Love me; give me all your love, let us become one; try to live into my love for you, let my love fill you, nourish you, caress your daring body and hug your daring soul too; let me lovestresm over you, merge you thoroughly; let me rest happy and confident in your passion for me.

　　忧愁他整天拉着我的心，

像一个琴师操练他的琴，
悲哀像是海礁间的飞涛，
看他那汹涌听他那呼号。

八月二十二日

八月二十二日

　　眉，今儿下午我实在是饿慌了，压不住上冲的肝气，就这么说吧，倒叫你笑话酸劲儿大，我想想是觉着有些过分的不自持，但同时你当然也懂得我的意思我盼望，聪明的眉呀，你知道我的心胸不能算不坦白，度量也不能说是过分的窄，我最恨是琐碎地方认真，但大家要分明，名分与了解有了就好办，否则就比如一盘不分疆界的棋，叫人无从下手了。很多事情是庸人自扰，头脑清明所以是不能少的。

　　你方才跳舞说一句话很使我自觉难为情，你说"我们还有什么客气?"难道我真的气度不宽，我得好好的反省才是。眉，我没有怪你的地方，我只要你的思想与我的合并成一体，绝对的泯缝，那就不易见错儿了。

　　我们得互相体谅；在你我间的一切都得从一个爱字里流出。

　　我一定听你的话；你叫我几时回南我就几时回南，你叫我几时往北我就几时往北。

　　今天本想当人前对你说一句小小的怨语，可没有机会，我想说："小眉真对不起人，把人家万里路外叫了回来了，可连一个清静谈话的机会都没给人家!"下星期西山去一定可以有机会了，我想着就起劲，你呢，眉?

　　我较深的思想一定得写成诗才能感动你，眉，有时我想就只你一个人真的懂我的诗，爱我的诗，真的我有时恨不得拿自己血管里的血写一首诗给你，叫你知道我爱你是怎样的深。

　　眉，我的诗魂的滋养全得靠你，你得抱着我的诗魂像抱亲孩子似的，他冷了你得给他穿，他饿了你得喂他食——有你爱他就不愁饿不愁冻，有你的爱他就有命!

眉，你得引我的思想往更高的更大更美处走；假如有一天我思想堕落或是衰败时就是你的羞耻，记着了，眉！

已经三点了，但我不对你说几句话我就别想睡。这时你大概早睡着了，明儿九时半能起吗？我怕还是问题。

你不快活时我最受罪，我应当是第一个有特权有义务给你慰安的人不是？下回无论你怎样受了谁的气不受用时，只要我在你旁边看你一眼或是轻轻的对你说一两个小字，你就应得宽解；你永远不能对我说"Shut up"（当然你决不会说的，我是说笑话，）叫我心里受刀伤。

我们男人，尤其是像我这样的痴子，真也是怪，我们的想头不知是哪样转的，比如说去秋那"一双海电"，为什么这一来就叫一万二千度的热顿时变成了冰，烧得着天的火立刻变成了灰，也许我是太痴了，人间绝对的事情本是少有的。All or Nothing 到如今还是我做人的标准。

眉，你真是孩子，你知道你的情感的转向来得多快，一会儿气得话都说不出，一会儿又嚷吃面包了！

今晚与你跳的那一个舞，在我是最 Enjey 不过了，我觉得从没有经验过那样浓艳的趣味——你要知道你偶尔唤我时我的心身就化了！

八月二十三日

　　昨晚来今雨轩又有慷慨激昂的"援女学联会",有一个大胡子矮矮的,他像是大军师模样,三五个女学生一群男学生站在一起谈话,女的哭哭噪噪,一面擦眼泪,一面高声的抗议,我只听见"像这样还有什么公理呢?"又说"谁失踪了,谁受重伤了,谁准叫他们打死了,唉,一定是打死了,乌乌乌乌……"

　　眉倒看得好玩,你说女人真不中用,一来就哭;你可不知道女人的哭才是她的真本领哩!

　　今天一早就下雨,整天阴霾到底,你不乐,我也不快;你不愿见人,并且不愿见我;你不打电话,我知道你连我的声音都不愿听见,我可一点也不怪你,眉,我懂得你的抑郁,我只抱歉我不能给你我应分的慰安。十一点半了,你还不曾回家,我想象此时坐在一群叫嚣不相干的俗客中间,看他们放肆的赌,你尽愣着,眼泪向里流着,有时你还得赔笑脸,眉,你还不厌吗,这种无谓的生活,你还不造反吗?眉?

　　我不知道我对你说着什么话才好,好像我所有的话全说完了,又像是什么话都没有说,眉呀,你望不见我的心吗?这凄凉的大院子今晚又是我单个儿占着,静极了,我觉得你不在我的周围,我想飞上你那里去,一时也像飞不到的样子,眉,这是受罪,真是受罪!方才"先生"说他这一时不很上我们这儿来,因为他看了我们不自然的情形觉着不舒服,原来事情没有到门大家见面打哈哈倒没有什么,这回来可不对了,悲惨的颜色,紧急的情调,一时都来了,但见面时还得装作,那就是痛苦,连旁观人都受着的,所以他不愿意来,虽则他很 Miss 你。他明天见娘谈话去,他再不见效,谁都不能见效了，他真是好朋友，他见到，他也做到，我们将来怎样答谢他才好哩，S来信有这几句话——我觉得自己无助的可怜，但是一看小曼，我觉得自己运气比她高多了，如果我精神上来，多少可以做些事业，她却难上难，一不狠心立志，险得狠。岁月蹉跎，如何能保守健康精神与身体，志摩，你们都是她至近朋友，怎不代她设想设想？使她蹉磨下去，真是可惜，我是巾帼到底不好参与家事……

八月二十四日

　　这来你真的很不听话,眉,你知道不?也许我不会说话,你不爱听;也许你心烦听不进,今晚在真光我问你记否去年第一次在剧场觉得你的发鬓擦着我的脸,(我在海拉尔寄回一首诗来纪念那初度尖锐的官感,在我是不可忘的,)你理都没有理会我,许是你看电影出了神,我不能过分怪你。

　　今晚北海真好,天上的双星那样的晶清,隔着一条天河含情的互睇着;满池的荷叶在微风里透着清馨;一弯黄玉似的初月在西天挂着;无数的小虫相应的叫着;我们的小舫在荷叶丛中刺着,我就想你,要是你我俩坐着一只船在湖心里荡着,看星,听虫,嗅荷馨,忘却了一切,多幸福的事,我就怨你这一时心不静,思想不清,我要你到山里去也就为此。你一到山里心胸自然开豁的多,我敢说你多忘了一件杂事,你就多一分心思留给你的爱。你看看地上的草色,看看天上的星光,摸摸自己的胸膛,自问究竟你的灵魂得到了寄托没有,你的爱得到了代价没有,你的一生寻出了意义没有?你在北京城里是不会有清明思想的——大自然提醒我们内心的愿望。

　　我想我以后写下的不拿给你看了,眉,一则因为天天看烦得很,反正是这一路的话,这爱长爱短老听也是怪腻烦的;二则我有些不甘愿因为分明这来你并不怎样看重我的"心声"。我每天的写,有工夫就写,倒像是我惟一的功课,很多是夜阑人静半夜三更写的,可是你看也就翻过算数,到今天你那本子还是白白的,我问你劝你的话你也从不提及,可见你并不曾看进去,我写当然还是写,但我想这来不每天缴卷似的送过去了,我也得装装马虎,等你自己想起问起时真的要看时再给你不迟。我记得(你记得吗?眉?)才几个月前你最初与我秘密通信时,你那时的诚恳,焦急,需要,怎样抱怨我不给你多写，你要看我的字就比掉在岸上的鱼想水似的急——咳，那时间我的肝肠都叫你摇动了，眉！难道这几个月来你已经看够了不成？我的话准没有先前的动听，所以你也不再着急要，虽则我自问我对你一往的深情真是一天深似一天，我想看你的字，想听你的话，想搂抱你的思想，正比你几个月前想要我的有增无减——眉，这是什么道理？我知道我如其尽说这一套带怨意的话，你一定看得更不耐烦，你真是愈来愈蠢了，什么新鲜的念头，讨人欢喜招人乐的俏皮话一句也想不着，这本子一页又一页只是板着脸子说的郑重话，那能怪你不爱看——我自个儿活该不是？下回我想来一个你给我的信的一个研究——我要重新接近你那时的真与挚，热烈与深刻。眉，你知道你那时偶尔看一眼，那一眼里含着多少的深情呀！现在你快正眼都不爱觑我了，眉，这是什么道理？你说你心烦，所以连面都不愿见我——我懂得，我不怪你，假如我再跑了一次看看——我不在跟前时也许你的思想倒会分给我一些——你说人在身边，何必再想，真是！这样来我愿意我立即死了，那时我倒可以希望占有你一部分纯洁的思想的快乐。眉，你几时才能不心烦？你一天心烦，我也一天不心安，因为我们俩的思想镶不到一起，随我怎样的用力用心——

　　眉，假如我逼着你跟我走，那是说到和平办法真没有希望时，你将怎样发付我？不，我情愿收回这问句，因为你也许忍心拿一把刀插在爱你的摩的心里！

　　咳，"以不了了之"，什么话！我倒不信，徐志摩不是懦夫，到相当时候我有我的颜色，无耻的社会你们看着吧！

　　眉，只要你有一个日本女子一半的痴情与侠气——你早跟我飞了，什么事都解决了。乱丝总得快刀斩，眉，你怎的想不通呀！

　　上海有时症，天又热，我也有些怕去。

八月二十五日

眉，你快乐时就比花儿开，我见了直乐——

八月二十七日

两天不亲近爱眉小札了,真觉得抱歉。

香山去只增添、加深我的懊丧与惆怅,眉,没有一分钟过去不带着想你的痴情,眉,上山,听泉,折花,望远,看星,独步,嗅草,捕虫,寻梦——哪一处没有你,眉,哪一处不惦着你眉,哪一个心跳不是为着你眉!

我一定得造成你眉;旁人的闲话我愈听愈恼,愈愤愈自信!眉,交给我你的手,我引你到更高处去,我要你托胆的完全信任的把你的手交给我。

我没有别的方法,我就有爱;没有别的天才,就是爱;没有别的能耐,只是爱;没有别的动力,只是爱。

我是极空洞的一个穷人,我也是一个极充实的富人——我有的只是爱。

眉,这一潭清冽的泉水,你不来洗濯谁来;你不来解渴谁来;你不来照形谁来!

我白天想望的,晚间祈祷的,梦中缠绵的,平旦时神往的——只是爱的成功,那就是生命的成功。

是真爱不是没有力量;是真爱不能没有悲剧的倾向。

眉,"先生"说你意志不坚强,所以目前逢着有阻力的环境倒是好的,因为有阻力的环境是激发意志最强的一个力量,假如阻力再不能激发意志时,那事情也就不易了。这时候各界的看法各各不同,眉,你觉出了没有?有绝对怀疑的;有相对怀疑的;有部分同情的;有完全同情的(那很少,除是老K);有嫉忌的;有阴谋破坏的(那最危险);有肯积极助成的;有愿消极帮忙的……都有。但是,眉;听着,一切都跟着你我自身走;只要你我有意志,有气,有勇,加在一个真情爱上,什么事不成功,真的!

有你在我的怀中，虽则不过几秒钟，我的心头便没有忧愁的踪迹；你不在我的当前，我的心就像挂灯似的悬着。

你为什么不抽空给我写一点？不论多少，抱着你的思想与抱着你的温柔的肉体，同样是我这辈子无上的快乐。

往高处走，眉，往高处走！

我不愿意你过分"爱物"，不愿意你随便花钱，无形中养成"想什么非要到什么不可"的习惯；我将来决不会怎样赚钱的，即使有机会我也不来，因为我认定奢侈的生活不是高尚的生活。

爱，在俭朴的生活中，是有真生命的，像一朵朝露浸着的小草花；在奢华的生活中，即使有爱，不能纯粹，不能自然，像是热屋子里烘出来的花，一半天就衰萎的忧愁。

论精神我主张贵族主义；谈物质我主张平民主义。

眉，你闲着的时候想一想，你会不会有一天厌弃你的摩。

不要怕想，想是领到"通"的路上去的。

爱朋友怜惜与照顾也得有个限度，否则就有界限不分明的危险。

小的地方要防，正因为小的地方容易忽略。

八月二十八日

  这生活真闷死得人,下午等你消息不来时我反扑在床上,凄凉极了,心跳得飞快,在迷惘中呻吟着"Let me die, let me die! Love!"
  眉,你的舌头上生疱,说话不利便;我的舌头上不生疱,说话一样的不能出口,我只能连声的叫他,眉,眉,你听着了没有?
  为谁憔悴?眉,今天有不少人说我。
  老太爷防贼有功,应赏反穿黄马褂!
  心里只是一束乱麻,叫我如何定心做事。
  "南边去防口实",咳眉,这回再要"以不了了之",我真该投身西湖做死鬼去了,我本想在南行前写完这本日记的,但看情形怕不易了,眉,这本子里不少我的呕心血的话,你要是随便翻过的话,我的心血就白呕了!

八月二十九日

眉,今天今晚我释然得很。

八月三十一日

　　眉,今晚我只是"爽然"!"如此星辰非昨夜,为谁风露立终宵"多凄凉的情调呀!北海月色荷香,再会了!
　　织女与牛郎,清浅一水隔,相对两无言,盈盈复脉脉。

九月五日 上海

前几天真不知是怎样过的，眉呀，昨晚到站时"谭谭"背给我听你的来电，他不懂末尾那个眉字，瞎猜是密码还是什么，我真忍不住笑了——好久不笑了眉，你的摩。

"先生"真可人，"一切如意——珍重——眉"多可爱呀，救命王菩萨，我的眉！这世界毕竟不是骗人的，我心里又漾着一阵甜味儿，痒齐齐怪难受的，飞一个吻给我至爱的眉，我感谢上苍，真厚待我，眉终究不负我，忍不住又独自笑了。昨夜我住在蒋家，覆来翻去老想着你，哪睡得着，连着蜜甜的叫你嗔你亲你，你知道不，我的爱？

今天挨过好不容易，直到十一时半你的信才来，阿弥陀佛，我上天了。我一壁开信就见你肥肥的字迹我就乐想躲着眉，我妈坐在我对桌，我爸躺在床上同声笑着骂了"谁来看你信，这鬼鬼祟祟的干么！"我倒怪不好意思的。念你信时我面上一定很有表情，一忽儿紧皱着眉头，一忽儿笑逐颜开，妈准递眼风给爸笑话我哪！

眉，我真心的小龙，这来才是推开云雾见青天了！我心花怒放就不用提了，眉，我恨不得立刻搂着你，亲你一个气都喘不回来，我的至宝，我的心血，这才是我的好龙儿哪！

你那里是披心沥胆，我这里也打开心肠来收受你的至诚——同时我也不敢不感激我们的"红娘"，他真是你我的恩人——你我还不争气一些！

说也真怪，昨天还是在昏沉地狱里坑着的，这来勇气全回来了，你答应了我的话，你给了我交代，我还不听你话向前做事去，眉，你放心，你的摩也不能不给你一个好"交代"！

今天我对 P 全讲了，他明白，他说有办法，可不知什么办法？

真厌死人，娘还得跟了来！我本来想到南京去接你的，她若来时我连上车站都不便，这多气人，可是我听你话眉，如今我完全听你话，你要我怎办就怎办，我完全信托你，我耐着——为着你眉。

眉，你几时才能再给我一个甜甜的——我急了！

九月八日

风波，恶风波。

眉，方才听说你在先施吃冰淇琳剪发，我也放心了；昨晚我说——"The absolute way out is the best way out"

我的意思是要你死，你既不能死，那你就活；现在情形大概你也活得过去，你也不须我保护；我为你已经在我的灵魂上涂上一大搭的窑煤，我等于说了谎，我想我至少是对得住你的；这也是种气使然，有行动时只是往下爬，永远不能向上争，我只能暂时洒一滴创心的悲泪，拿一块冷笑的毛毡包起我那流鲜血的心，等着再看随后的变化吧。

我此时竟想立刻跑开，远着你们，至少让"你的"几位安安心；我也不写信给你，也没法写信；我也不想报复，虽则你娘的横蛮真叫人发指；我也不要安慰，我自己会骗自己，罢了，真罢了！

一切人的生活都是说谎打底的，志摩，你这个痴子妄想拿真去代谎，结果你自己轮着双层的大谎，罢了，罢了，真罢了！

眉，难道这就是你我的下场？难道老婆婆的一条命就活活吓倒了我们，真的蛮横压得倒真情吗？

眉，我现在只想在什么时候再有机会抱着你痛哭一场——我此时忍不住悲泪直流，你是弱者眉，我更是弱者的弱者，我还有什么面目见朋友去，还有什么心肠做事情去——罢了，罢了，真罢了！

眉，留着你半夜惊醒时一颗凄凉的眼泪给我吧，你不幸的爱人！

眉，你镜子里照照，你眼珠里有我的泪水没有？

唉，再见吧！

九月九日

　　今晚许见着你，眉，叫我怎样好！Z 说我非但近痴，简直已经痴了。方才爸爸进来问我写什么，我说日记，他要看前面的题字，没法给他看，他指了指"眉"字，笑了笑，用手打了我一下。爸爸真通人情，前夜我没回家他急得什么似的一晚没睡，他说替我"捏着一大把汗"，后来问我怎样，我说没事，他说"你额上亮着哪"他又对我说"像你这样年纪，身边女人是应得有一个的，但可不能胡闹，以后，有夫之妇总以少接近为是。"我当然不能对他细讲，点点头算数。

　　昨晚我叫梦象缠得真苦，眉你真害苦了我，叫我怎生才是？我真想与你与你们一家人形迹上完全绝交，能躲避处躲避，免不了见面时也只随便敷衍，我恨你的娘刺骨，要不为你爱我，我要叫她认识我的厉害！等着吧，总有一天报复的！

　　我见人都觉着尴尬，了解的朋友又少，真苦死。前天我急极时忽然想起了 LY，她多少是个有侠气的女子，她或能帮忙，比如代通消息，但我现在简直连信都不想给你通了，我这里还记着日记，你那里恐怕连想我都没有时候了，唉，我一想起你那专暴淫蛮的娘！

　　我来扬子江边买一把莲蓬：
　　手剥一层层的莲衣，
　　看江鸥在眼前飞，
　　忍含着一眼悲泪——
　　我想着你，我想着你，啊小龙！

我尝一尝莲瓣，回味曾经的温存——
那阶前不卷的重帘，
掩护着销魂的欢恋，
我又听着你的盟言：
"永远是你的，我的身体，我的灵魂。"

我尝一尝莲心，我的心比莲心苦，
我长夜里怔忡，
挣不开的恶梦；
谁知我的苦痛！
你害了我，爱，这是叫我如何过？

但我不能说你负，更不能猜你变；
我心头只是一片柔
你是我的！我依旧
将你紧紧的抱搂；
除非是天翻，
但我不能想象那一天！

九月四日　沪宁道上

九月十日

"受罪受大了！"受罪受大了，我也这么说。眉呀，昨晚席间我浑身的肉都颤动了，差一点不曾爆裂，说也怪，我本不想与你说话的，但等到你对我开口时，我闷在心里的话一句都说不上来，我睁着眼看你来，睁着眼看你去，谁知道你我的心！

有一点我却不甚懂，照这情形绝望是定的了，但你的口气还不是那样子，难道你另外又想出了路子来？我真想不出。

九月十一日

眉，你到底是什么回事？你眼看着我流泪晶晶的说话的时候，我似乎懂得你，但转瞬间又模糊了；不说别的，就这现亏我就吃定的了，"总有一天报答你"——那一天不是今天，更有哪一天？我心只是放不下，我明天还得对你说话。

事态的变化真是不可逆料，难道真有命不成？昨晚在 M 外院微光中，你铄亮的眼对着我，你温热的身子亲着我，你说："除非立刻跑"那话就像电火似的照亮了我的心，那一刹那间，我乐极，什么都忘了，因为昨天下午你在慕尔鸣路上那神态真叫我有些诧异，你一边咬得那样定，你心里究竟是什么一回事呢？所以我忍不住（怕你真又糊涂了）写了封信给他，亲自跑去送信，本不想见你的，他昨晚态度倒不错，承他的情，我又占了你至少五分钟，但我昨晚一晚只是睡不着，就惦着怎样"跑"。我想起大连，想叫"先生"下来帮着我们一点，这样那样尽想，连我们在大连租的屋子，相互的生活，都一一影片似的翻上心来，今天我一早出门还以为有几分希冀，这冒险的意思把我的心搔得直发痒，可万想不到说谎时是这般田地，说了真话还是这般田地，真是麻维勒斯了！

我心里只是一团谜，我爸我娘直替我着急，悲观得凶，可我又有什么办法？咳，眉，你不能成心的害我毁我；你今天还说你永远是我的，我没法不信你，况且你又有那封真挚的信，我怎能不怜着你一点，这生活真是太蹊跷了！

九月十三日

"先生"昨晚来信，满是慰我的好意，我不能不听他的话，他懂得比我多，看得比我透，我真想暂时收拾起我的私情，做些正经事业，也叫爱我如"先生"的宽宽心，咳，我真是太对不起人了。

眉，一见你一口气就哽住了我的咽喉，什么话都说不出来了，他昨晚的态度真怪，许有什么花样，他临上马车过来与我握手的神情也顶怪的，我站着看你，心里难受就不用提了，你到底是谁的？昨晚本想与你最后说几句话，结果还是一句都说不成，只是加添了愤懑，咳，你的思想真混，眉，我不能不说你。

这来我几时再见你眉？看你吧。我不放心的就是你许有彻悟的时候真要我的时候，我又不在你的身旁那便怎办？

西湖上见得着我的眉吗？
我本来站在一个光亮的地位，你拿一个黑影子丢上我的身来，我没法摆脱……

The sufferer has no right to pessimism
这话里有电，有震醒力！
十日在栈里做了一首诗：

今晚天上有半轮的下弦月；
我想携着她的手，
往明月多处走——

一样是清光,我,圆满或残缺。

庭前有一树开剩的玉兰花;
她有的是爱花癖,
我忍看它的怜惜——
一样是花芳,她说,满花与残花。

浓荫里有一只过时的夜莺;
她受了秋凉,
不如从前浏亮——
快死了,她说,但我不悔我的痴情!

但这莺,这一树残花,这半轮月——
我独自沉吟,
对着我的身影——
她在哪里呀,为什么伤悲,凋谢,残缺?

九月十六日

　　你今晚终究来不来？你不来时我明天走怕不得相见了；你来了又待怎样？我现在至多的想望是与你临行一诀。但看来百分里没有一分机会！你娘不来时许还有法想，她若来时什么都完了。想着真叫人气，但转想即使见面又待怎样，你还是在无情的石壁里嵌着，我没法挖你出来，多见只多尝锐利的痛苦，虽则我不怕痛苦。眉，我这来完全变了个"宿命论者"，我信人事会合有命有缘，绝对不容什么自由与意志，我现在只要想你常说那句话早些应验——"我总有一天报答你"，是的我也信，前世不论，今生是你欠我债的；你受了我的礼还不曾回答；你的盟言——"完全是你的，我的身体，我的灵魂"——还不曾实践，眉，你决不能随便堕落了，你不能负我，你的惟一的摩！我固然这辈子除了你没有受过女人的爱，同时我也自信你也该觉着我给你的爱也不是平常的，眉，真的到几时才能清账，我不是急，你要我耐我不是不能耐，但怕的是华年不驻，热情难再，到那天彼此都离朽木不远的时候再交抱，岂不是"何苦"？

　　我怕我的话说不到你耳边，我不知你不见我时心里想的是什么，我不能自由见你，更不能勉强你想我；但你真的能忘我吗？真的能忍心随我去休吗？眉，我真不信为什么我的运蹇如此！

　　我的心思不论望哪一方向走，碰着的总是你，我的甜，你呢？

　　在家时伴娘睡两晚，可怜，只是在梦阵里颠倒，连白天都是这怔怔的。昨天上车时，怕你在车上，初到打电话时怕你已到，到春润庐时怕你就到——这心头的回折，这无端的狂跳，有谁知道？

　　方才送花去，踌躇了半晌，不忍不送，却没有附信去，我想你能够懂得。

昨天在楼外楼上微醺时那凄凉味儿,眉呀,你何苦爱我来!

方才在烟霞洞与复之闲谈,他说今年红蓼红蕉都死了,紫薇也叫虫咬了,我听了又有怅触,随诌四句——

红蕉烂死紫薇病

秋雨横斜秋风紧

山前山后乱鸣泉

有人独立怅空溟

九月十七日

  爸今天一定很怪我，早上没有同去，他已是不愿意，下午没有回，他准皱眉！但他也一定有数，我为什么耽搁着；眉，我的眉，为你，不为你更为谁！可怜我今天去车站盼望你来，又不敢露面，心里双层的难受，结果还是白候，这时候有九时半！王福没电话来，大约又没有到，也许不叫打，我几次三番想写给你可又没法传递，咳，真苦极了，现在我立定主意走了，不管了，以后就看你了，眉呀！想不到这爱眉小札，欢欢喜喜开的篇，会有这样凄惨的结束，这一段公案到哪一天才判得清？我成天思前想后的神思越恍惚了，再不赶快找"先生"寻安慰去，我真该疯了。眉，我有些怨你；不怨你别的，怨你在京那一个月，多难得的日子，没多给我一点平安，你想想，北海那晚上！眉，要不是你后来那封信，我真该疑你了。

  今天我又发傻，独自去灵隐，直挺挺的躺在壑雷亭下那石条磴上寻梦，我过意把你那小红绢盖在脸上，妄想倩女离魂，把你变到壑雷亭下来会我！眉，你究竟怎样了，我哪里舍得下你，我这里还可以现在似的自由的写日记，你那里怕连出神的机会都没有，一个娘，一个丈夫，手挽手的给你造上一座打不破的牢墙，想着怎不叫人悲愤，你说"some day god will pity us"，but will there be such a day?

  昨晚把娘给我那玻璃翠戒指落了，真吓得我！恭喜没有掉了，我盼望有一天把小龙也捡了回来，那才真该恭喜哪。

  昏昏的度日，诗意尽有，写可写不成，方才凑成了四节。

  昨天我冒着大雨去烟霞岭下访桂；

南高峰在烟霞中不见；
在一家松茅铺的屋沿前
我停步，问一个村姑今年
翁家山的丹桂有没有去年时的媚。
那村姑先对着我身上细细的端详：
"活像个羽毛浸瘪的鸟，"
我心里想，她，定觉得蹊跷，
在这大雨天单身走远道
倒来没来头的问桂花今年香不香！

"客人，你运气不好，来得太迟又太早：
这里就是有名的满家细，
往年这时候到处香得凶，
这几天连绵的雨，外加风，
弄得这希糟，今年的早桂就算完了。"
果然这桂子林也不能给我欢喜：
枝上只见焦烂的细蕊，
看着凄惨，咳，无妄的灾，
我心想，为什么到处憔悴？——
这年头活着不易，这年头活着不易！

又凑成了一首——

再不见雷峰，雷峰坍成了一座大荒冢，
顶上有不少交抱的青葱，
顶上有不少交抱的青葱，
再不见雷峰，雷峰坍成了一座大荒冢。
发什么感慨，对着这光阴应分的摧残？
世上多的是不应分的变态；

世上多的是不应分的变态,
发什么感慨,对着这光阴应分的摧残?
发什么感慨,这塔是镇压,这坟是掩埋——
镇压还不如掩埋来得痛快;
镇压还不如掩埋来得痛快,
发什么感慨,这塔是镇压,这坟是掩埋!
再没有雷峰,雷峰从此掩埋在人的记忆中,
像曾经的梦境,曾经的爱宠;
像曾经的梦境,曾经的爱宠,
再没有雷峰,雷峰从此掩埋在人的记忆中!

> **眉轩琐语**
> 1926年8月—1927年4月
> 北京——上海——杭州

八月

去年的八月：在苦闷的齿牙间过日子；一整本呕心血的日记，是我给眉的一种礼物，时光改变了一切，却不曾抹煞那一点子心血的痕迹，到今天回看时，我心上还有些怔怔的。日记是我这辈子——我不知叫它什么好；每回我心上觉着晃动，口上觉着苦涩，我就想起它。现在情景不同，不仅脸上笑容多，心花也常常开着的。我们平常太容易诉愁诉苦了，难得快活时，倒反不留痕迹。我正因为珍视我这几世修来的幸运，从苦恼的人生中挣出了头，比做一品官，发百万财，乃至身后上天堂，都来得宝贵，我如何能噤默。人说诗文穷而后工，眉也说我快活了做不出东西，我却老大的不信，我要做个样儿给他们看看——快活人也尽有有出息的。

顷翻看宗孟遗墨，如此灵秀，竟遭横折，忆去年八月间（夏历六月十七日）宗孟来，挈眉与我同游南海，风光谈笑，宛在目前，而今不可复得，怅惘何可胜言。

去年今日自香山归，心境殊不平安，记如下："香山去只增添、加深我的懊丧与惆怅，眉，没有一分钟过去不带着想你的痴情。眉，上山，听泉，折花，眺远，看星，独步，嗅草，捕虾，寻梦——哪一处没有你，眉，哪一处不惦着你，眉，哪一个心跳不是为着你，眉！"另一段："这时候各人有各人的看法……有绝对怀疑的，有相对怀疑的；有部分同情的有完全同情的（那很少，除是老K）；有嫉忌的，有阴谋破坏的（那最危险）；有肯积极助成的，有愿消极帮忙的……都有，但是，眉听着，一切都跟着你我自身走；只要你我有志气，有意志，有勇敢，加在一个真的情爱上，什么事不成功，真的！"这一年来高山深谷，深谷高山，好容易走上了平阳大道，但君子居安不忘危，我们的前路，难保不再有阻碍，这辈子日子长着哩。但是去年今天的话依旧合用："只要你我有意志，有志向，有勇气，加在一个真的情爱上，什么事不成功，真的。"

这本日记，即使每天写，也怕至少得三个月才写得满，这是说我们的蜜月也包括在内了。但我们为什么一定得随俗说蜜月、爱人们的生活哪一天不是带蜜性的，虽则这并不除外苦性？彼此的真相知，真了解，是蜜性生活的条件与秘密，再没有别的了。

九月十日

　　国民饭店三十七号房：眉去息游别墅了，仲述一忽儿就来。方才念着莎士比亚 Like as the waves make toward the pebbled shore 那首叹光阴"桑内德"尤其是末尾那两行，使我憬然有所动于中，姑且翻开这册久经疏忽的日记来，给收上点儿糟粕的吧。小德小惠，不论多么小，只要是德是惠，总是有着落的；华茨华斯所谓 LittleKindness 别轻视它们，它们各自都替你分担着一部分，不论多微细，人生压迫性的重量。"我替你拿一点吧，你那儿太沉了"；他即使在事实上并没替你分劳，（不是他不，也不是你不让：就为这劳是不能分的。）他说这话就够你感激。

　　昨天离北京，感想比往常的迥绝不同。身边从此有了一个人——究竟是一件大事情。一个大分别；向车外望望，一群带笑容往上仰的可爱的朋友们的脸盘，向身看看，挨着你坐着的是你这一辈子的成绩，归宿。这该你得意，也该你出眼泪——前途是自由吧？为什么不？

九月十九日

  今天是观音生日,也是我眉儿的生日,回头家里几个人小叙,吃斋吃面。眉因昨夜车险吃唬,今朝还有些怔怔的,现在正睡着,歇忽儿也该好了。昨晚菱清说的话要是对,那眉儿你且有得小不舒泰哪。

  这年头大彻大悟是不会有的,能有的是平旦之气发动的时候的一点子"内不得于已"。德生看相后又有所慄惕于中,在戏院中就发议论,一夜也没有睡好。清早起来就写信给他忘年老友霍尔姆士,他那诚挚激奋的态度,着实使我感动。"我喜欢德生",老金说,"因为他里面的火"。霍尔姆士一次信上也这么说来。

  德生说我们现在都在堕落中,这样的朋友只能叫做酒肉交,彼此一无灵感,一无新生机,还谈什么"作为",什么事业。

  蜜月已经过去,此后是做人家的日子了。回家去没有别的希冀,除了清闲,译书来还债是第一件事,此外就想做到一个养字。在上养父母(精神的,不是物质的,)与眉养我们的爱,自己养我的身与心。

  首次在沪杭道上看见黄熟的稻田与错落的村舍在一碧无际的天空下静着,不由的思想上感着一种解放:何妨赤了足,做个乡下人去,我自己想。但这暂时是做不到的,将来也许真有"退隐"的那一天。现在重要的事情是,前面说过的养字,对人对己的尽职,我身体也不见佳,像这样下去决没有余力可以做事,我着实有了觉悟,此去乡下,我想找点儿事做。我家后面那园,现在糟得不堪,我想去收拾它,好在有老高与家麟帮忙,每天花它至少两个钟头,不是自己动手就督饬他们弄干净那块地,爱种什么就种什么,明年春天可以看自己手种的花,明年秋天也许可以吃到自己手植的果,那不有意思?至于我的译书工作我也不奢望,每天只想出产三千字左右,只要有恒,三两月下来一定很可观的。三千字可也不容易,至少也得花上五六个钟头,这样下来已经连念书的时候都叫侵了。

九月十九日

十一月二十七日

我想在冬至节独自到一个偏僻的教堂里去听几折圣诞的和歌,但我却穿上了臃肿的袍服上舞台去串演不自在的"腐"戏。我想在霜浓月淡的冬夜独自写几行从性灵暖处来的诗句,但我却跟着人们到涂蜡的跳舞厅去艳羡仕女们发金光的鞋袜。

十二月二十八日

投资到"美的理想"上去,它的利息是性灵的光彩,爱是建设在相互的忍耐与牺牲上面的。

送曼年礼——曼殊斐儿的日记,上面写着"一本纯粹性灵所产生,亦是为纯粹性灵而产生的书"。一九二七:一个年头你我都着急要它早些完。

读高尔士华绥的《西班牙的古堡》。

麦雷的 Adelphi 月刊已由九月起改成季刊。他的还是不懈的精神,我怎不愧愤?

再过三天是新年,生活有更新的希望不?

一九二七年一月一日

愿新的希望，跟着新的年产生，愿旧的烦闷跟着旧的年死去。

《新月》决定办，曼的身体最叫我愁。一天二十四时，她没有小半天完全舒服，我没有小半天完全定心。

给我勇气，给我力量，天！

一月六日

小病三日，拔牙一根，吃药三煎。睡昏昏不计钟点，亦不问昼夜。乍起怕冷贪懒，东偎西靠，被小曼逼下楼来，穿大皮袍，戴德生有耳大毛帽，一手托腮，勉强提笑，笔重千钧，新年如此，亦苦矣哉。

适之今天又说这年是个大转机的机会。为什么？

各地停止民众运动，我说政府要请你出山，他说谁说的，果然的话，我得想法不让他们发表。

轻易希冀轻易失望同是浅薄。

费了半个钟头才洗净了一支笔。

男子只有一件事不知厌倦的。

女人心眼儿多，心眼儿小，男人听不惯她们的说话。

对不对像是分一个糖塔饼，永远分不净匀。

爱的出发点不定是身体，但爱到了身体就到了顶点。厌恶的出发点，也不一定是身体，但厌恶到了身体也就到了顶点。

梅勒狄斯写的 Egoist，但这五十年内，该有一个女性的 SirWilloughby 出现。

最容易化最难化的是一样东西——女人的心。

朋友走进你屋子东张西望时，他不是诚意来看你的。

怀疑你的一到就说事情忙赶快得走的朋友。

老傅来说我下回再有诗集他替作序。

过去的日子只当得一堆灰，烧透的灰，字迹都见不出一个。

我惟一的引诱是佛，它比我大得多，我怕它。

今年我要出一本文集、一本诗集、一本小说、两篇戏剧。

正月初七称重一百三十六磅（连长毛皮袍）曼重九十。

昨夜大雪，瑞午家初次生火。

项立窗间，看邻家园地雪意。转瞬间忆起贝加尔湖雄踞群峰。

小瑞士同浬稿梨梦湖上的少女和苏格兰的雾态。

二月八日

闷极了,喝了三杯白兰地,昨翻哈代的对句,现在想译他的《瞎了眼的马》,老头难得让他的思想往光亮处转,如在这首诗里。

天是在沉闷中过的,到哪儿都觉得无聊,冷。

三月十七日

　　清明日早车回硖石，下午去蒋姑母家。次晨早四时复去送除帏。十时与曼坐小船下乡去沈家浜扫墓，采桃枝，摘薰花菜，与乡下姑子拉杂谈话。阳光满地，和风满居，至足乐也。下午三时回硖，与曼步行至老屋，破乱不堪，甚生异感。森侄颇秀，此子长成，或可继一脉书香也。

　　次日早车去杭，寓清华湖。午后到即与瑞午步游孤山。偶步山后，发现一水潭浮红涨绿，俨然织锦，阳光自林隙来，附丽其上，益增娟媚。与曼去三潭印月，走九曲桥。吃藕粉。

三月十八日

　　次日游北山，西泠新塔殊陋。玉泉鱼似不及从前肥，曼自告奋勇，自灵隐捷步上山，达韬光，直登观潮亭，撷一茶花而归。冷泉亭大吃辣酱豆腐干，有挂香袋老婆子三人，即飞来峰下揭裾而私，殊亵。

　　与瑞议月下游湖，登峰看日出。不及四时即起。约仲龄父子同下湖而月已隐。云剧木黑，凉露沾襟，则扣舷杂唱；未达峰，东方已露晓，雨亦潺潺下。瑞欲缩归，扶之赴峰，直登初阳台，瑞色苍气促，即石条卷卧如项，因与仲龄父子捷足攀上将军岭，望宝絮南山北山，皆奥昧入云，不可辨识。骤雨欲来，俯视则双堤画水，树影可鉴，阮墩尤珠围翠绕，潋滟湖心，虽不见初墩，亦足豪已。即吐纳清高，急雨已来，遥见黄狗四条，施施然自东而西，步武井然，似亦取途初阳自矜逸兴者，可噱也。因雨猛，趋山半亭小憩看雨，带来白玫瑰一瓶，无杯器，则即擎瓶直倒，引吭而歌，殊乐。忽举头见亭颜、悬两联，有"雨后山光分外清"句，共讶其巧合。继拂碑看字，则为瑞午尊人手笔，益喜，因摹几字携归，亦一纪念。

　　下山在新新早餐，回寓才八时。十时过养默来，而雨注不停，曼颇不馁，即命与出游。先吊雷峰遗迹，冒雨跻其颠而赏景焉。继至白云庵拜月老求签。翁家山石屋小坐，即上烟霞，素餐至佳，饭毕已三时。天时冥晦，雨亦弗住，顾游兴至感勃勃，翻岭下龙井，时风来骤急，揭瑞舆顶，剧子几仆。龙井已十年不到，泉清林旺，福地也。自此转入九溪，如入仙境，翠岭成屏，茶丛嫩牙初吐，鸣禽相庆，婉转可听。尤可爱者则满山杜鹃花，鲜红照眼，如火如荼，曼不禁狂喜，急呼探探。迈步上坡，踬亦弗顾，卒集得一大束，插戴满头。抵理安天已阴黑，楠林深郁，高插云天，到此吐纳自清，胸襟解豁。有身长眉秀之僧人自林里走出，殷勤招客人入寺吃茶，以天晚辞去。寺前新矗一董太夫人经塔，奇丑，最煞风景，此董太夫人该入地狱，回寓已七时半。

适之游庐山三日，作日记数万言，这一个"勤"字亦自不易。他说看了江西内地，得一感想，女性的丑简直不是个人样，尤其是金莲三寸，男性造孽，真是无从说起，此后须有一大改变才有新机：要从一把女性当牛马的文化转成一男性自愿为女性作牛马的文化。适之说男人应尽力赚出钱来为女人打扮，我说这话太革命性了。邹恩润都怕有些不敢刊入名言录了！

有天鹅绒悲哀的疑古玄同，有时确是疯得有趣。

四月十四日

　　下午去龙华看桃花，到塔前为止，看不到半树桃花，废然返车。（桃花在新龙华。）入半淞园撮景，风沙涂面，半不像人。

　　母亲今晚到，寓范园。

　　琬子常嚷头疼，昨去看医，说先天带来的病，不即治且不治。淑筠今日又带去中医处，话说更凶，孩子们是不可太聪慧了。

　　曼说她妹子慧绝美绝，她自己只是个痴孩子。（曼昨晚又发跳病痒病，口说大脸的四大金刚来也！真是孩子！）

　　案上插了一枝花便不寂寞。最宜人是月移花影上窗纱。

四月二十日

是春倦吗，这几天就没有全醒过，总是睡昏昏的。早上先不能醒，夜间还不曾动手做事，瞌睡就来了。脑筋里几乎完全没有活动，该做的事不做，也不放在心上，不着急，逛了一次西湖反而逛呆了似的。想作诗吧，别说诗句，诗意都还没影儿，想写一篇短文吧，一样的难，差些日记都不会写了。昨晚写信只觉得一种懈惰在我的筋骨里，使得我在说话上只选抵抗力最小的道儿走。字是不经挑择的，句是没有法则的，更说不上章法什么，回想先前的行札是怎么写的，这回真有些感到更不如从前了。

难道一个诗人就配颠倒在苦恼中，一天逸豫了就不成了吗？而况像我的生活何尝说得到逸豫？只是一样，绝对的苦与恼确是没有了的，现在我一不是攀登高山，二不是疾驰峻坂，我只是在平坦的道上安步徐行，这是我感到闭塞的一个原因。

天目的杜鹃已经半萎，昨寄三朵给双佳瘦。

我的墨池中有落红点点。

译哈代八十六岁自述一首，小曼说还不差，这一夸我灵机就动，又作得了一首

残 春

昨天我瓶子里斜插着的桃花，
是朵朵媚笑在美人的腮边挂；
今儿它们全低了头，全变了相——
红有白的尸体倒悬在青条上。

窗外的风雨报告残春的运命。

表钟似的音响在黑夜里叮咛：

"你生命的瓶子里的鲜花也变

了样，艳丽的尸体，等你去收殓！"